意林

公元787年，唐封疆大吏马总集诸子精华，编著成《意林》一书6卷，流传至今

意林：始于公元787年，距今1200余年

意林®轻文库

青春最美，梦想出发

中国式好看轻小说优鲜品牌

意林轻文库 萌萌部落系列 001

听说萌仙未满级 1

TINGSHUO MENGXIAN WEI MANJI ①

小R 著

北方妇女儿童出版社
·长春·

图书在版编目（CIP）数据

听说萌仙未满级. 1 / 小 R 著. -- 长春：北方妇女儿童出版社，2017.6
（萌萌部落系列）
ISBN 978-7-5585-0395-5

Ⅰ. ①听… Ⅱ. ①小… Ⅲ. ①长篇小说－中国－当代
Ⅳ. ① I247.5

中国版本图书馆 CIP 数据核字 (2016) 第 252204 号

听说萌仙未满级①

TINGSHUO MENGXIAN WEI MANJI ①

著　　者	小　R
出 版 人	刘　刚
总 策 划	安　雅　张　星
特约策划	师晓晖
责任编辑	吴　强　王　婷　周　丹
图书统筹	凉小葵
特约编辑	杨　宁
绘　　图	莹　月
书籍装帧	胡静梅
美术编辑	赵艳红
作家经纪	卢晓凤
开　　本	700mm×1000mm　1/16
字　　数	400千字
印　　张	14
版　　次	2017年6月第1版
印　　次	2017年6月第1次印刷
印　　刷	北京嘉业印刷厂
出　　版	北方妇女儿童出版社
发　　行	北方妇女儿童出版社
地　　址	长春市人民大街4646号 邮编：130021
电　　话	0431-85678573
定　　价	23.80

目录 CONTENTS

目录
CONTENTS

楔 子

连绵不绝的雪线，仿佛没有尽头。

此时的天山青葱不复，万物俨然沉睡于这片雪白的荒芜之中。只有一道纤纤人影，在皓月洗礼的皑皑枝头上虔诚仰望。同样的四时变幻，仿佛已历经数百载，她不由得伸手摸向了颈间的赤色珠子，心中对这片山林更是多了些不舍。

就在这时，背后传来了急促的叫嚷：“久微，不好了！灯台子他……”

久微一听，立刻跃下枝头：“怎么了？山宝，别急，慢慢说。”

面前那株不足一尺长的野山参正是山宝，因为灵力弱小，它未能像久微一样炼化人形。

小小的山宝颤抖着参须，紧紧抱住她的腿肚号啕大哭起来：“山里突然来了闯山者，也不知道哪来的手腕，竟能抓住我们灵参，我好不容易才挣脱了出来，可是灯台子还在他手里。久微，快去救救灯台子！”

“为什么偏偏要挑现在，可恶的采参人。”久微挑了挑好看的柳眉，今日正是她千年修行的飞升之日，可眼下却不能置族人的安危于不顾，“这里交给我处理，山宝你快躲到安全的地方去。”

“可是，久微，你飞升的时辰……”山宝欲言又止，抬头看了眼高挂的明月，目光再落向久微时，她只是回以温柔的笑容，便化作一株灵参蹿入了雪地里，朝山林深处潜行而去。

雪霁初停，霜华覆盖的天山格外旷阔，远远就看见黑夜中的点点火光。闯山者的身影逐渐清晰起来，更近些后，久微几乎要气红了双眼。

那人手中把弄的五品叶小参分明就是灯台子，因被一条红棉绳紧紧缠绕，它仿佛失去了生命力。

彼时，夜幕逐泛圣光，那是催促飞升的仙示。

久微神色一沉，忽然计上心头。

只见一株小灵参在辉芒下翩翩起舞，那灵参酷似人形，根须随着节律风扬而起，就像勾着手指，在向来者发出挑衅的邀请。

“原来还有漏网之鱼。”男人发出沉沉的低笑声。

那灵参五形俱佳，可最让他挪不开双眼的莫过于它芦头之上的七品叶。

寻常野山参中有八十年参龄的五品叶已经极其少见，就连六品叶的百年人参也只是从父辈们口中听说过，难道面前这株七品叶的人参竟是传说中的千年灵参？！

喜悦之情远胜于震惊、恐惧等复杂心情，男人微微勾起了薄唇，下意识地拉紧手中的红棉绳，迈着猫步悄悄向那株灵参靠近。

捕捉灵参与一般的野山参不同，灵参是集天地之精华而生，因而极具灵气，会如传说中那样随时“逃走”。方才他手中就逃走了一株，所以用传统的方法采参是行不通的，凶兽和凡人要将它抓住更是无稽之谈。

看到男人逐步靠近的身影，久微心中窃喜，她倒想看看对方是如何采参的。

久微故意不设防备，在身后露出破绽，好让男人有机可乘。

果然鱼儿上钩了。他从后方猛地跃出，朝久微所在的方向撒去一片黑压压的东西。

见状，久微的须根突然惊悚竖起。

那看似平淡无奇的“黑豆子”却是灵参的克星——五灵脂！急迫想要钻土逃亡的久微，看到遍地的五灵脂几乎动弹不得，就在这须臾之间，红棉绳便从天而降，将她紧紧拴住。

很快，露出胜利微笑的男人便踏雪而来。

看到男人满脸得意，久微心中更是悲愤交加。

可恶！卑鄙小人！竟然向她灵参小仙丢鼯鼠大便！

五灵脂是由灵参最厌恶的鼯鼠粪便制成，除了有药用价值，还是灵参一族的弱点。无关乎道行法力，即使是千年道行的久微也一样招架不住。

不等她施法挣脱，一道浅如清风的好听声音突然而至。

说话的清俊男子十七八岁，身着粗布棉衣，墨黑长发藏在貂皮小帽里，几绺青丝垂落帽檐，落在了宽肩上。他将一尺小参举起平视，近在咫尺的俊颜让犹在挣扎的久微顿时看痴。

“原来世上真的有千年灵参。”

玄冥仙尊？！久微突然怔住，竟一时忘了要挣扎。

男人与她记忆中的神祇有着极似的容貌，一双黑眸清寒如星，温软笑意中带着些许慵懒，长身玉立，似与生俱来的恣意洒脱。但若细看，那微扬的笑弧，表达的并非善意，而是得逞的狡黠，脸上的揶揄更是一览无余。

这不是玄冥仙尊……这是专司以幻术迷惑人的梦魇或是蜃妖吧？虽然他变成了玄

冥仙尊的模样，甚至叫她差点儿开心得心口一窒，即使模仿得再像，声音也无懈可击，但他的神态不对。

他不是玄冥仙尊，失望过后，是意识到自己被嘲笑的愤怒。

“你逃不掉了，我祖传的采参秘术可是从未失手过，不枉费我这段日子追着鼯鼠屁股后面跑。”男人捏了捏高挺的鼻梁，五灵脂的味道对人来说不算太好闻，但对灵参而言却臭气熏天。久微快晕厥过去，没想到仙途漫漫，她最强大的敌人竟是五灵脂。

空气中弥散着五灵脂的阵阵恶臭，眼看着男人就要将她塞入布袋中，久微脸色顿时铁青，再也憋不住了！

金光自手中闪现，始料不及的男人被一股外力猛地弹飞数尺远。不待男人爬起，面前已伫立着一道娉婷身影。

“凡人，你好大的胆子。”清亮的双眼不怒自威，此时的久微已从灵参变成了人形，可罗裙下不见人类的双足，取而代之的是密集恐怖的须藤，尖锐的枝根凌空做出威胁状，另一端的参须快速地将那袋五灵脂丢落山间，以此暗斥他束手就擒。

“为何捕食我族子民？”

面对她的厉声质问，他却专注于她的绝世美颜久久不能言语。他不曾想过灵参竟会幻变成人，还是个出尘绝俗的仙女，她看起来就像个二十几岁的姑娘，气质典雅端庄，身姿玲珑，举手投足间无不散发出优雅与灵动。

可男子的冷静自若却引来了久微的不满，本以为现出原形便能将他吓跑，没想到他不仅无动于衷——仿佛对灵参的存在早已知晓，还饶有兴趣地将她打量了一番，这使得惊慌失措的人反而变成她了。

如果这男人不是吓傻了，那也太有胆识了。

“听说灵参生性温顺，不喜杀戮。”男子甫回神，就流露出淡淡的笑意，自周遭重重须根中站了起来，好似清楚自己不会受到任何攻击一般，而事实上他的笃信也得到了证实。久微只能瞠目结舌地看着他朝自己步步逼近，不明白前一刻还惊吓得哑口无言的男人，突然满脸灿笑，让她冷不防打了个冷战。

“灵参仙女，原谅我对你有所冒犯。我上山采参，目的只为求药救父，恳请你放我一行。”他眸光微漾，流露着淡淡的哀伤。

他所做的一切都只是为了采参救父？没想到他还挺有孝心的，就在久微为此感动不已时，男人见机一跃而逃。原来腰间还有一个布包，里面正是被捕的灯台子，他从山边滑坡灵活地滚落下去。哪还有什么赤诚之子的模样，分明就是个能说会道的小骗子。

看到远去的黑影，久微再次傻眼，她竟然被区区一个凡人戏弄了！

“快把灯台子还给我！”久微施法紧随其后，可一度被男子拉开了距离。他似乎很熟悉天山的地势，更巧妙地利用了山雪作为障碍物，将久微这个地精之王远抛在后。

可就在他即将成功逃出山道时，突然树丛间蹿出一道黑影，往他肩上落下虎口。男人痛呼一声后，倒在了地上不省人事。而那道黑影却不依不饶，在尖锐的獠牙再度落下之际，久微及时出现制止。

“眉上霜，住手！”

听到熟悉的叫唤，缠绕在年轻男子身上的白眉蝮蛇忽然停下了动作，一阵强光后，它幻变成了人形。

名唤眉上霜的男子，一袭白衣胜雪，从头发到眉毛都近乎白色。他白发丝软，玉容精雕，琥珀色双眸摄人心魄，一切近乎完美无瑕，尤在铂金耳坠的装点下更让人雌雄难辨。但那令人屏息的美，任谁看见都喟叹连连。

尽管美貌绝艳，但他却是不折不扣的灵兽白眉蝮蛇。

原本满脸杀意的眉上霜一见到久微便扬起了纯真可爱的笑容，仿佛刚才要将人置于死地的并不是他。

“呀，我的小久微，你怎么还在山上，今儿不是你的飞升大日子吗？”眉上霜喜滋滋地凑上前，“你果然还是舍不得我吧。”

久微朝他投去一记白眼，随即眸光落向地面，这才心中暗叫不好，立马上前查看男子的情况。不过是一眨眼的工夫，男人已紫黑了一张脸，呈现中毒状。久微朝身后的白衣男子斥责道：“眉上霜，你忘了天山的规矩吗？”

“我是没忘啊，不过他想偷走天山灵参吧？”而且冬眠被打扰的感觉真糟糕。眉上霜打了个哈欠，将手中的布包丢向了她。

久微接住后拆开系绳，灯台子一把搂住她的脖子嘤嘤哭泣：“久微姐姐，呜呜。”

“没事了没事了，乖，快回去吧。”久微将它放下，灯台子马上钻土逃离。

她正要追责天山守护兽坚守不力一事，就见嬉皮笑脸的眉上霜用树枝不时戳着地上那濒死的男人。

“眉上霜！”久微将顽童拉扯了过来，耐心说教，“你真是冥顽不灵，山神大人不是说过非不得已不能对凡人下手吗？况且这个凡人又罪不至死……”

“拜托，现在是我救了你们灵参，好歹也说声‘谢谢’吧？”眉上霜掏了掏耳朵，一脸不以为意。

眉上霜的蛇毒是世间至毒，甚至能瞬间放倒一头巨熊，能与之相克的只有解毒仙草的灵参了。见久微要折损自己的参根救人，眉上霜顿时惊呼出声：“小久微，你疯了！居然要救这个贪得无厌的人类？你忘了他是采参人吗？”他守在久微身边百年都得不到一颗参果打赏，凭什么这个臭人类能品尝到小久微甜美的参须？

“你能不能安静点儿？”久微一记凶狠的目光又砍了过来。

眉上霜咽了咽口水，赶在她发火之前溜之大吉，他可不想体验被灵参一族捆在树杈上晒成蛇干的酷刑啊。

参，被誉为人界的万补之王，其中汲取日月精华的灵参更是稀世珍宝，不仅凡夫俗子觊觎，就连凶兽鬼魅都对其虎视眈眈。浅尝参露能延年益寿，哪怕濒死之人亦有一线生机，若得灵参方有二命，丝毫没有夸大其词。

久微将参须喂入男人口中，使用修为助他逼出体内余毒，一番紧急救治后，打算为其处理肩上的伤口。可就在久微扯开他的外衣时，被眼前的一幕怔住了。

男人的肩上除了有眉上霜咬下的两个洞外，下方还有着不规则的五星印，这让她蓦然想起玄冥仙尊座下的星宿仙印。

难道这是巧合？可这种巧合也未免太引人怀疑了。

千年以前，玄冥仙尊在天山历劫时，从凶兽手中救下了天山生灵，更是不惜辛劳栽培久微这株濒死的灵参。他就像是久微的亲兄长一般，对她呵护备至，不仅如此，还赐予传音螺给她，用于他返回天界时联系使用，可她在那以后却一次也没有听到过螺中传来仙音。问及山神大人，他却避而不谈，说她飞升之日便会知道一切。

所以，久微千年来勤修苦行，就为了早日飞升见到玄冥仙尊。如今飞升在即，她却觉得事有蹊跷。

为什么面前的男人和玄冥仙尊如此神似？

他的肩上又为何有星宿印？

山神大人的刻意隐瞒又有着什么苦衷？

也许她能从这个男人身上得到解谜的关键。

就这节骨眼上，地上的人突然有了些许意识，他挣扎着睁开了双眼，不确定地说了声：“久……微？”末了，又重新陷入了黑暗，原来他肩上的蛇毒又在回流，墨黑的血汩汩流动。

久微心中一凛，不禁紧张地摇晃着他：“喂，你别睡，快醒醒！”

就在她准备施法之时，头顶上方突然传来了巨响。来势汹涌的雪浪铺天盖地倾泻而来，久微甚至来不及回头，就被这突如其来的一切吞噬……

第一章

萌仙驾到，非诚勿扰

1

日上三竿，冬日和煦的阳光映入了窗台，床榻上的少女长睫微颤，终于睁开了双眼。身体疲乏得像散了架一般，久微艰难地撑起身体，打量着四周陌生的环境。然而令她震惊的是……

久微被突然映入视野的小手惊住了。她惊慌地摸了摸自己的脸蛋，随后跳下了床，来到青铜镜前。

“我的身体……”她炼化人形从未失败过，可镜中的她却如十六七岁的豆蔻少女，不仅没有了自满的挺拔身材，她更是变成了一个完完全全的矮冬瓜！

为什么会这样？

她仿佛受到了沉重的打击，试图静下心回想着发生这一切的缘由，可记忆只停留在她为那男人祛除蛇毒时遇到的那场雪崩。下意识伸手摸向脖子，可东摸摸西摸摸，原本在那的赤色珠子，如今光溜溜的空无一物。

久微这才反应过来她的灵珠不见了！

她真是倒霉，不仅错过了飞升，还失去了玄冥仙尊赠送的宝贝灵珠。莫不是在雪崩中遗落了吧？

“唉，苍天不仁，莫此为甚。”她摇头晃脑地叹息着，正要走出厢房，就听到门外传来了两个人谈话的声音。

她把门推开一条缝，从那窄小的间隙里看到了两个男人，面向着她的是个粗胡子的中年大汉，而背对着的陌生男子却有几分熟悉。

啊，是那个闯天山偷灵参的男人！

“小子，你这针法到底行不行啊？”一滴冷汗从陆百川的额际猛地滑了下来，如果不是为他施针的清俊男子表情太过镇定，他都要怀疑自己手臂上鲜血直流的情况是不是自己的错觉了。

“陆大叔，你这是在质疑我这个白家医馆第九代传人的医术。”灰袍男子扬起薄唇，笑得好不迷人，“不过，偶尔会失手也是正常的。”

“什么？！”就在陆百川暴怒之前，白慕风率先将一张草纸按在他的臂上，“没什么大碍了，待会儿拣几服药回去，保证药到病除。”

“你！”陆大叔捂住差点儿被气得炸裂的心脏，强压下怒火，看了看四周，发现没人注意他们这个角落，便继续道，“臭小子，讲正经的，你贸然闯入天山，这要是让镇长知道可就麻烦了。雪崩一定是山神显灵，我求你别再乱来，要不然我怎么跟你爹交代？”陆百川与白父是挚友，自从友人去世后，他就肩负起了照顾其遗腹子的责任。

“我是去采参……”他话未说完，又被老嗓打断。

“采什么参，你这个傻小子，还老沉浸在灵参的传说里？”陆百川戳了他脑门一记，语重心长地说，“听陆叔的，好好钻研你的医术，比找那不切实际的灵药要实在多了。喏，你看，现在全平和镇就指着白家医馆救命了，如今你可是任重道远啊。”

事实上，他不仅见到了传说中的灵参，还根据父亲那份笔记里记载的方法抓住了千年灵参。不过，白慕风觉得陆大叔不会相信他说的这些，唯有一笑，略过不说。

他找灵参当然不是因为他对传说有多痴迷，而是为了镇上百姓。

坐落于淮南国最北边陲的平和镇，人们安居乐业，虽不富裕，也足以安生，然而接连数月竟遭遇百年难得一见的寒害，使得平日冷冷清清的白家医馆一时人满为患。如今镇上物资紧缺，即使是医术平平的白慕风也成了老百姓唯一的救命浮木。

看到一个个面黄肌瘦，又满脸病态的镇民，白慕风又微微叹了口气。

不出半月，怕是支撑不到朝廷送来物资，这些人就……

“吱呀”一声，身后的门扉被推开。白慕风回头看去，才惊觉身后注视着自己的目光，他热情开口道：“你终于醒了？”说着，他已起身来到了她面前。

直到黑影在面前笼罩出一片阴霾，久微才惊觉白慕风颀长的身躯足足高出她两个头。尽管他面含笑意，久微仍提防着他往后退了一大步，目光甚至没有从他脸上挪开，警惕地问道：“这是哪儿？”

“平和镇的白家医馆。”他舒展双臂，伸了个大懒腰。

“这里是平和镇？”

聪明的久微一下就搞清楚了现状，她被这个名叫白慕风的男人带下了山。

她不会单纯地以为白慕风只是请她到医馆喝茶唠嗑儿这么简单，毕竟她是天下至补的灵参，凡夫俗子怎会轻易放过她。光从刚才偷听的那番对话就可得知，白慕风对灵参有多执着。

久微直觉想逃，可刚走出医馆没几步，突然脚步虚软地倒了下去。好在白慕风眼疾手快地扶住了她，还用宽袖替她挡住了头顶的骄阳，很快她又被安置回床榻上。

额际是指尖冰凉的触感，原来是白慕风取来湿巾在为她冷敷。

“怪不得爹说灵参不能被带下山，原来你不仅怕五灵脂，还见不得光。”白慕风惊奇地发现她脑袋上冒出了一根拇指粗的暗色参须，不仔细看会以为是竖起的发辫，而须根上的那一小簇红润参果作为发饰反而增色不少。

“不是怕光，是我们灵参性喜阴凉，天山终日背阴，才造就了我们这种生长习惯，所以一旦暴晒在阳光下就……啧，好痛，你在干吗？”柳眉轻皱，少女冷眼看向床边正在吃参果的男人。

“喂，你……”

“你脾气虽然很臭，但参果倒是挺甜美的。”白公子给予了高度的赞美。青涩中泛着酸甜，这样的好滋味，确实让人爱不释口，“普通的人参籽我倒是吃过，味道又苦又涩，但灵参果就不一样了，连我都想说……以后要是吃不到了，该怎么办啊？”

每株灵参都有着万药之王的骄傲，面对白慕风的大方夸奖，久微有些惊讶，又有些高兴，早就忘了之前还想为山宝它们教训这个男人。

一时没忍住，久微得意地自卖自夸起来：“哼，那当然！我们灵参岂是凡参能相提并论的？从参果、参叶、参茎到参根，我们灵参全身都是补药，汁液还能养颜护肌。吃了不仅能延年益寿，甚至还能起死回生。”虽然她没有试验过后者，姑且就这样自吹自擂吧。

“真的吗？”参果竟有如此神奇功效，看来他很有必要再以身试药，可恬不知耻伸来摘参果的爪子还是被人恼怒地拍了下来。

久微拼死护住脑袋上的参果，义愤填膺道：“谁准许你摘本小仙的参果了？”再摘下去，她要变秃子了。

“不用这么斤斤计较吧？小古板。”白慕风无所谓地耸耸肩，深邃俊美的五官与烙印在脑海里的那人重叠，同样的相貌，却有不同的气质。

他薄唇微微上扬，更添了几分淘气：“对了，为了不必要的麻烦，我的这条发带你先凑合着用，否则被眼尖的人看出了什么，真不知道该如何解释得清。”虽然白慕风对外宣称久微是来投靠自己的远房表妹，但依旧觉得不放心。

那根参须被发带整齐地束在耳侧，白慕风还心灵手巧为她编织了一小段麻花辫，将参果的茎巧妙地编入了发间作为点缀，看起来灵动且可爱。

“没想到你这个大男人手还挺巧的。”久微予以真诚的掌声，却忘了前一刻仍步步提防某人。

“是吗？大概是从前常给婉儿梳头吧。”他从小就想有个弟弟妹妹，所以邻里孩子都很依赖他，也因此从照顾孩子中锻炼了种种技能。

“婉儿？”

“我的青梅竹马，年纪看起来和你现在差不多。”

“我可是一千岁了。”久微忍不住发出冷笑，哪里差不多了？就连凡夫俗子也不过是她漫长仙途中的须臾一瞬。若非怀疑玄冥仙尊不在仙界，她恐怕早已飞升了。

因为记忆的连贯，久微忽然想到了他肩上的星宿印：“对了，你……肩上的伤势怎么样了？”

“你是说被毒蛇咬伤的地方？已经好了。”连他自己都感到不可思议，中了那样的剧毒还能侥幸活下来。

“我当时还看到你肩上有一个类似星盘的烙印。”她投去试探性的目光，想在白慕风的神色中发现蛛丝马迹。

然而，他却满不在乎地说：“不知道，应该是胎记吧，一直在肩上自己也看不见，所以从来没在意过。”

只是胎记这么简单吗？可是白慕风的样子看起来不像在说谎，也许连他自己也不知道这星宿印的来历，这下久微对他的身份越发好奇了。

不等她追问更多，白慕风就四两拨千斤地把话题岔开：“话说回来，你也算是我的恩公，我还没来得及跟你道谢。”

“恩公？”

见她一脸茫然，白慕风有些惊讶：“前几天的事情，你都不记得了？”他的视线随即落在她身上，“难道你不想知道你为什么会变成现在这副模样吗？”不过比起那晚孤高冷艳的成熟女子，现在这娇小可爱的粉姑娘倒是教人更喜欢。

久微顿时红透了脸，恼羞成怒道：“少啰唆，快告诉我！”

“那晚是你救了我啊，小古板。”

原来雪崩到来之际，她的灵珠救了两个人的性命。

那来势汹涌的雪堆将他们活埋在了山底，本该一命呜呼的两个人不仅毫发无损，还得到了灵珠的庇护，将他们吸入了一道光圈里。待到雪崩之势平息，灵珠也随之陨灭。

白慕风因为食入的参须慢慢起效，一宿以后，蛇毒已清，伤口也得到了愈合。他知道自己受到那样的重伤必死无疑，如果不是久微，他或许再没有机会回到平和镇。

“这是碎掉的珠子，我尽可能把所有碎片都收集回来了。”白慕风取来一块方巾，将它小心展开，上面躺着几近粉末般的赤红碎屑，足见灵珠粉碎得有多彻底。“你现在这副发育不健全的身体，该不会和这珠子有关吧？”

面对质疑的目光，久微的笑容突然僵住，她故作坚强地摆摆手：“怎么可能，我可是千年灵参。那灵珠不过是助我修行的法器，充其量只是件首饰罢了。”不过弄坏了她还是很心疼的，毕竟那是玄冥仙尊送给她的礼物。

接着，她盘腿坐起，打算施法恢复平日炼化的人形，可维持了不到一眨眼的工夫又打回原形。

“为什么会这样？”难道是她的灵力不够？果然，她察觉到体内的灵力正在源源不断地流失，就像破了洞的瓢子，所剩无几的灵力也仅仅是原来的三成不到，只够她勉强维持现在的小孩体型。

难道那颗灵珠在她修炼过程中转换成了吸收和储存灵力的容器？所以，灵珠粉碎亦等同于几百年修为化为乌有？那她现在不就变成了废柴小仙吗？

飞升之日岂不是遥遥无期？

“我不要当矮冬瓜！绝对不要！”天庭的仙女个个天姿国色，美艳倾城，哪个不是亭亭玉立，身段玲珑的？像她这样的黄毛丫头绝对入不了玄冥仙尊的眼，所以她才想着以外在强化内在，可现在连引以为傲的外在都破灭了……

“矮冬瓜也没什么不好的，反正不影响药效。”白慕风不理解她在纠结什么，难道漂亮一点儿的灵参功效更强大吗？

可他的风凉口吻却激怒了某人。

“不准再提矮冬瓜！”

“好好好。”白慕风敷衍地答，心里却小人地想，真是株不可爱的笨参。

就在这时，医馆外传来嘈杂的声音，接着就看到猎户老陈跌跌撞撞地跑了进来：“大夫，出……出大事儿了！张大柱在山上遇到黑熊袭击，刚被抬回镇上，请您马上随我走一趟！”

“伤势怎么样？”白慕风边说边背起了药箱，正要跟老陈一同前去，衣袖突然被人拉了一把。他回头看去，只见久微一脸神色凝重。

“我也要跟你一起去。”

天山的野兽温驯乖巧，并不会主动袭击人类。她记得这时候的黑熊都在深山洞穴中休眠，又怎么会突然跑出来？据她所知，山脚下的村民都敬畏天山之神的传说，平日只会在山脚附近捕猎挖采，断不会跑到天山深处。天人和百姓互不干扰，这本应是最和谐的相处方式，可如今究竟是什么原因，突然打破了这千百年来的规矩呢？

“好吧。”白慕风想了想便答应了，有她这株现成的灵参在，比什么灵丹妙药都管用。万一出个什么意外，有个准备也好。

待众人匆匆赶到张家，就看到床上奄奄一息的张大柱。张大嫂一见白慕风，哭得更不能自已：“大夫，你一定要救救老张啊。”

“张大嫂，我尽力。”白慕风剑眉一拧，这伤势何止严重，身上遍布血痕，几乎没有一处完好，现在的张大叔只掩着一口气在顽强撑着，恐怕……

就在白慕风心里如此盖棺论定时，身旁的久微轻轻推了推他。趁无人注意时，绵柔小掌变成了参根，她低声催促：“折一根入药，先给张大叔止血，你药箱里有金创药吧？参叶让他含在嘴里，辛辣会让他保持清醒。”

“可是你……”但当下没有更好的法子，白慕风仅犹豫了一会儿，便当机立断地从她身上折下了一段约指节长的参须。看到她因为疼痛而微眯着眼，白慕风心中顿生愧疚。

即使生为灵参，她也是一具活着的个体，会痛，会感知，还会有喜怒哀乐。虽然从未有人见过灵参，白慕风最初也只从父辈们口中听说，天山因为种种传说变得神秘而缥缈，但他对灵参的存在却始终深信不疑。

所以当他真的遇见了传说中的灵参，他更坚信自己闯入天山采参的决定是对的。

2

在张家看守了几天，性命危殆的张大柱总算情况好转了起来。留下一剂药方，倦容满面的白慕风在张大婶的千恩万谢中离开了张家。

天不知何时又下起了雪，白慕风伸出了大掌，雪花躺在上头很快又化了。生命真像这鹅毛绒雪，稍纵即逝得令人猝不及防。

如果没有久微的帮助，医术不精的他能否救下张大叔一命？他幽幽一叹，倘若可以，他也不必抱着破釜沉舟的决心闯天山了。

只能说，遇见灵参实乃此生一大幸事。

如今这平和镇已越发冷清，自从寒害的侵袭，他已经目送了一个又一个离去的镇民。可雪上加霜的是，唯一与外界连通的山道却被巨石堵住，官府应允送来的救命物资又迟迟未到，而此时镇上却突然蔓延着一种不明原因的怪疾。

患者会全身高热，直至面容扭曲，彻底失去理智，最终虚脱而亡，白慕风的父亲也是怪疾的感染者之一。为了找出有效的药方，白慕风翻遍了所有医书，用尽了他所认为可行的疗法，可父亲的病情依旧每况愈下。

可悲的是，漫长的人生路，父亲终究是等不到远方那人的消息，亦再也没机会看见白慕风成为独当一面的大夫。

很多时候，总是错过了才知道失去的绝望。白慕风懊悔没有努力学习父亲传授的医术，他总以为时日还长，却不知道人生是见一面少一面，此刻连叹息都如此苍白无力。

他只能眼睁睁地看着父亲驾鹤西归，从感染怪疾到死去仅仅是短暂的七日。

这七日如同挥之不去的梦魇。

他犹在沮丧中前行，却突然被一道娇嫩的声音唤回了神。

“白慕风——”

远远就看见等候在医馆门前的娇小身影，那是几日不见的久微。

原来，她还在。

他还以为……

白慕风收敛起悲伤的神色，又恢复成了平日吊儿郎当的模样，甚至故意调侃道：“灵参大人，在我出诊期间，本该是你逃回天山的大好时机。可你没有，还乖乖听话守在医馆，你可真是个不懂变通的小古板。”话虽如此，久微的出现却让他死寂的心湖激荡起了阵阵涟漪。

小短腿不友善地踹了过去，问道：“张大叔的情况好点儿了吗？”

白慕风故意挨揍，配合地发出了“哎哟”的轻吟。

直到两个大孩子闹够了，才一起走进了医馆。

“喝了灵参调配的药后，张大叔的伤口愈合得很快。”房内的炉火驱散了一室的寒冷，他感觉身体暖和了不少。放下药箱，白慕风又将话题绕了回来，“为什么不逃跑呢？明明我之前对你做过那样过分的事。”

“你是指采参？”久微似乎看穿了他的心思，深明大义地说，“是很过分没错啦，但每个人做任何事都有自己的理由，不管善恶，不管是非，这天地间自有它的因果。我不能只看到你采参的‘果’，而忽略你采参的‘因’。”以上全摘自玄冥仙尊语录，嘿嘿。

白慕风双手抱着后脑勺仰躺在长椅上，斜睨了她一眼：“什么因什么果，你说话怎么像个小老头似的。”真不愧是一千岁的老年参。

她扶着长椅的把手，双眼雪亮地注视着白慕风：“你从来都不收百姓的诊金吧？”

白慕风翻了个身，用后背回应：“这和你没关系。”

在镇上的这几日，久微听说了关于白家医馆的种种。

白慕风并没有表面看起来那样昏庸无能，在白父急病去世后，他独力继承医馆，还从不收镇民一文钱诊金。如今平和镇怪疾肆虐，几乎被周边城民隔绝成鬼镇，随着寒害的加剧，镇上物资日渐匮乏，通往外界的山道又被巨石封堵，镇民只能坐以待毙。为了遏制怪疾的蔓延，白慕风终日研究有效疗方，甚至涉险闯入天山采集药材。

其实，他是一个很温柔很温柔的人。

“当然有关系，是你先招惹我的。”

她的指控终于让那背影有了反应，白慕风转身正要为自己辩驳，嘴里突然被强行塞入了一颗东西，猝不及防的粗暴动作，让他呛咳了起来。

白慕风将口中的异物吐到了手中，定睛一看，竟是一颗参果。

只听银铃女嗓如此说道：“你给了我‘因’，所以留下来就是我的‘果’。”

见她信誓旦旦的模样，白慕风顿时哑然失笑：“小古板，你真的很啰唆。”

他还是第一次遇见这样奇怪的人。

可是……

天山雪花如席，纷纷吹落尘世。即便如此，人间依旧有着温暖的庇护，她眸光中的信任，教他明白，原来他早已不再孤单一人。

躲在医馆门外的陆百川，内心十分煎熬。

他不时偷瞄屋内两人，与白慕风在一块儿的小姑娘是谁？总觉得好面生，不像是镇上哪户人家的闺女。若不是狩猎回来路上，碰巧撞见白慕风带姑娘回家，他铁定会被那混小子蒙在鼓里！

接下来的一幕，都要把陆百川的下巴给惊掉了。

这这这……成何体统！孤男寡女竟共处一室，对小姑娘又是拔头发——实则是拆除被发带束缚的参根，又是动手动脚——只为了摘下参叶参须入药，重点是明明拒绝过他做媒介绍的小姑娘却转头和镇外丫头私订终身？

她哪户人家出身？姓甚名谁？生辰八字合吗？女红厨艺家务会吗？手巧否？性格有好到任劳任怨陪他窝在贫困小镇里当个卖药郎之妻吗？万一是个被爹亲从小宠在掌心里的刁蛮女该怎么办……心中生出众多诸如此类的疑问，还夹带着爹亲辈的关心与焦虑，却又矛盾地冒出期待看见白慕风早日成家立室的美好愿景，呃，陆百川猛地甩了甩乱七八糟的情绪，火急火燎地冲了进去。

“你们两个！”陆百川狰狞凶猛的脸庞，在看见一张粉嫩容颜对自己投来甜美笑意时，陡然变了样，“好俏的小姑娘，芳姓大名？今年多大了？有没有许配给人？要是没有不如考虑下我们风儿……嗯。”后头的絮絮叨叨全都给恼羞成怒的大掌捂住了。

“陆叔，你在胡说八道什么！”白慕风难得阵脚大乱，他多害怕被陆百川发现久微的秘密，忙将小身影护在身后，也阻挡住了久微那尚未变回人形的小手。

陆百川不禁咋舌，瞧这没心没肺的臭小子，胳膊肘往外拐！啧，把小姑娘护得这么紧，还怕他把人吃了不成?

“我说风儿，你这也不够意思，找到小媳妇，得跟陆叔说一声，害我还厚着老脸到处为你的亲事奔波！走开走开，别挡着我和小姑娘说话。”陆百川嫌弃地瞪了某人一眼，挥着手将他赶到一边，转身笑脸盈盈地看向久微，“小姑娘，你和风儿认识多久了？”

久微眨巴着水汪汪的大眼，尽管白慕风在陆百川身后对她挤眉弄眼，她却不理会他的无声哀号，故意误导陆百川：“陆叔，叫我久微就行了。我刚来镇上没多久，原本是……在天山另一边山脚生活的农家女。都怪我贪心，想着到山上采药，还想着能抓住传说中的灵参，好带回家去给病重的老父治病，结果反倒遇到了雪崩。”

明里是对陆百川解释身份来历，暗里却在嘲讽白慕风闯山之举。白慕风不驽钝，明白她话中有话，句句都是针对自己，发作不得的他也只能僵笑着不做任何回应。

“好在有白大夫救了我一命，久微才捡回了小命。不过，我这身子骨自小不好，所以大夫就让我暂且在医馆住下，可实在太想念家中的爹爹，才和大夫使性子，说了几句任性话。”久微用丝帕捂住眼角，语调哀伤，不时低泣抽噎，尽管脸上依旧干爽一片。

白慕风禁不住剑眉一挑，这小灵参咋不去戏班唱戏呢？奈何如此拙劣的演技，还是骗去了陆百川这个大汉泛滥的同情心。

“你这臭小子！有没有好好照顾久微姑娘？”啧，一看就没有，他自个儿穿得厚厚实实，跟头小毛熊似的，可久微却身着单薄春衫，等等，春衫？！陆百川马上动怒，又赏了臭小子一拳头，“你这没心眼的小子，还不快去拿件裘衣给小姑娘穿！”

“咱破医馆哪来的裘衣？”那是富人家才穿得起的衣料，寻常老百姓能穿上件棉衣就不错了，这责怪来得莫名其妙。

可这都不及接下来发生的事令他震惊，当久微从陆家做客回来时，手上捧着小山堆似的衣衫和食材，足见陆家夫妇有多热情。

他不知道久微使了什么手段，不仅陆大叔一家对她宠爱有加，连邻里乡亲都十分喜爱她。医馆里来看诊的病患，都因添了她这小身影而喜上眉梢。

倒不是说厌恶，大家不排斥她这个外来者，他倒省了不少解释的麻烦。但总觉得心里有些不舒坦，她与他人言笑晏晏，却独独少了他的参与。

“怎么了？”注意到他专注在自己身上的目光，久微停下捣药，歪头看向他。良久，警惕地捂住脑袋上摇曳的红润参果，急忙捍卫："你又想打我的参果主意对不对？想都别想！"

白慕风伸出长指，猛地弹向了她的额头。

"我看起来有这么馋吗？"她要是敢点头，他一定会将她倒扣在自己身上的"恶行"付诸行动，可坏念头刚冒出来，竟又酸溜溜地抱怨，"老往陆叔家里跑做什么？害我想找人时却没个人影儿。"

捂着脑门的久微顿时一怔，反应过来时，粉唇上是藏不住的揶揄："呀，小大夫，该不会是我不在身边，寂寞了吧？"

"不是！"他否认得太快，反而显得有些欲盖弥彰。

事实上，只是看不见她在身边打转的小身影，有些心烦意乱。

"我明白了。"他突然被按到膝上，鼻息间萦绕着少女独有的参香，紧接着是贯穿发丝间爬梳的轻柔动作。

"你要做什……"挣扎着要抬起的脑袋，又被人重新按了回去。抿着下唇的不悦俊颜，也因她自然脱口的一句话，脸色惊变。

"慕风，其实你可以撒娇的。"她俯首轻笑，"就当是补偿那个七岁的自己。"

陆百川的话语犹在耳畔，道出了白慕风从未被旁人看清的另一面。

"……久微姑娘，虽然这样说有点儿唐突，但还请你多多包涵慕风。他是个很倔的孩子，什么事都喜欢自己一个人扛，上天山找灵参也是为了治那些和他爹患了同种怪疾的病人。"所以当他看到白慕风身边多了个女孩，并为之展露鲜少见到的笑容时，心中的担忧减去了不少。

"那傻孩子还嚷着要上天山找灵参，我不允，他便偷偷摸摸地去。结果灵参没找着，倒引来了天山动怒，是他命大才没丢了性命，万一有个什么三长两短，我如何跟他爹交代？"

原来最初他并非为逃跑诓骗她，而是真的想寻药救父。

久微忍不住追问："怎不见慕风他爹？"有她这株现成的灵参在，别说怪疾，至少也能延年益寿，可白家医馆除了他这个大夫外，连个小学徒都不曾见过。

"过世也快有半个年头了。"

"过世了？他从没和我提起过。"

这一事实让她心凉骨寒，是平日嬉皮笑脸的他粉饰得太好，还是那副想靠灵参大发横财的无赖模样误导了她？久微一时之间，只字难言。

陆百川像托付儿子一般，握起她的手："陆叔也不会乱做媒人，就是姑娘难得到平和镇做客，就多陪陪那孩子说话好吗？他有时候意外地孤独，只是嘴上不说而已。试想想，七岁就没了娘亲的孩子，即便再独立坚强，难道一点儿都不受影响吗？”

答案显而易见。

尽管现在白慕风已经过了那个嚷着让双亲买玩具、喜爱爬树、斗蛐蛐的天真年纪，但七岁的那个他却唯独缺失了这段童年。他的记忆充斥着药材味和生离死别的芸芸众生，为求生计，他不得不及早懂事，帮爹亲分担。

但平心而论，七岁时的他真的快乐吗？

他一定也曾有过遗憾吧。

思及此，久微好替他心疼，甚至舍不得看见他强颜欢笑。

哪怕只是一抹自欺欺人的淡笑，她亦看得刺目。如果可以，她真希望能更早与他相遇，或许在他苦于爹亲药石无灵时，能出手助他，陪他一起度过那煎熬的岁月，也不会看到他如今孤零零的样子。

久微突然一怔，因为这个认知，感到手足无措。

似要说服自己一般，她告知自己，那只是同情与怜悯，即使有过什么目的，那也只是不愿看到他用玄冥仙尊那张脸摆出沮丧的模样罢了。

她会真的舍不得他难过。

白慕风却被她安慰得莫名其妙，伸手抓住在他发上“胡作非为”的小手：“打住打住，什么撒娇，又为了什么补偿？”他觉得今天的久微好奇怪，连带着看他的眼神都多了些怜悯，“是陆叔跟你说了什么乱七八糟的事情？”

她脸上有被看穿的困窘，即使不问，想必也知道陆叔又把他那段不幸的童年翻来覆去地讲述了一遍。事实上，他并不乐意拿那样的过去博取他人的同情。

“那都过去了，我真的没有你想的那么脆弱。”即使有，那也是七岁那时候的他，现在十七岁的他又何来年少的寂寞惆怅，比起抱怨童年的不圆满，现在显然有更令他忧心忡忡的事情。

不过，小古板竟为了他担心，他突然如尝甘饴。

她说可以撒娇的吧？

那暂且让他小歇一会儿也不算过分吧？如此想着，嘴角竟扬起一抹连自己都不曾察觉的笑意，他心安理得地枕靠在她的膝上，抛下句：“酉时叫醒我煎药。”

哎？这个医呆突然变得如此坦率？

可是……

“喂，你要枕到太阳下山吗？”

3

接下来的几日风雪交加，镇上的百姓几乎足不出户。只有两道勤劳的身影，亲临拜访每一间房舍。

怪疾蔓延的速度越来越快，高热的病患大多卧床不起。白慕风将灵参须研磨成了粉末，派给了各家各户冲服饮用，以暂时缓解病情，但仍无太大作用，病倒的人依旧一批接着一批。

背着药箱的白慕风从镇长家里出来，与等在外头的久微会合。

“刚看了宝丫头的情况，高热虽然退了不少，但意识还不太清醒，情况不是太乐观。”谈及病情，白慕风又无奈地摇了摇头。

久微一听，皱起了眉：“还有我们灵参治不好的症状？”她像个老爷子般伸手摸了摸下巴，对这事实表示半信半疑。

“就算灵参能治百病，也要对症下药才行，否则就是隔靴搔痒了。”白慕风摘下捂住口鼻的方巾，虽然他自认为身强力健，但不知道怪疾的具体传播途径，他尽可能谨慎小心，以免自己也病倒。

他在门口石级上坐下，在双手上轻轻呵了口气，俊颜早已冻得通红。

见状，久微结印施法，让他周遭的空气温热起来。

“谢谢。”

他回以浅笑，倒让久微颇难为情地别开了头，为了转移他的注意力，她找了个话题：“那……那你研究出该用怎样的剂量去配药吗？”

白慕风将随身携带的笔记翻了出来，用炭笔在上面画了几笔：“也许是剂量和辅料配合得不够。”毕竟灵参不是普通药材，药效能达到什么程度，他尚在摸索阶段。

“你说的也有道理，像凡间的草药，就治不好仙兽的痢疾。”久微在他身旁坐下，一起汲取气流中的温暖。

谈及医术，白慕风莫名兴奋起来：“仙兽也会生病？”

“那当然啦。三百年前，百花仙子还为此特地跑来天山求药呢。你知道那锅解痢大补汤需要多少味药材吗？整整二十种，其中灵参还是一味不可或缺的药引。”想起灵参一族的威风历史，久微得意地抖了抖脑袋上那根参须。

“对了，传说大黑天神是掌管天下疾病的，那他还管不管治病啊？”这时的白慕风早已没了平日的精明干练，像个充满好奇的宝宝一样投来亮晶晶的眼神。

没想到他还有这样的一面，久微忍住笑意，答道：“他啊，据说治病不会，倒是会在园子里种种仙草之类的。”

“什么啊，原来你也没见过？”白慕风嘘了她一下。

“我没飞升不都是你害的嘛，天人的那些事儿都是山神大人告诉我们的。”久微撑着膝盖，双手托腮，“话说我们接下来要去哪家看诊？这镇长也真是的，就算粮食短缺，也不至于抠门得连杯茶也不倒给我们吧？”

“这也不能怪他老人家，宝丫头是他唯一的女儿，他现在全身心都落在宝丫头身上，你就谅解下吧。”

“那也得喝水啊，特别是我们灵参，没水可是会干枯的。”就在久微嘀咕着要去下一户人家里讨水喝时，身旁的男人突然猛地站了起来，她不解地看了他一眼，“你又怎么了？”

“我想到了！是水源！”白慕风一脸恍然大悟。

“什么？”久微被弄得一头雾水，可大男孩已经急匆匆赶往镇中心方向，“医呆，你等等我！”她抱起他落下的药箱，疾步追了过去。

伫立在一口老井前的两道身影，协力推开了石盖。

“镇外的河流结冰，这口井就成了镇上主要的饮用水源，而巧合的是，怪疾就在入冬以后发生。”白慕风边说着，边奋力往前推了一把，将井盖挪开了半个井口的位置。

同一时间，久微似看到了一股黑烟飘出，她猛地将白慕风往后推了出去。摔在后头的白慕风抱着受伤的后脑勺，嚷道：“小古板，你干吗推我？”

“有瘴气。”久微掩着口鼻，迅速将井盖盖上。

“什么瘴气？我什么味道都没闻到。”

“那是凡人察觉不到的气味，”久微看向天际，那股黑烟盘旋了一会儿就消失了，“来自疫鬼的瘴气。”

疫鬼，是四处散布瘟疫的小瘟神，就爱往有人的地方溜达，所到之处小病不断，重则身亡，是个不讨喜、惹人嫌恶的存在。

这就能解释为何平和镇突然出现怪疾，罪魁祸首就是那个小瘟神。

“你去通知所有人暂时不要喝镇上的水，尽可能连外头的冰雪都不要拿来饮用，我到源头看看有没有被疫毒污染。”她正要只身前往，就被人一把拉住。

“你一个人？我陪你一块去吧。”话音刚落，白慕风又觉得自己有些不自量力，他区区一个凡人能帮得上什么忙，那丫头可是一株千年灵参精啊。大概是她那副弱不禁风的外表，总让他忍不住想要保护吧。

岂料，久微爽快地说道：“好吧，不过碰到疫鬼我怕你也中招了，到时候你将这个带在身上。”说着她把一只小木雕塞进他手里。

“这是什么？”木牌上刻有貔貅图样，白慕风不明白有何用意。

“这是辟邪貔貅，以前认识的一只貔貅哥哥送我的，他说疫鬼最怕瑞兽了，我想这个东西多少能派上点儿用场吧。”正好这回可以见识一下这法宝的功效。

“如果无效呢？”白慕风鬓发边滑下豆大的一颗冷汗，这怎么看都只是个单纯的摆饰吧？

“那就只好委屈你为民捐躯啦。”她理所当然地笑道。

白慕风：“……”

4

将水源受疫毒污染的消息通知众人后，两个人又匆匆赶往了溪涧的源头，一直追踪到了天山脚下，仍旧没有发现小瘟神的行迹。

“奇怪了，如果说平和镇的水流全都来自天山，按理来说，源头不可能有问题。难道疫鬼只在镇上散布疫毒？这可不像他的行事作风。”小瘟神所到之处必是凋亡颓败，如今人丁稀拉的平和镇正是有力的证明，她还以为小瘟神会连带着祸害天山生灵呢。

“传播疫病不一定只有水源，或许和食物、接触的人与物都有联系。”白慕风在山间溪流旁蹲下，伸手掬了一把溪水喝起来。

“哎，万一水里有毒，你这不就先把自己给撂倒了吗？”久微出声叫住了他。

白慕风莞尔一笑：“不是有你在身边嘛，灵参大人。”

被这么一夸，某株小灵参又飘飘然了：“说的也是，这世上就没有能难得倒我们灵参一族的毒物。”

“吼——”

彼时，密林深处传来了震耳欲聋的兽吼。接踵而来的是杂乱无章的脚步声和尖锐的叫嚷声，伤痕累累的猎户老陈踉跄地摔在了白慕风他们面前。

“快逃！”老陈拼尽力气朝他们大吼，接着便昏了过去。

紧随其后的巨大黑影突然惊现眼前，那是一头七尺高的大黑熊，它凶狠暴戾，仿佛要将人撕裂开。白慕风甚至来不及做出反应，身旁的矮个子姑娘就已先他一步走向了前方。

“小黑，不许吓唬人。”久微朝黑熊伸手摸去，全然不顾粉嫩藕臂会随时被猛兽如啃食糖饴般干脆咬断。

“久微小心——”正要冲过去“英雄救参”的白慕风，在看到少女与黑熊亲密拥抱的一幕时，顿时瞠目结舌。

事实上，他担忧的那些恐怖画面并未发生，不仅如此，在久微的驯化下，那头黑熊就如同一只听话的小黑狗。

他伸手戳了戳久微，不解地问：“小古板，这是怎么回事？”

“我都说了小黑是只乖巧的黑熊精，袭击百姓只是误会一场。”久微高举起小黑的大爪子，小黑则开心地用另一只爪子拍拍她的脑袋作为友好的回应。

若非知道她是灵参，这画面看起来还颇触目惊心。

“误会？你看看陈叔都被它一爪子拍到地上，差点儿小命都没了！”说到这，白慕风才想起仍昏迷在地的老陈。他连忙上前止血包扎，从未如此庆幸自己有随身带着药箱的好习惯，“哎，我的药箱呢？”

“喏。”久微将肩上笨重的方箱递了过去。跟着这个医呆久了，害她都有些耳濡目染了，还不忘为小黑的清白辩护，“陈叔被揍是事出有因，别看小黑这么壮硕，它只有三岁，小孩子不懂事嘛。”在她这个千年老参面前，天山上的精怪还都是些涉世未深的小毛孩，她作为继天山之神后的长辈，一向慈爱包容：“它会袭击闯山者，一定是受到唆使和误导，以为我被山下的人抓走了。”说到这里，久微意味深长地瞪了白慕风一眼。

白慕风知道，那幽怨的小眼神一定还在责怪他最初抓两株小灵参的事。在别人的地盘，他堂堂七尺男儿不得不孬种一回：“哎呀，谁这么大胆敢诬蔑英明神武的灵参大人遇害哪。”

“我大概知道是谁干的了。”久微微眯着眼看向前方。

因为始作俑者已经来了。

“咦，刚明明还听到小久微的声音，她人呢？在哪儿？小黑，你看见了没？”白衣飘飘的眉上霜抬手四处张望，直到目光落到了胸膛之下的矮冬瓜时，他突然佯装出受惊吓的样子，“矮子，你谁啊？”

久微双手抱胸，咬牙切齿道：“眉、上、霜！”

这一触即发的臭脾气还能是谁呢？当然就是他的亲亲小久微了。将她娇嗔的表情欣赏个遍后，眉上霜才道出迟来的关心：“小久微，原来是你呀，怎么变成这副德行？虽然也挺可爱的，但我更喜欢你从前那前凸后翘的大美人模样。”

这不说倒好，被戳到痛处的久微简直气得嗓子冒烟。面对眉上霜常态性的言语戏弄，即使是久微这个跟他相处了几百年的老朋友依旧难占上风。

她深呼吸一口气，决定无视眉上霜眼中的嘲笑：“你为什么要挑唆小黑和其他仙兽袭击镇民？”

岂料，眉上霜事不关己地划清界限：“我可没有挑拨离间，再说了动手的也不是我。只是看你突然不见了，山神大人又说你根本没去天庭报到，山上的小鬼们天天嚷着想你，我就只好勉为其难下山逛了圈，谁知道……”

竟然被他看到久微和白慕风出双入对的身影，他顿时火冒三丈，差点儿就要上去再毒咬那男人一口！可思及久微的训斥，最后他又窝囊作罢。

但总归咽不下这口气，等他回到山上，面对那群急待久微消息的家伙，他不过是在陈述的事实里加工了一些诸如“久微被臭人类抓去医馆典卖”“臭人类狠狠折断了她的参须”“还残忍地吃食她的参果参叶”等戏剧性的描述而已。

久微绝望地抹了一把脸：“眉上霜，你要我说几遍才明白？不准伤害普通百姓，这是我们天山的规矩。你这种顽劣的凶兽，何时才能放下天性中的杀戮和残忍？”她自幼便谨遵玄冥仙尊的教诲，敬重世间万物，相信一心向善必有好的因果循环。

不仅是久微，作为玄冥仙尊座下神祇的天山之神亦时常对天山众生灵灌输行善的思想。偏偏他们天山就有一个屡教不改的家伙，虽然他时常做的都是些无伤大雅的恶作剧，但这次眉上霜真的太过分了。

“如果我和白慕风没有上山调查水源的事，恐怕陈叔也要遭遇不测了。之前几乎奄奄一息的张大叔还在家里养伤，万一出了人命，这不是要让小黑背负滥杀无辜的罪名吗？眉上霜，你的恶作剧也该适可而止了！”久微厉声斥责，心中还有对自己放任眉上霜作恶的愧疚感。

“是，反正都是我的错，就让你这愚蠢的灵参在山下任人宰割，最好被发现灵参的滋补和美味，拿去炖汤煮药泡酒爱怎么吃就怎么吃好啦！也不知道我是为了谁才这么焦头烂额地东奔西跑……”眉上霜不甘示弱地呛声回去，却不经意看到一旁忍俊不禁的白慕风，眉上霜理智的那根弦终于断裂，露出獠牙，发出恫吓，“笑什么？臭小子，信不信我现在就咬断你的脖子！”

他作势就要扑过去咬人，白慕风立马躲到了久微这块挡箭牌身后，连忙为自己澄清：“这位美貌与气质并重的眉兄，息怒息怒。作为旁观者，我相当理解你的心情，但迟钝是一种不治之症，你需要多多谅解啊。”

眉上霜一听，整个人怔住了。

半晌，他仿佛找到了知音一般，可怜兮兮地抖着下唇道：“对吧，你也觉得某人很迟钝是不是？我几百年来都待在这鸟不拉屎的天山，我可是肉食系猛兽啊，我现在都改口吃素了，做到这个份儿上，竟然还被指控是顽劣凶兽，小兄弟，我真的好委屈，好嫉恨难平呀。”

“眉兄，莫伤心。”白慕风理解地拍拍他的手臂。

两个男人一来二去竟然一笑泯恩仇了，久微完全没听明白他们在嘀咕些什么，只有善良的小黑不时拍拍她的肩膀安慰几下，说：“别在意，因为俺也听不懂。”

5

听完来龙去脉后，眉上霜朗声大笑起来：“你说疫鬼啊？我当然认识那家伙，以前还被我戏弄过，后来只要一看到我就死命逃跑，所以他还哪敢到天山撒野！”

竟然会被世间最不待见的瘟神视如洪水猛兽，也不知道该说眉上霜厉害好呢，还是说他连瘟神都嫌弃，久微心想后者的可能性要更大些。

“那你知不知道他的去向？”久微立刻追问线索。

“冬眠那会儿被雪崩吵醒过，我在寻找新的洞穴时，看到那小瘟神鬼鬼祟祟地往南边飞去，说不定是找新的城镇祸害去了吧。”眉上霜慵懒地靠在树干上，眯眼瞄了她一下，“怎么，那瘟神找你麻烦了？”

“他在平和镇投下疫毒，现在很多镇民都病倒了。”

“这也是天命难违，瘟神的职责就是四处散播疫病，要不然何来人间疾苦啊？你们就别瞎折腾了，人各有命，节哀节哀。”眉上霜依旧是那副事不关己的模样。

而从刚才就一直沉默的白慕风突然喊道：“糟了，南边是洛河城，那里的百姓可是平和镇的好几倍，如果疫病散播过去，后果不堪设想。”

久微闻言，立马朝眉上霜投去一记狠厉的眼神：“还不快去？”

“我为什么要……唉，麻烦死了！”眉上霜拗不过她的坚持，随着一道金光突然消失在众人面前，看样子他是去逮小瘟神了。

久微欣慰地笑了，眉上霜嘴上虽然不愿意，但还是会乖乖照做，正是他这种刀子嘴豆腐心的性格，才让人没有办法讨厌他。

也许世间本无善恶，有的只是人心之动吧。

当小瘟神被带到面前时，脸上似乎多了些瘀青。

“你没事吧，疫鬼？”

“我……”久微的关怀让小瘟神顿时泪流，他正要大吐苦水就看到身旁的白发男人正凶巴巴地瞪着他，又联想到刚才在洛河城准备投疫毒的自己是如何被狂殴不止的，猛地打了个冷战，“我没……没事。”

小瘟神真想仰天长啸，他大概是全天下最倒霉的瘟神了。人人对他敬而远之，只有这些人穷追猛打将他五花大绑到面前来。他明明想做好神祇的本分工作，难道也有错吗？到底是哪里招惹到他们了？

“瘟神大人，请你收回平和镇的疫毒。”白慕风诚恳地双膝跪地，俯身叩头不起，想他这般骄傲的男子竟会不顾自尊当众下跪，他的这份赤诚之心再次打动了久微。

“咚”一声，身边多了道俯首叩拜的身影，白慕风偏头看过去，那条属于他的褐色发带覆在白雪上，微微濡湿了一块儿，心坎却因此炙热了起来。

他正要阻止，却换来对方更快开口。

“我不是为了你，我是为了平和镇的百姓。”久微口是心非，可红透的耳根泄露了她的心事。

不管理由为何，白慕风仍感激她的相陪。

见此情景，连小瘟神都不禁觉得自己是个残忍的神祇，除了给世间带来疾病和厄运，他根本没有被百姓供奉的理由，是众神中香火最凄惨的一只了。可如今竟有两个家伙虔诚叩拜自己，他忽然眼眶微热，原来被百姓顶礼膜拜的感觉是这么幸福！

“你可别指望我会跪你！想都别想！”眉上霜冷冷地瞪了过去，瑟瑟发抖的小瘟神反倒惶恐地给他大爷叩拜。

“我帮我帮，千万不要杀我啊啊啊啊啊——”长长的尾音之后，小瘟神却又突然为难了起来，“不过眉大爷，散播疫病本就是我的工作，上头若问下来，小的不好交代啊。”

岂料，眉上霜发出狞笑：“有什么不好交代的？你让这么多百姓因疫病身亡，这要忙死地府了知不知道？少折腾一两次怕啥，若被问起，你就报上我‘勾陈’的名号。”

有人愿意背黑锅，小瘟神自然轻松了不少。可到底是软心肠，小瘟神便答应了久微他们的请求：“好吧，我只是迫于压力才改变主意的。真的，全都与我无关。”为撇清关系，还特意强调了一遍，随即就飞往平和镇撤回了投放的疫毒和厄运。

目送远走的小瘟神，众人欣喜异常。

久微这才想起来刚才想要问的事：“眉上霜，你什么时候有个‘勾陈’的名号？那不是狐神吗？”

被揭穿事实的眉上霜也不害臊地承认了，他阴险地咧嘴笑道：“对啊，谁让他三百年前和我抢过地盘，害我不得不屈就在天山，就让他当个冤大头呗。”所以，他在外面闯祸，凡事都报“勾陈”的名号，从不给自己添麻烦，嘿嘿。

一旁的白慕风和久微顿时咋舌，这个眉上霜真是得罪不得。

第二章

斗智斗勇
斗贵妃

1

也许是疫病的阴霾退散，平和镇接连数日的纷飞大雪也渐渐消停。雪霁初晴，呈现出一片万家清景，暖意融融。

眉上霜也在久微的要求下，心不甘情不愿地去疏通被巨石堵塞的山道，其间还被勒令将私藏的冬菜野果以及熟知的冬鱼出没处大方分享给镇民。眉上霜原本死活不答应，可不知白慕风对他说了些什么，最终以久微的一颗参果作为条件赢得了眉公子的心甘情愿。

“没想到你连毒蛇都能驯化了，也太能干了吧？”久微诧异于几百年老友就这样被一个小大夫调教得服服帖帖。

不料，白慕风似笑非笑地说：“我只是比较清楚他的弱点而已。”

“弱点？我怎么不知道？”

久微感觉这千年白活了，竟然都不知道眉上霜有弱点！

说来这眉上霜也是个性情乖僻的蛇精，五百年前他初来天山，性情凶狠残暴，当时一身血污，足以吓得一众小兽鸡飞狗跳，生怕自己会成了他的盘中餐。

他这个不速之客自然逃不脱山神大人的法网，只是当时他奄奄一息，于心不忍的久微便为他求得了生机。

再次见面已是数日以后。

当时，在树上修炼的久微失足坠下，正好一屁股坐在了刚爬行而过的眉上霜身上。眉上霜张开血盆大口，就是一阵怒吼。

可久微只是顺手摘下头顶几颗参果，投入它的口中。眉上霜咕噜一下，便吞了下去，惊变成了人形。

“丫头，你往我嘴里乱丢什么？”他本就白皙的肤色，此刻只剩下死灰。

久微却无视了他的狰狞，小脸满是惊喜：“咦，没想到你的伤好得这么快。看来我的参果还是很奏效的嘛。喏，多吃点儿，顺便提升内力。”

眉上霜眯着危险的眸，冷冷地说：“信不信我现在就吃了你？”

“你不是刚答应过山神大人不乱开杀戒吗？”这可是他留在天山的条件，更何况他身上还有致命的咒印，久微谅他也不敢乱来，“不过，你真想开荤的话，倒是可以在附近庄园捕食鼠类，顺便为民除害，我们会很感谢你的。”

她那副笑容可掬的模样，彻底激怒了眉上霜。

“你在小瞧我吗？”他张牙舞爪着，作势就要袭击她，岂料久微突然捧住了他的脸。

看到他额头上的伤口，久微又唠叨了起来：“哎呀，你也太不小心了。”说着就摘下自己的一片参叶，咀嚼成碎末后涂在他脸上，再包扎固定好。

“臭丫头，你好恶心，你往我脸上吐了什么？”没想到久微力气那么大，再加上他为养伤休眠几日并未进食，实在无力抗争，也只能嘴上使坏。

“你那伤口有狐毒，要是不处理好，会危及性命的。真是的，怎么又跟狐神结梁子了？”虽然他是条毒蛇，也不知道中毒对他会不会有影响，久微的善举完全是出于天性，“注意这几天别碰水，长得那么好看破相了多可惜。”

眉上霜顿时红透了耳根，向来伶牙俐齿的他竟连一个字也吐不出来。

至于当时眉上霜是受到了何种冲击，已不可考究了。

随后，久微将这段时间在山下发生的事情，如实向天山之神汇报，天山之神不仅没有追究错过飞升的事，还将粉碎的灵珠修补完好。

“山神大人，这灵珠为何会夺走我的灵力？”得到修补的灵珠，久微犹豫着是否要再戴回身上。

雪峰顶上禅坐的苍苍老者，沉声道：“这灵珠本是玄冥仙尊用以抑制你灵力的法器，若非灵珠，你这般强大灵力的仙参岂能安然无恙地度过这千百年？早就引来四面八方的凶兽恶徒将你拆吃下肚，还哪能优哉至今日，更遑论飞升？食用灵参能大大增强修为和灵力，普天之下没有不对其虎视眈眈的。”

原来，玄冥仙尊处处都在为她着想。久微感激地轻吻灵珠，想象着玄冥仙尊的容颜，她真的很想很想快点儿见到他。

可如今他身在何方？

直觉告诉久微，飞升只是山神将她送上天界的借口——传音螺那头依旧是空茫的仙音，与无数次落空的等待。

久微敛了敛神色，对天山之神恭敬地屈膝下跪。

“山神大人，久微有一事相求。”

平和镇紧张的物资得到缓解，百姓最为感激的就是慷慨解囊的白慕风。他因为救治了镇上疫病百姓，还得到了少年神医的美誉，因此他是“鬼镇”救世主的传言便不胫而走了。

当被问到物资从何而来时，白慕风只将这归功于天山显灵，为了不让大家起疑，他还把冬菜和垂钓的采集点当成是自己不经意间发现的。这也是为了保护久微他们不被打扰，让天山留有一片净土。

因此，人们更是大为歌颂天山之神，平和镇举行了接连数日的祭典，以还愿天山的庇护和祈求新的一年能风调雨顺。

恢复了与外界往来的平和镇日渐生机复苏，之前逃出镇外的镇民再度归乡，看到阔别已久的熟悉面孔，亲人们相拥而泣，白慕风竟有些感动难言。

“久微，谢谢你。”像现在这样两个人一起愉快地逛花灯，是三个月前的他完全无法想象的情景。

“谢什么呀，我也不过是还你人情。”久微用手指圈玩着耳边的束发，那条旧发带仍系在须根之上，混在黑发内随其轻曳。

见状，白慕风突然在一个小商贩前停了下来：“麻烦把这个包起来。”

那是一条鹅黄色的雪纱发带，缀有琉璃珠和蝴蝶发钗，远比他当日取来凑合用的男子发带要精致漂亮得多。

“这个送你，姑娘家还是喜欢打扮得漂漂亮亮的吧。”他正要伸手替久微卸下旧发带，她却躲开了。

“不必，这条发带我很喜欢。”她指的是头上的旧发带。

“可是，那已经很旧了。”

“我不介意。”

久微的认真决绝，让白慕风自觉有些无趣：“是吗？我以为你会收下这份礼物。”他作罢，想要将新发带退给摊主。

呀，原来这医呆误会她不领情了，久微连忙拉住他的手，急急解释：“不是，我只是不想你破费……总之，谢谢，我很喜欢。不过，我也不舍得丢掉旧发带。”

“这很简单，”白慕风又向摊主索要了一只小锦囊，塞到她手心，“把发带装在里面就可以随时带在身上，以后就算回到天山，也不怕没有替换的发饰。”

话说到这里，彼此突然陷入了尴尬。

是了，这丫头也该回天山去了。起初自作主张将久微带下山，本就是为了给镇民治病，现在疫病痊愈，也该到了分道扬镳的时候。

“你……”两个人异口同声地开口。

还是白慕风率先打破死寂：“别露出这副难过的表情，明明是我先不经同意把你掳下山，最后你才不得不接下这烂摊子。现在一切圆满解决，你也终于可以安心飞升，当一个名副其实的神仙了，你应该开心才对。”

虽然相处的时间并不长，但白慕风已经对这株小灵参有了难舍的感情。

“以前，我的心愿的确是飞升，但是……”自从下山经历了这些，她发现世间比想象中的要辽阔宽广。当那些百姓对她展露出质朴的笑容时，久微深刻地意识到，原来就算不当神仙，她也可以以一己之力帮助许多人。

如果只是一心向善，又何必在意是否名列仙班？

况且，白慕风是个让她放心不下的人。他身上有着来自星宿界的印记，久微曾问过天山之神关于星宿印的事，却被告知星宿印是星宿神专属的仙印，这一发现更让她怀疑白慕风与玄冥仙尊的关系。

而她在平和镇的这段时间，也并非游手好闲。她曾四处打听过白慕风的消息，除了知道他自幼无母，已故爹亲是个大夫，他从来都没有离开过平和镇外，便再无所获。这样平淡无奇的人，怎会和星宿印联系在一起？

白慕风身上也没有灵力的感应，虽然不排除他刻意隐藏，但那天小黑袭击猎户老陈时，久微本想袖手旁观，等他露出马脚，可目睹他双腿发软的情景，却又消除了他是隐仙的可能性。

白慕风究竟和玄冥仙尊的失踪有无关联，现在还不能下结论，他身上实在有着太多谜团。而且，一旦飞升，恐怕她就没法再干涉凡尘俗事了。

她心中似有决定，便将新发带递到白慕风的手中，小巧的嘴角微微翘起：“我现在的心愿是，到处游山玩水，再历练一段时间。不知道小大夫愿不愿意帮我梳个新发，然后到处游玩一番？”

悬在心中的不舍和惆怅，突然烟消云散。白慕风宠溺地笑道：“你这么小的愿望，我当然可以帮你实现。”

久微看得出来他很开心，不知怎的，她也傻傻地笑了起来。就在气氛正好之时，突然一道聒噪的声线介入了两个人之间。

“我不同意！”

两个人循声望去，竟是眉上霜，围在他身边的还有镇上的年轻姑娘。久微忍不住投去鄙夷的视线，这家伙到了山下也是个不安分的主儿啊。瞧那些女孩，都被他的油嘴滑舌逗得花枝乱颤了。

“你不同意也没用，山神大人已经答应了。”久微不理会眉上霜的抗议，拉着白慕风就往闹市方向走去。

这一亲密举动立马引来眉大爷的不满，他挣脱姑娘们缠绵的小手，硬生生挤进两个人之间，用长臂勾住右侧白慕风的肩膀，像拉拢住强有力的友军，对左侧的姑娘霸道地宣告："我决定了，既然小久微要下山游历，那我就勉为其难当个护卫好了，谁让我古道热肠，肝胆相照。小白，你说对不对？"

"小白？"白慕风不确定地指了指自己。

"对啊，咱这么熟了也别太生分，小白你也别喊我眉兄眉兄的，听起来真像'没胸'，就叫我阿霜吧。"虽然眉上霜小肚鸡肠又记仇，但是一旦被他认定为朋友，他就会仗义热情。平日冷若冰霜的外表都只是伪装，他实际上是个静不下来的话痨。

"你得了吧，分明就是觊觎我的参果。你说你都几百岁的老人了，怎么还这么贪吃？"久微毫不留情地挖苦他。

"谁……谁稀罕了！"眉上霜呛声回去。

白慕风被他们斗嘴的情景逗得扑哧一笑，一参一蛇的到来，似乎为他一成不变的生活增添了无数欢声笑语。

年节也不再冷清，三人围着矮桌吃着刚出锅的饺子，夹杂着不时的拌嘴，窗外依旧白雪纷飞，可白慕风眼中的平和镇却已不同往日的模样。

原来一旦习惯了热闹，就很难再回到从前孤零零的日子。

2

店里的美颜露我全要了！

抱歉，只剩下最后一瓶了。

这是我的，别抢！

走开，先到先得——

明明是我比你先到的！

……

残冬积雪渐渐消融，早春仍有些许寒冷。不知何时，白家医馆人满为患，其中不乏周边城镇慕名而来的人，他们全都为了抢购最近备受欢迎的美颜露。

美颜露实乃千金难求，因为每月只卖寥寥数十瓶。为何说美颜露难求？因为那是白家医馆特制的养颜活肌圣品，据闻平和镇一位容貌损毁的妇人服用美颜露后奇迹般恢复丽容，城西左脸有块大黑胎痣的男子还因此消除了多年的自卑，还有年近六旬的花婆婆如今看来竟年轻了十岁……

不得不说这全归功于久微。自从白慕风发现灵参具有快速愈合伤口的特性，他灵机一动，萃取了活肤草药的精华与灵参汁液调配出了美颜露，没想到竟带来了如此大的商机，每回总是很快被抢购一空，也难怪人们为求美颜露差点儿大打出手。

虽然久微不满于自己被当作摇钱树利用，但白慕风说，要生存“银两”是不可或缺的东西，而且攒够了钱才能陪她四处游山玩水，于是她心动了，妥协了一次又一次——每天一日三餐都变回原形泡在木盆里冥想“人参”。

“慢走。”送走最后一批客人，白慕风差点儿笑弯了眉毛，按照这个趋势发展，美颜露有必要增加产量了。而且，钱滚钱，利生利，才是最聪明的做法。仅凭他们两个人的力量稍显单薄，若是与晏城的商铺合作，再开个分铺，然后层层分销，到时候必定赚到盆满钵满了。

“你笑得好奸啊。”一旁的久微忍不住开口调侃。

自知失态，可一想到待会儿要清点银子，却难掩好心情，白慕风索性拿来几锭银子褒奖她：“再去添几道菜，或是买你喜欢的糖葫芦也行。话说阿霜怎么还没回来？”

“那家伙，肯定野去哪里调戏姑娘家了。”久微正打算出门逮买菜一直未归的眉上霜，结果医馆外竟来了批不速之客。

“你是白慕风？”门外兵卫一字形排开，为首之人笑着发问，却在看到他们惊异的神色时，径自笑答，“我想应该是找对人了。”

日落西斜，倦鸟知归。

待到眉上霜回到白家医馆时，已是夕阳西下。太久没到凡间溜达，没想到竟变得这般有趣，以至于他乐不思归。他现在才把菜买回来，敢情要被久微暴打一顿了。正当他估摸着要找什么借口开脱时，人已经踏入了医馆内堂，可等待着他的却是一地狼藉。

看见医馆内有被翻找过的痕迹，地上撒满了药材和瓶罐，眉上霜手中的食材猛地跌落在地。可他跑遍厢房，都没有找到久微和白慕风的身影。

究竟在他离开期间发生过什么？嗅觉灵敏的眉上霜皱了皱鼻翼，脸色猛地一沉：“有不属于平和镇的气味。”

经过几天几夜颠簸的旅途后，久微和白慕风被押送到晏城的一个大宅邸前。

白慕风抬头一看，竟然是将军府！

“走快点儿，别让徐将军等太久！”后方两个钦差又粗暴地推了白慕风一把。

“喂，你们这种态度也叫请人做客吗？”久微瞪了过去，衣袖间已冒出了隐隐可见的参须。白慕风眼疾手快地拉住她，将她藏在自己身后，连忙向人赔罪。

“抱歉，两位官爷，是我耽搁了。”

等在将军府外的是负责接引的徐总管："这位一定是白大夫了，这是……"徐总管瞄了一眼白慕风身旁的久微。

"这是我的学徒，也是美颜露的制药人之一，还望理解。"

徐总管了然地点了点头，便开始带路。

身后的久微忍不住嘀咕："干吗不逃？你是不相信我的法术吗？"对她这株千年灵参来说，要收拾两个官差简直是小菜一碟，如果不是白慕风出言阻止，对方根本不会有把他们带出平和镇的机会。

"我当然相信，但贸然得罪徐将军，我怕会惹上不必要的麻烦，还是先静观其变吧。"徐京墨是这附近赫赫有名的将军，年纪轻轻就屡立战功，而且为人刚正不阿，在百姓当中一直素有威望。如果和徐京墨杠上了，白慕风担心会拖累平和镇的百姓。

这时，他们已经被带到了东苑的荷花亭，那里端坐着一位锦衣男子。

"少爷，白大夫带到。"交代完相关事宜，总管又识相地退到苑外，并对外头的仆人使了使眼色。

入口顿时被重重家仆围住，看来是绝不给他们逃生之机。

白慕风收回视线，连忙向面前的背影俯身行礼："拜见徐将军。"长臂顺便将身旁无动于衷的脑袋一并按下。

"干吗？"久微挣脱，抬头看向面前的男人。那人正好转身，一双凌厉的目光随即睨向了她。

那是个面容清秀的男子，年纪稍长白慕风，眉宇间英气逼人，虽此刻没有铠甲加身，但与生俱来的霸气却让他不怒自威，尤其是那双冷凝的深眸，此刻正直勾勾地瞪向浑身打战的白慕风以及身旁眨着好奇大眼的久微。

徐京墨挥手遣退身边一众仆人，在身旁做出"请"的动作："事出有因，不得已才请二位前来，如有冒犯请多包涵。"

"不知将军请草民前来，所为何事？"来的路上，白慕风已经听说这次被"请"来将军府的目的——美颜露。

只是，他不明白，堂堂徐大将军要美颜露何用?

见白慕风如此爽快，徐京墨也乐见其成："那我就开门见山了。我听闻前不久平和镇疫病泛滥，是白公子平息了疫疾。而且，你还研制出一种能让女子容貌复原的美颜露，你当真是百病能医？"晏城中关于白慕风的传言甚多，徐京墨也略知一二，今日一见，没想到竟是个比自己还小的少年郎。

"不敢当不敢当，只是平日多有钻研医术。不过，美颜露非灵丹妙药，是有活肤生肌的功效，并不能彻底改头换面。”

“哼，臭不要脸。”白慕风这厢谦虚地回应着，久微忍不住低声驳斥，若没她的参露制药，他哪来传言中的妙手回春？不过，她是头一回听说男人为了美颜露，不惜打家劫舍夺人回府，她不禁调侃道：“将军你也要美颜露？看不出来你也有爱美之心哪。”

“久微！”白慕风顿时冷汗涔涔。

“我只是实话实……呜。”不等小嘴添乱，已经被人紧紧捂住。

白慕风赔着笑：“将军若要美颜露，大可让草民在医馆赶制。可专程把我请上府，想必事情并不简单。”

“不错，我把你找来是为了诊治七公主。”

“那个美艳倾城的七公主？”

淮南国七公主容半夏是世间少有的才情女子，不仅如此，她天姿国色，自幼便是淮南王宠溺的掌上明珠。只是，她的容貌既为她招人喜爱，也为她招来嫉妒。

“公主遭人暗算，如今容貌尽毁，终日以泪洗面。”徐京墨眼中闪过心痛之色，他沉声道，“为了能心无旁骛地为公主治疗，就委屈白大夫在将军府小住一段时间了。是收下这袋诊金，还是做一堆白骨，我想你一定清楚怎样选吧。”

徐京墨眸色一凛，仿佛迸射出冷冽的寒光。

虽然久微毫不惧怕，但奈何这样的恫吓对身为小老百姓的白慕风确实奏效。

那言外之意就是他脖子上这颗脑袋是否健在，全关乎能不能治好公主了。

“久微，这次也要麻烦你了。”白慕风端来一盆温水，恭敬地端放在桌上。

那株刚从水盆里爬出来的灵参一看，立马怨声连连：“又来？我都快泡脱一层皮了，不干，再怎么说我也不会答应了。”

灵参跳下桌子绕到屏风后，一阵金光乍现，再出现时，已变成一个窈窕少女。她一屁股在床边坐下，对熠红的小脸扇风。

白慕风拉来一把椅子在她身边坐下，并双手合十：“最后一次，真的。”

这让久微突然气不打一处来：“你总说这是最后一次！那个徐将军到底有什么好怕的？你可是平和镇的大夫，不是将军府的奴仆。”她心甘情愿为百姓贡献参露，却不屑为强权恶势折腰。尤其白慕风现在所做的一切都是为了那个七公主，这让她不知怎的十分吃醋。

“久微，我不是害怕徐将军，我是担心平和镇的百姓。”他拉过久微的手，用方巾仔仔细细地擦拭着上边的水珠，看着她被长期浸泡的泛白肌肤，他又何尝不愧疚。

“哼。”她别开头不看他，墨黑的青丝从耳侧倾泻而下。鹅黄暖色的飘裙下露出一双白皙裸足，她赤脚踢踹着他泄愤，虽不是最初相见时的娇艳模样，但这副粉嫩样子仍教人忍不住意动。

白慕风伸出大掌揉乱了她的头发，发出沉沉的笑声：“就当助人为乐吧，七公主如今这副模样，想必徐将军也不好受。”

这段时间白慕风专心为公主研制美颜露，徐京墨则为了给公主私自带药，每日往返于将军府和皇宫，然而他总是失望而归。心如明镜的白慕风自然看出了徐京墨对公主的情谊，只是没有点破。

“待到明日进宫为公主看诊后，膏方的剂量还需要再做调整……”见久微仍闷闷不乐，他微微倾过身体，示意拉钩约定，“我答应你，治好公主后，我就带你到周边城镇玩玩，怎么样？”

听起来似乎很诱人。久微咬了咬唇，真是狡猾，就知道用俊美的笑容蛊惑她。她无视那伸来的尾指，双手抱胸，冷哼一声：“你幼不幼稚，还玩拉钩？我答应你就是了。”

好奇怪，明明心里不愿意，可话从他口中说出来时，她却难以抗拒。是因为眷恋他大掌抚触头发时的温柔感觉，还是……

久微像是要确认一般抬头看向那清俊侧颜，青丝沐浴在余晖里，如刀削般的分明五官逐渐暖化成晚霞的颜色，竟温暖得不可名状。他与回忆中的那位神祇重叠，温柔的叮咛犹在耳畔。

久微，在天山要乖乖地等我回来。

小灵参忽然鼻子一酸，有了想哭的感觉。但她甚至没来得及酝酿悲伤，怀里突然被塞入了一个小木盆，随即头顶传来凉凉的声音：“久微，那就麻烦你再泡一盆参露了，晚饭的时候我再来。”“砰”的一声，颀长的身影消失在门扉之后。

可恶！这个浑蛋医呆！

3

天一亮，两个人乔装成徐京墨的贴身奴仆一同进了宫。

“这就是皇帝所在的宫殿啊？”发出惊叹的不仅是久微，连自恃冷静的白慕风也没能压抑住乡医对宫廷的向往，“听闻太医院里的御医个个医术高超，宫中还有不少西域奇药，真想去见识一下。”

“可纵使集天下名医和奇药，也治不好公主。”徐京墨的声音略显沙哑，他目光深沉地遥望前方——清荷居。

七公主生于半夏之时，故名容半夏，又因喜爱清荷，所以她所居住的清荷居常年碧翠繁盛。只是这里如今冷冷清清，完全被孤立成一座冷宫，连宫婢也不多见。

“哎，这花我们天山也有。”久微兴奋地指着庭院内如烈焰般的花簇，正要上前好好观赏，便被白慕风一把拉住。

白慕风朝前努了努下巴，只见徐京墨目不转睛地盯着居室中隐现的瘦弱身影。不一会儿，屋内跑来一个宫女，那是七公主的贴身婢女钰莹。

“徐将军，您来了，快帮奴婢劝劝公主吧。”

话音刚落，房内又传来了落地的脆响，徐京墨似了然一般，疾步走入了寝宫。一进屋就看见床沿边遍地狼藉碎片，绒毯被药液润湿了一片，而匍匐在地的面戴丝纱的容半夏正痛苦地捂住胸口喘咳，细腕上有着数道口子，身旁是沾着猩红的碎瓦。

地上那些被砸碎的瓶瓶罐罐皆是美颜露。

“半夏！”徐京墨心急如焚地冲向那女子，惊觉她尚有气息，紧绷的神色才稍有缓和。将容半夏安置在床上后，他忍不住低声呵斥：“公主，你冷静点儿！”

“我受够了，就算每天喝药也治不好，还不如让我死了。”容半夏气若游丝，时而语意狂躁，“反正我在宫中已成他人的笑柄，苟且活着只会让我更无颜面。”她承受着常人所不知的灼痛，除了喝止痛药，并没有任何办法排解痛楚。

“我知道你很痛，但请你再忍耐忍耐，很快就会好起来。”徐京墨紧握住手中的柔荑，眼神坚定。容半夏这才意识到他带来了两个陌生人。随即，他便说明了来由，“我带来了那位少年神医，他一定可以治好你的脸。”

“连宫中的御医都治不好我，他又能做些什么！”自从她毁容后，在宫中完全失势，连一向对自己宠爱有加的父王也不再来清荷居看望自己。

“半夏！”徐京墨不顾君臣礼节，沉痛地呼喊出声，“我从没有放弃过希望，若你就此自暴自弃，又如何告慰瑜妃娘娘的在天之灵？所以，请你也不要轻言放弃。”

他的固执，让容半夏忍不住湿了眼眶，良久，她终于似妥协般点了下头。

原来，容半夏曾在一年前遭人毒杀。当时的容半夏可是淮南王最宠爱的幼女，她天生丽质，心地善良，却因庶出身份，受到其他皇子公主及嫔妃的嫉妒。虽然保住了性命，但身上的余毒却让容半夏美貌不再，终日只能以面纱遮掩真容。

而自从毁容后，一向温顺的容半夏变得性情暴躁，这让一直守护在她身边的徐京墨十分痛心。

“虽未彻查出痛下杀手的真凶，但我知道这背后一定是李贵妃搞的鬼。”徐京墨咬牙切齿道。

李贵妃如今是淮南王身边的大红人，她诡计多端，在后宫只手遮天，连皇后都不得不避忌她几分。仍无子嗣的她能巩固在宫中的势力，除了靠拉拢朝中权贵外，更因为她掐准了淮南王的昏庸无能。

在她的挑唆下，淮南王不仅听信了谣言，将冰灾和战事归结于七公主是祸国殃民的灾星，更将七公主弃之不顾，以至于整座清荷居沦为冷宫禁地。除了照料其生活起居的婢女钰莹外，鲜少有人问津。

听了容半夏的遭遇后，久微愤恨难平：“虎毒尚且不食子，淮南王却不管亲生女儿的死活，他也算是个当爹的人吗？竟然相信妖言，简直太可恶了。”

“不知道从何时开始，父王整个人都变了，不仅不顾朝政，还终日贪恋女色。”容半夏被搀扶着坐下，“他从前是最疼爱我的，现在却……”思及此，她又哽咽了起来。

从头到尾都一言不发的白慕风，突然提出了一个关键点：“公主，你中毒当日有没有吃过或碰过平日不常见的食物？”

容半夏一怔，答：“我记不太清楚了，那天是李贵妃的生辰，宴食皆由御膳房准备，我与众人共同入席，并无任何异样。宴后，我便回了寝宫。”

白慕风了然地点头，道：“公主介意揭开面纱吗？”

容半夏虽多有犹豫，但在徐京墨鼓励的眼神下，终于鼓起勇气揭开了面纱。她脸上的印痕如火烧一般，被烙下的颜色深浅不一，使得原本白皙红润的脸蛋变得异常狰狞。

久微禁不住皱起一对好看的柳眉，呢喃道：“这种症状好像在哪里见过……”

“这看起来像是火烧所致。失礼了，公主。”白慕风伸手摸过去，微微吃了一惊，“皮肤相当平整，没有灼烧过该有的粗糙感觉。”思及刚才被公主砸碎的美颜露，他阻止了正在收拾的钰莹。

仔细查看了一下瓶身的碎片，确认是将军府带来的白玉瓷瓶无误。接着他在众人讶异的目光中，用指尖蘸取了些许美颜露舔食，随即面露异色，忙往一旁吐了出来。

“美颜露里有毒。”这味道和他研制的配方略有不同，虽尝起来和平日的美颜露相差甚少，但他仍是尝出了其中的不同——用量极少，却能起到慢性中毒的效果，最终病入膏肓而回天乏术。

不经意瞥见身旁的婢女脸色煞白，白慕风正要投以关心，就听到徐京墨震怒的声音。

“怎么会有毒？这些美颜露每天都由我亲自送入宫中，并看着公主服用才离开，其间断不会有任何差错。”他立马质问清荷居唯一的贴身宫婢，“钰莹，这几日可有其他人进出过清荷居？”

“公主出事后，除了圣上和将军外，便无其他人来过。”钰莹小心翼翼地答。

“当真？你若有隐瞒，我定要让你人头落地。”尽管对公主再三保护，却仍是被歹徒逮到机会迫害公主，疑心早已让神经紧绷的徐京墨草木皆兵。

畏惧于他的恫吓的不只是钰莹，就连容半夏也害怕他真的会治钰莹的罪，她立即袒护自己的婢女：“钰莹不可能做这种事！她每日细心照料我，待我情同姐妹，又怎会做这种歹毒之事？若要治罪，怎不先质问那制药的大夫？”

这话一下就把久微的怒火“噌”地烧起来了。

看见出自她参体的美颜露被糟蹋在地时，就已经憋了一肚子的委屈，现在还把好人当贼看，这就让她彻底忍无可忍了！

“公主，我们大夫不眠不休地赶制美颜露，难不成就为了下毒祸害你？我们还没蠢到去做这种自招嫌疑又吃力不讨好的事。”

药出自谁的手，谁的嫌疑最大，这样的想法无可厚非。奈何每一瓶美颜露在入瓶以前，徐京墨都以身试药，并且瓷瓶还是由他亲自购入，白慕风绝不可能有任何做手脚的机会。

“我可以做证，这些美颜露在入宫前确实没有任何问题。”徐京墨的保证虽洗脱了白慕风的嫌疑，但关于毒从何处来，使得毫无头绪的众人再度陷入了僵局。

随后，徐京墨命人销毁了清荷居的所有美颜露，独自留宫调查，而白慕风和久微也先行折返将军府等待消息。

此番入宫不仅没有找到解毒的线索，反倒让事情变得更棘手。沿途白慕风仍在思忖着种种疑点，可马车却中途突然急停了下来。

“发生什么事了？”白慕风掀开帘布，朝马车前方看去，地上正摔坐着一个人。

马夫生怕被主子责骂，连忙向他歉然解释：“白公子，你们两个没有受伤吧？刚才有个路人突然冲了出来，马车差点儿就给撞上了。”

他摆了摆手，边说边朝地上那人看去：“我和久微都没事，那位小兄弟呢？有没有受伤？”马夫立刻会意，接过他递来的碎银下车去打点一切。

行人爬起来，笑着行了礼，便拎着从马夫那讨得的碎银匆匆离去。

“原来他是讹钱的！”不安分的小手想朝那骗子施以法术惩戒，却被大掌紧紧抱住，抬头就看见一张严肃的脸庞。

“别给徐将军添堵。”接着笑容慢慢舒展开来，得意道，“反正碎银都是徐将军打赏的小零头。”所谓收人钱财替人消灾嘛，掏点儿钱就能少点儿麻烦，何乐不为？

可久微却不认同：“你这是助纣为虐！”反正他们凡人那点儿心思她是不懂，她始终相信多行不义必自毙，仍是对远去的那道背影施加了一星半点儿的法术。

白慕风失笑着摇头，一时半会儿还是难以让她明白这些人情世故。另一边，正炫耀着飞来横财的骗子却因上馆子没钱掏付而被送押官府，而那些碎银转眼就落进了路旁乞儿的碗中，引来巷口一阵感天谢地的喟叹。

马车因为躲避行人急停，导致后轮断轴，未能继续赶路。所幸他们所在的闹市距离将军府并不远，白慕风便向马夫交代了几句，决定两个人自行徒步回去。

“久微，我们走吧。”

可他刚一转身，久微的身影却消失不见了。

4

久微一边拭汗一边找着最近的茶铺，天阴晴不定，格外闷热，她好渴，再不灌口水的话，她很有可能昏倒在街上。

可没走几步，她就被前面人声鼎沸的茶馆吸引了注意力。久微笑逐颜开，加快脚步朝茶馆方向跑去。

茶馆小二热络地招呼她进去，还没给姑娘介绍菜品香茗，就惊讶地看见久微大口大口地猛灌茶水。若非矜持，恐怕她会把整个茶壶对着嘴里灌吧？

吃饱喝足，久微感觉整个人都活了过来，这才发现茶馆里聚满了看客。她忙揪住小二问：“那些人在做些什么呀？”

视线越过人群，能看到茶馆最里边一字排开的桌上各放着几只古怪的箱子，上方各有一个探口，其下都蒙着黑布，让人无法瞧见里面装有何物，而箱子前突兀地站有三人。

“姑娘不是本地人吧？这是我们茶馆一年一次的奇趣比试，因为我们掌柜常年来往西域，总是带回很多奇珍异品，这个比试就是为了挑战各位的勇气和学识。最终胜出者不仅能全年在本茶馆免茶白吃，还能获得一件西域奇珍和几串赏钱。”奖赏虽然诱人，但要胜出也并非易事，因为这比试几乎要有豁出性命的勇气，运气更是不可或缺。

往年在奇物箱里就曾出现过毒蝎和刺蛛，这可把众人吓破了胆。所以围观群众虽多，可参赛者却寥寥无几，毕竟再多的奖赏也得有小命花呀。

“什么奇珍这么宝贝？”

只见店小二神秘兮兮地介绍道："据说我们掌柜这次带回了西域特有的避暑圣玉——雪魄瑶。它透如天山冰晶，所属极寒地脉，不仅能在夜里发出瑰丽的霞光，更有祛热静心的玄妙功效。"

"这么神奇？"久微也不是没有见过仙石，但有如此药疗的奇玉还是第一次听说，这令她突然来了兴趣。况且，到晏城这么久了，每天都待在将军府里泡参，都快把她给闷死了，今天再怎么样也得玩个尽兴再回去，于是一听到能参赛，她早就乐得把白慕风的事给抛诸脑后了。

久微斗志满满地挽了挽袖子，朝奇物箱走去，她的出现立马引来了此起彼伏的惊讶呼声。没想到这个姑娘个子小小的，胆量却这么大，还是唯一女参赛者。

包括久微在内，另外还有三位参赛者，最右边两位大汉身形壮硕高大，而最引人注目的莫过于她身旁的那位男子，他身披斗篷，脸掩在兜帽下看不确切，给人以神秘而疏离的感觉。

久微原本并不在意，可空气中弥散着一种奇异的香气。她皱了皱鼻翼，凑近斗篷男子嗅了嗅，对方被她的举动吓了一跳，连忙喝止："姑娘，何事？"

"你身上有一种淡淡的香味，好奇特，不像是寻常草药香。"久微不谙世事，并没觉得这样的行为在他人眼中有多么逾矩与不懂矜持。

"子苓？"斗篷男子在看清她的容貌时先是一怔。

"嗯？"

见久微眨巴着不解的大眼睛，斗篷男子似在说服自己一般摇了摇头，最终他又闭口不提，不再理会久微。

他这反应让久微不禁摇头喟叹，这晏城真不愧是王城，和平和镇完全不一样，不仅贼人居心叵测，连来往的百姓也格外冷漠，而且怪人更多！

过了一盏茶的时间，掌柜见再无参赛者，便宣布奇趣大会正式开始。

第一回合是胆量比试，参赛者需要将手伸入面前的奇物箱，通过抚摸箱中之物寻到掌柜指定的物品者胜出。

这个回合叫人闻风丧胆的在于，在比试开始前众人被告知其中一个箱子装有毒蛇，而各参赛者通过抽签决定自己所要挑战的奇物箱。

一听到箱中传出恐怖的声响，观客们便发出惊慌的骚动，连那两位壮汉都不约而同地面露难色，只有久微自始至终笑脸迎人，斗篷男子亦纹丝不动。

于是在众人既害怕又忍不住好奇的视线下，其中一名大汉壮着胆子把手伸了进去，一番摸索后，已汗流浃背，最终成功取出了掌柜指定的琉璃珠。箱子的黑布被揭开，原来里面只是一棵大白菜，这样的虚惊一场不禁引来众人哄堂大笑。

一阵轻松后，另一名男子正要伸手，他面前的箱子内突然传出响声，而久微和斗篷男的箱子并没有任何异动，可见这箱中装有活物，这让男人脸色立刻苍白，他不假思索便窝囊弃权。

待到掌柜揭晓箱中之物时，才发现箱中装有一只幼兔，男人顿时懊悔得捶胸顿足。

但这也就意味着久微和斗篷男子的奇物箱中，必有其一装有毒蛇。据说那是西域奇毒之一的金钱五步蛇，去毒以后，可以酿泡出药用价值奇高的美酒，掌柜当初可是花了很大力气才弄到手。

斗篷男子突然悄声开口："蛇是没有听觉的，只有在感受到箱下震动时，才会有所动作。"久微这才发现原来斗篷男子声音如此天籁动人，竟如甘醇酒酿，有着令人心醉神往的魅力。

可是，他这是在对她说话吗？

久微不解地看了他一眼，对方依旧是那副拒人于千里之外的冷漠表情。不过细心一想，也许这是对方在善意提醒自己，若是毒蛇，她可以趁早弃权。可他为什么要帮助作为竞争对手的她呢？

纵使心中疑团众多，不过这么好玩的事情，怎么能为区区一条毒蛇弃权？她可是连眉上霜都没怕过。啊，说起来，自己突然离开了平和镇也没来得及和眉上霜说一声，一定把他给急疯了吧？

想象着眉上霜气急败坏的模样，她忍不住浅浅地笑了起来，斗篷男子又不动声色地打量了她几眼。久微试探性地敲了敲自己那张桌子，果然有细小的声音传了出来。

难道她的奇物箱中真的是那条毒蛇？

就在这时，久微和斗篷男竟默契地同时把手伸入了奇物箱，现场气氛顿时紧张到了极点，众人凝气屏息，静待着谜题揭晓。

"咝"的一声，蛇发出骇人听闻的叫声，斗篷男子毫不畏惧，干脆利落地以两指掐住了毒蛇头部自箱中取出，镇定自若地用另一只手取出箱中琉璃珠。这勇士之举，马上赢来了如雷贯耳的热烈掌声。

而此时，久微也迅速地取出了箱中的琉璃珠——箱中只装有一只金钱龟。

随后还有奇花异草、怪石珍玉的鉴赏，因为久微是集天地精华生长的千年灵参，她轻松地辨别出天然物和赝品，而与她棋逢敌手的斗篷男子也当仁不让，几乎没有答错一题，另一个参赛者也因不敌两个人早早出局。

旁人惊叹于久微的勇敢足智，更折服于斗篷男子处变不惊的气度，整场比试随着两个人的紧张争夺逐渐升温，今年“奇趣鬼才”的称号将花落谁家更让人期待了。因此，附近邻里聚集了越来越多的围观人群，几乎要将茶馆围堵得水泄不通。

正在四处寻人的白慕风很快也注意到这家人头攒动的茶馆，令他震惊的是，参赛者之一竟是他找得焦头烂额的久微！

掌柜为参赛者各端来一锅汤：“最终回合，就是猜出这锅汤中的所有食材。不是老夫自满，这锅汤可是我们茶馆的独门秘制，材料都是中原或西域极其珍贵的食材，一共有十五种之多，猜出全部或最多者为胜。”

久微不禁笑了，这锅汤的材料难道会比仙兽那用二十种仙药熬成的解痢汤难猜？见斗篷男子已在执笔书写着答案，久微毫不紧张，她慢条斯理地舀起一口汤往嘴里送去。可刚入口，整个人猛地僵住。

“呕——”久微突然痛苦地吐了起来。

“喂，你怎么了？”斗篷男子见状，正要伸手去碰她。

犹在观望的白慕风再也站不住了，连忙推挤开人群来到前方：“小古板，你没事吧？感觉怎么样？”

久微一看见白慕风，顿时眼眶微红，扑入了他怀里，闷声号啕：“竟然用人参炖汤，太可恶了，呕……”又抑制不住恶心作呕，她整张小脸苍白得可怕。

“人参？”白慕风匆匆扫了一眼那锅大炖汤，随即与另一桌上的斗篷男子四目相对。那男子的目光如鹰隼般尖锐，蓝灰色的眸子给人一种不快的注视。

“久微你……我马上带你回去，忍着。”白慕风已经察觉到久微脖子隐隐乍现的参藤，他褪袍披在久微身上，也遮掩住了众人八卦的视线。不理会掌柜的叫唤，他头也不回地抱起久微往茶馆外跑去。

最终，因久微弃权，掌柜判斗篷男子胜出。

当斗篷男子得到掌柜送出的藏品时，他眉头一皱，毫无赢得比赛的愉悦。

那只是件可以假乱真的皇家玉器，并非真正的穆族藏品雪魄瑶，看来他白忙活一场了。

“哎，公子，你的赏钱和奖品还没拿哪。”掌柜追出茶馆外，斗篷男子早已绝尘而去。掌柜无奈地摸了摸头，今年的参赛者真是奇葩呀，钱也不要？

小二摩挲着小手问道：“掌柜的，那咱还要不要追上去把赏钱给那位公子？”

“你傻呀，当然不给了。”所谓无商不奸，无奸不商，是人家不要的哦，不能怪他黑心啦。再回头，八卦人士早已作鸟兽散，茶馆又恢复了平日的喧闹。

5

久微醒来时，已是一宿以后。

她正要挣扎着起来，却发现床边趴着一颗脑袋。参须小心谨慎地探前，拂过那人的眉宇，一如记忆中的模样清俊尔雅。

窗外晨曦初露，她不知道自己睡了多久，还有，她什么时候回将军府了？

只记得彻底陷入黑暗以前，自己在城中茶馆参加了一场奇趣比试，思及那锅汤，胃里又隐隐泛疼。

兴许是她惊动了床上的白慕风，他支起长臂缓缓坐了起来，揉着惺忪睡眼，声音沉哑磁性，听着竟让人有几分迷醉。

“你醒了？”他的第一个动作，是探前伸手抚摸久微的额头。

此时的久微已恢复人形，却被近在眼前的俊颜惊得绯红满面。白慕风似乎察觉到了她的拘谨，便故作轻松地调侃道：“小古板，没想到你除了怕五灵脂，还怕人参鸡汤？看来千年灵参的弱点远不止这些。”

昨天真是被她吓坏了，若不是白慕风及时出现把她带离茶馆，恐怕她灵参的真面目将会暴露人前。

他的挑衅很快就激怒了久微，她气得一激灵跳了起来：“你还好说，当初若不是你用五灵脂偷袭我，岂会让你有机会抓住。”提起这桩，她还是好气好气！

见她打起了精神，白慕风如释重负地笑了出来。照料完久微，他又在笔记上忙碌地奋笔疾书，久微好奇，便探过头来看，才惊觉他在研制新的解毒配方。

“这些配方全都是用来治疗公主的？”

“对。”白慕风咬着笔头，似乎很苦恼的样子，“从公主的症状看来，应该是长期被喂服了毒药，而且下毒者十分谨慎，每次用量都不多，所以很难发现异样，直到出现中毒症状时，为时已晚了。”

据徐京墨所说，公主所中的是一种世间奇毒，中原极为罕见。别说要在守卫森严的宫中下毒，光是入手这样的稀有毒物，就已疑云重重。如今公主体内深种毒素，长久下去怕是会危及性命。

白慕风陷入了不解的迷思中：“不仅带有毒性，短时间内还留有余甘，世上竟有这样的毒……”若不是对美颜露的配方了如指掌，他恐怕也没能及时发现它被掺了毒。

梳洗过后的久微在椅上盘腿而坐，看向面前眉毛打结的男子：“你在嘀咕什么？”

“小古板，我问你，这世上有没有一种毒药，品尝起来味道还不错的？”

“啊？”久微被他奇怪的问题问倒了，毒药还能尝出味道的好坏？这医呆八成是看医书看傻了吧。“毒药怎么可能好吃哪，不过味道不错的草药倒有可能成毒。就像我们灵参，虽世间罕有贵为至补，可也带有轻微毒性，非天人不能多服。所以我才让你把用量控制到最小，否则普通老百姓的身体怎么承受得住灵参的强力药效。”

“哦？你的意思是，灵参也有毒？”因为灵参味甘鲜美，他便从未怀疑过它的药性，没想到灵参竟也伴有毒性，她的那番话倒是点醒了白慕风。

世间万物各有两面，就如罂粟，它绝艳的美伴随着极致的毒。反之，带有毒性的天南星也可能是主治祛风止痉的良药。如果容半夏误食的是一种不易被察觉潜在毒性的食物，那就讲得通为何凶手能够不动声息地下毒了。

“是药三分毒嘛，再补的药吃多了也会误事。别说是我们滋补的灵参了，就连仙尊喜爱的火蜂王浆也是一种淬毒的蜂蜜啊。”忽然，久微似想起了什么，猛地坐直了身子，“等等，我想起来了。公主很有可能中了火蜂毒！”

“火蜂毒？”白慕风行医多年，从未听过这样的毒。

久微摸了摸下巴，回忆着当天的情景：“在公主的寝居里，我闻到了火莲絮的花香。就是当时我们在庭院看到的那些花！那是火蜂最爱流连的花，天山也有，不过只有极夏之时才开花，皇宫怎么会有这种花呢？真的好奇怪。”

就在他们摸不着头绪之时，第三道声音突然介入两个人之间。

“那是西域进贡的时令花。”徐京墨风尘仆仆归来，一脸疲惫，“除了公主外，几位嫔妃的寝宫也有。白公子，方才听你们提到火蜂毒，难道就是公主所中之毒？”

“正是。”白慕风将蹊跷之处一一说明后，道出心中的疑惑，“能行下毒之便的，恐怕只有公主身边的人了。”

徐京墨立马反应过来：“你是指钰莹？”

“也仅是我的猜测。”白慕风回想到那天钰莹的异样，心中的怀疑又多了几分。

“那可有解毒方法？”

“火蜂毒我也是今日听闻，恐怕……”

眼看徐京墨再度陷入沮丧，只听一道轻灵女声如此说道：“你们也太快下结论了吧，火蜂毒并非稀世奇毒，而且解药正好就是蜂王浆。”

“蜂王浆？”徐京墨不禁思忖，试图从记忆中挖出零星线索，“有了，记得去年张贵妃生辰宴，西域特使向陛下进贡了一壶酿蜜，听说那是金砂荒漠少有的养生奇药。在那不久以后，公主就出事了。”

“那就好办了，有蜂王浆作为药引，再配合我们医馆的秘制膏方，公主的火蜂毒定能除去，对吧，大夫？”久微一个胳膊肘撞了过去，朝白慕风使了使眼色。

“啊？我……”当看到徐京墨急切的目光时，白慕风忍不住话锋一转，清了清喉咙，承诺道，“放心吧，徐将军，我们定会治好公主。”

徐京墨顿时喜出望外：“白公子，久微姑娘，谢谢你们。”

待到房内只剩下两个人时，白慕风这才推了面前的矮冬瓜一把：“你搞什么呀，小古板。我可是对火蜂毒一点儿头绪都没有。你信誓旦旦地说要给公主解毒，这下好了，一点儿法子都没有了。”白慕风郁闷地摸了摸脖子，完了完了，也不知道这颗脑袋还能安全多久。

“你少慌慌张张的。火蜂虽然带着剧毒，但它本身的蜂浆却是解毒剂。既然宫中有人能对公主下毒，那对方手上肯定也有解毒剂。”

“那总得想办法把蜂王浆弄到手吧？你没听见将军刚才说的吗？那是给李贵妃的贡品，她既然一向不喜七公主，又怎可能大方让出来。”白慕风冷静地提醒道。

难不成得去偷？可时隔已久，说不定蜂王浆早就被吃光了吧？就在他陷入苦恼之时，久微突然胸有成竹地说：“我会让她乖乖交出来，而且毫无怨言。”

只见久微奸诈地勾起粉唇，这个鬼灵精一定在脑子里盘算些什么。白慕风长叹一口气，但愿不会捅出什么娄子吧。

岂料，翌日徐京墨等人就被淮南王急召入宫。

李贵妃所在的侧殿从清早开始就一阵鸡飞狗跳，不仅如此，还有不少御医进出于此，可前来就诊的御医无一例外都被震天咆哮给轰了出去。连淮南王也没能幸免，就在群医束手无策之际，徐京墨带领着白慕风和久微前来。

“爱卿，你总算来了！这可把朕给急死了，你快想想办法啊。”犹在吃闭门羹的中年男人闻言，扭动着圆滚滚的身躯火速来到徐京墨面前。

“陛下，微臣听闻李贵妃身患怪疾，便擅自请来民间圣医。”

“圣医？”淮南王狐疑地打量起了白慕风，满脸的不相信，“就是你旁边的这个少年？”

徐京墨作揖，毕恭毕敬地答：“回陛下，这就是曾治愈平和镇疫病的少年神医。”

淮南王一听，不禁震惊道：“噢，那个穷得快被朕遗忘的鬼镇啊！”

白慕风面上虽无表情，可袖间双拳早已握得死紧。若非这个淮南王昏庸无道，放任不管贪官污吏，他们平和镇的冰灾物资又岂会迟迟未送来?

偏偏天高皇帝远，受尽寒害之苦的平和镇无法获得重视，地方父母官更是置之不理，认为供给物资给这种几近半座鬼城的地方等同于浪费。镇民只求温饱罢了，可这样微小的愿望全都因为那道无情的王令，统统被埋葬在纷飞大雪之中。

如果没有遇见久微，他们该何去何从?

而那深恶痛绝的淮南王，如今却为宠妃召来全皇城所有物资和名医，丝毫不顾城民生死。思及父亲的死，白慕风一阵咬牙切齿。

“那群没用的庸医，一个两个都帮不上忙。神医啊，快去看看朕的爱妃！一定不能让她出事啊！”脑满肠肥的君王忧心忡忡地说。

白慕风只是冷漠地看着，心中纵有苦不能言，仍只能作揖从命。可这些，全都被久微看在眼里。

“大夫，事不宜迟，快进去看看娘娘吧。”徐京墨对白慕风使了个眼色，示意他计划如期进行。

正当即将动身时，淮南王突然叫住了他们：“慢着，这丫头是谁？”

跟在白慕风身后的久微心中一凛，难道乔装成宫女的她露出马脚了？她只得硬着头皮说道：“回陛下，奴婢是新来的宫女。”

淮南王肥大的圆脸凑前又认真打量了她几眼，随即笑眯眯地露出垂涎模样：“倒是长得挺标致，是来伺候爱妃的新婢女？怪不得从没见过。”末了，还趁机揩油摸了一把久微的粉颊。

这一举动令久微倒抽了一大口凉气，在她即将爆发之时，白慕风护在了她身前，目光森冷地瞪了过去：“陛下，还请抓紧时间，以免耽误了娘娘。”

他清冷的声线中隐有戾气，即便在笑，却丝毫不着温度，让人莫名畏惧。淮南王顿时孬种地逃到徐京墨身后，这小大夫好可怕!

白慕风转身就牵着久微的手往内殿走，全然不顾身后投来的异样目光。看着彼此紧紧交叠的十指，久微竟有一瞬间的眩目。

思及白慕风为自己挺身而出的那一幕，久微禁不住又红了脸。与其说她不讨厌这样的白慕风，倒不如说很喜欢，他就那般顶天立地地站在身前，仿佛用他宽厚的肩膀为她阻挡着人世所有的险恶。

那样炙热如阳的白慕风，连她这株喜好阴凉的灵参也忍不住想要追随。

第三章

公主恋情告急

1

刚踏入寝宫就听到李贵妃的恶毒谩骂，小婢女弱不禁风，被她狠狠地一脚踹开，摔在地上头破血流。

“废物，都给本宫滚出去！”

众人被遣散，纷纷与前来的白慕风等人擦肩而过，那小婢女也跟在队伍后头，却因为脚步蹒跚再次跌倒在地。

“姑娘，没事吧？”白慕风搀扶着她起来，却看到藏在袖下的一片青紫，他不禁眉头微蹙。听闻李贵妃残暴不仁，伺候她的仆役无不人心惶惶。

小婢女却不敢逾矩，瑟缩着拉开了距离，露出了满目惶恐之色。

“拿去用吧。”白慕风没有因此动怒，反而耐心地取来一盒金创药悄悄递给了她。小婢女福身，便仓皇而逃。

见状，久微竟忍不住酸溜溜地开口：“白大夫，贵妃娘娘还等着您呢。”

白慕风回眸淡笑：“那女孩身上有蜂香。”

沿着女孩远去的方向，久微细嗅了起来，确实有着不同寻常的香气，是蜂王浆的味道。久微暗自思忖，这火蜂到底藏在什么地方?

彼时，两个人已随着小太监来到宫室内。

白慕风双膝跪礼：“叩见贵妃娘娘。”

李贵妃并未回头，吆喝道：“谁允许你们这些狗奴才进来的？统统出去！”

“草民此行受诏入宫，正是为了治娘娘的怪疾……”

不等他说明来意，李贵妃就大喊侍卫，眼看着白慕风就要被架出去，一道娇小的身影立马扑到床沿边福身跪下。

久微身子伏地，凄风苦雨般劝道：“娘娘，白大夫可是救下鬼镇疫病的少年神医，说不定他能治好娘娘的脸。”

你的演技真烂。白慕风忍不住瞟了她一眼。

让你管！小脸似有心灵感应般，拨冗对身后的白慕风吐了吐舌。

闻言，李贵妃瞬间平息了怒火。转身看向双膝跪地的白慕风，她的脸上是骇人的红斑点，她微眯着眼瞪向少年：“倘若你治不好，那就以你的人头谢罪。”

白慕风微笑：“草民定当鞠躬尽瘁。”

在一番望闻问切后，他随手开了张方子，就递给了一旁的久微："娘娘中的是火蜂毒，所幸发现得早，毒素尚未蔓延全身，仍可根治。"

"火蜂毒？"久微装模作样地接过方子，故作惊讶地说，"呀，大夫，您这是不是写错了？御药房怎会有蜂王浆，那不是西域奇药吗？"

"正是。我本担心此方会缺少重要的药引，但听闻金砂国的穆族子民进贡了蜂王浆给陛下，应当不会耽误娘娘的病情。"他微微一笑，好整以暇地看向李贵妃，"对吧，娘娘？"

李贵妃神色呆滞，一时间不知做何言语。

久微暗暗窃喜，看来李贵妃在心虚了。她假装为难地问："蜂王浆在娘娘生辰宴上早已用罄，若再向穆王讨蜂浆，岂不等同于把娘娘毁容的事昭告天下？"

"蜂王浆具有活肌奇效，是目前诊治娘娘的最快途径。若再延误，恐怕难以控制毒素的扩散。"白慕风默默与久微交换了个眼神。

水袖下纤指微动，趁众人不注意时施法，随即久微惶恐大叫："不好了，娘娘，你的脸……"她还夸张地一屁股坐在了地上，佯装出惊慌的样子。

接着，李贵妃就从铜镜中看到自己的骇人面相，红斑逐渐蔓延，变成大片红肿的烧痕。"啊——"一声尖锐哀号，铜镜被砸得粉碎。

随后，淮南王闻声而来。

看到宠妃如恐怖鬼魅，淮南王吓得连忙顿住了关切的脚步，满脸惊惧之色："圣医，爱妃怎会变成如此？"

"陛下，娘娘脸上的红斑是火蜂毒所致。"

"火蜂毒？是谁对爱妃下毒，朕定要对他千刀万剐！"淮南王愤愤不平，转身便对身后的侍卫下令，"来人，将这茗香宫里所有宫女太监都抓起来，绝不放过一个！"

白慕风作揖，冷静地提醒："陛下，火蜂乃西域特有，恐怕寻常人不易得手。事有蹊跷，请陛下再严明彻查。"

"可是……"淮南王看到李贵妃那触目惊心的脸庞，不忍地别开了目光，忧心忡忡地问，"爱妃的花容月貌可有恢复的法子？"

"草民已开了一纸药方，只可惜缺少了作为药引的蜂王浆，否则定会药到病除。"他信誓旦旦地说。

淮南王不禁大喜："那不是穆王曾赠予朕的西域奇品吗？这好办，朕立刻命人快马加鞭赶去金砂国，速带回蜂王浆！"

可榻上的李贵妃忙打断他即将落下的王令："慢着！蜂王浆本宫尚有。"

"可是，爱妃，穆王当初只相赠一壶蜂王浆……而且早已设宴与群臣共享，宫内还何来蜂王浆？"

这时候，在众人惊异的视线中，徐京墨携一宫女前来。

"陛下，微臣在紫苑阁楼搜查出一间蜂房，这是负责饲养火蜂的宫女钰瑶。"他身后的娇小身影颤颤巍巍，当场双腿瘫软在地，头也不敢抬起。

那女孩正是前不久刚摔破头的小宫女钰瑶。

"宫内怎会有火蜂巢？"淮南王很是惊讶，竟有人在自己的眼皮底下养着剧毒之物。

岂料，身后旁观许久的某个俏皮小宫女突然抱胸笑道："那当然是为了酿蜜，供给所需咯。当然，使用蜂毒就更是信手拈来了。恐怕七公主毁容，亦是受此蜂毒所致。"

李贵妃身子猛地一震，才恍惚地意识到这是张从未见过的面孔，不禁恼羞成怒："你究竟是谁？"这下连淮南王也注意到了那道眼熟的身影，冷不防露出诧异的目光。

只见那小宫女嘴角噙笑，优雅地福身。

"奴婢久微，不过是清荷居里无人问津的小宫女。"

在审问的压力下，钰瑶供认出自己是受李贵妃指使到紫苑养蜂，而那些雏蜂正来自金砂国的毒物火蜂。

可尽管证据确凿，李贵妃仍矢口否认，甚至为自己的恶行辩解："臣妾这么做，全都是为了永葆容颜好生侍奉陛下，才不得不涉险养蜂。臣妾绝无加害公主之心，望陛下开恩啊！"

那副泫然欲泣的模样，直让淮南王心生怜惜，他立马将其扶起："朕岂会治爱妃的罪？你也是为了朕嘛。"很快他便撤回了王令，丝毫没有要责罚李贵妃的打算。

"昏庸。"一声愤慨低喃从耳边响起。善于察言观色的白慕风很快就注意到了徐京墨的异样，他剑鞘上的拳头握得死紧，一腔怒火溢于言表。

白慕风却抢在他失控以前，淡淡地开口："陛下，七公主如今虽花容受损，但若有蜂王浆作为药引，亦有解毒活肤的希望。"

"此话当真？"淮南王忆起被冷落的亲骨肉，面露愧疚之色，"我可怜的半夏，若有法子解毒，瑜妃定会有所欣慰吧。朕明明答应过她要好好照顾我们的孩子，可还是……”一声沉重叹息之后，他当即差人到蜂房采集蜂王浆送去清荷居。

见淮南王仍对亡故妃子念念不忘，李贵妃气得咬牙切齿，可碍于脸上蜂毒未除，对此她也只能忍气吞声了。

事实上，李贵妃并没有中火蜂毒。那一切不过是久微施展的仙术——昨日她潜入宫中，趁机对其施法，也正是那时候，她注意到了形迹可疑的钰莹。

钰莹身为七公主的贴身侍女，竟频繁来往于清荷居与茗香宫，此举不禁让人怀疑。直到看见与钰莹接头的钰瑶时，久微才恍然大悟。

得知真相的容半夏备受打击，她万没想到自己视同姐妹的钰莹，竟会对她下毒手。

“钰莹，你为什么要那样对我？”

被缚绑的钰莹跪地痛哭：“对不起，公主。钰莹罪该万死，不奢望能得到公主原谅，但求一死谢罪。”

此时，介入主仆间的久微幽幽说道：“是为了保护你的妹妹钰瑶吧。”

钰莹一怔，眼泪从粉颊落下，最终点了点头。

2

原来，生于农家的钰莹姐妹，先后分别被父母贱卖入宫。

然而她们坎坷的命运却没有因侍奉皇家得到改写，在李贵妃的凌虐下，年幼的钰瑶不堪负重，终于大病一场。为求妹妹的救命汤药，钰莹替李贵妃做尽一切伤天害理之事，甚至七公主容貌尽毁，全都是她暗中下毒促成。

“钰瑶尚且年幼，可见她终日惨遭李贵妃毒打，我这个做姐姐的，实在于心不忍，也别无选择。公主，千错万错，都是钰莹的错。所有的事情，钰瑶毫不知情，奴婢恳求公主放妹妹一条生路。”说着，钰莹重重地往地上磕头。

徐京墨无法饶恕，利刃瞬然出鞘，眼看就要砍向钰莹，容半夏突然挺身而出，将其护在身后。就在这千钧一发之际，久微与白慕风，分别拉开了意气用事的两个人。

“徐将军，没有本公主允许，不许你动钰莹一分一毫。”容半夏紧紧抱住怀里哭成泪人的女孩，向前方的男人投去责备的目光。

徐京墨愤愤地收回剑尖，眼中满是不解与焦躁：“公主，你岂可轻易相信她的推脱之词？也许，那都是李贵妃的诡计，好在他日再向你下毒手。”他无法原谅伤害容半夏的所有人。

“本公主自会处理，不劳将军费心。”

“公主，微臣只是……”

可容半夏却无意再与他争辩：“徐将军，请回吧。”

数声疏离的“徐将军”，让徐京墨心头微微刺痛起来。

末了，他露出一抹苦笑：“是，微臣告退。”行罢君臣之礼，他毅然挥袖离去。

久微不禁瞪大了眼，这个七公主也未免太不知好歹了吧？任谁都看得出来徐京墨在为她打抱不平，她却反倒是非不分？

也罢，凡夫俗子的一厢情愿，她丝毫不在乎，只是此事关乎白慕风和她能否尽早离开晏城，尤其白慕风还是个好管闲事的主儿，她一点儿都不想被这皇城的恩恩怨怨耽误时间。

思及此，她快步跟上了徐京墨的脚步，想要表明离城的打算。

看着他们远去的身影，容半夏眼中终于流露出淡淡的哀伤。

而自始至终将这一切看在眼里的白慕风，忍不住开口：“公主，为何要假意不领情？徐将军自有办法护你和钰莹周全。”

容半夏只是笑着摇了摇头：“我知道他一定会为我不顾一切，但我并不想他再为我冒险。如今的我已在宫中失势，即便不是被毒杀，也总有一天会在权力的斗争中沦为牺牲品。可京墨是当朝最前途无量的将军，他不该与李贵妃为敌。”

也不该为她这个废弃公主，牺牲大好前程。

“徐将军，你等等！”娇小身影终于追上了前方的男人，却一鼻子撞上了突然急停的背影，“哎哟，你也停得太是时候了吧。”久微捂住被撞疼的鼻头，循着他的目光看去，看到不远处被杖罚的小宫女，那人正是钰瑶。一声接一声凄厉的哭号传来，在士兵挥去下一杖时，一只大掌突然握住了刑杖。

徐京墨冷眸扫向士兵：“她所犯何事？”

看到来人正是徐将军，士兵们忙停下了动作，惶恐地答：“徐将军，是李贵妃让我们行刑的，我们也是奉命行事……”

“岂有此理，竟为一己私欲，伤害无辜，你们没看见她已经毫无还手之力？再打下去，也不过是死尸一具。统统给我退下！”徐京墨运功握断手中的刑具，积蓄已久的怒火仿佛一触即发。

众人不敢怠慢，立马为他让开一条道。只见半昏迷在板凳上的钰瑶奄奄一息，裙摆染上淋漓的血痕。久微因惊讶捂住了微张的小嘴，杏眸闪过愠色，纤指微微施法，无形的风将行刑士兵狠狠地砸向数丈远。

“丫头，醒醒，你怎么样了？”久微扶着她坐起来，可钰瑶身子太虚弱，大半身体倚靠在了她身上。

钰瑶脸色苍白如纸，小脸有着那个年纪不该有的沧桑，布满血污的小手苦苦地抓住久微的衣袖，干裂的嘴唇动了动：“……救……姐姐……”

这个女孩只有十二三岁，是她漫长仙途里不值一提的渺小众生，可不知怎的，那为求生的眼神，却让久微的心隐隐刺痛了起来。

她看到了女孩眼中求生的执念，就和千年前的她一样。

“救我……仙尊……”

断成两截的灵参奄奄一息，虚弱的须根轻缠住他的脚踝。白衣男子在雾霭中回头，便看见一株被诛仙剑牢牢钉死在脚下的灵参。

她尚且有一口仙气在，只要不赶尽杀绝，倒也能存活下去。

“玄冥仙尊，”那诛仙剑的所有者阻止了白衣男子进一步靠近，“那可是双生灵参，极有可能是凶兽魔物的宿主，恐怕会趁仙尊不备寄宿元神。待我斩草除根，以除后患！”

双生灵参，是一株长有双芦头的灵参，即一株灵参中被赋予两个精魄，那是极为不祥的征兆。被诛杀的灵参只余下一部分，另一芦头不知所终，天界唯恐它被凶兽蚕食，助长了邪恶的妖力，打算寸草不留。

“且慢！”被唤玄冥仙尊的男子施法弹开了武神挥去的长剑，“在我眼中，她就是一株濒死的灵参，不是什么妖物凶兽。龙渊，你看，它有着强烈的求生意志，并非邪念。”

“可是仙尊……”

玄冥将诛仙剑拔起交还龙渊：“一切后果由我承担。”

断枝的小小灵参被呵护在其手心，他神色温柔，如三月微风拂过大地，暖暖的。那也是久微第一次从天人的脸上，看到了对苍生的愧疚与怜悯。

“抱歉，小灵参。这场天劫给天山带来了重创，我没能从凶兽手中保护好天山生灵，难辞其咎。但愿你能背负天山的希望，好好活下去。”说着，他动指施法，仙力正源源不断地灌输入它的参体内。

久微只感觉额际一阵灼热，体内有种力量在激烈碰撞，她从未感受过如此强大的灵力，断开的枝干也随即慢慢复苏。突然一道金光将久微包裹，隔着这道透亮的光圈，她看到了清俊男子对自己露出清浅一笑。

久微正要开口说些什么，却因为灵体受损，暂时发不出一丝声响。

玄冥却仿佛看穿了她的小心思，伸手触碰光圈的外围，安抚着她彷徨不安的心：“别怕，这是山神的土灵珠，可以保你恢复元神之前不受外界干扰。你且安心睡下吧，待到天山安定下来，我便会回来看你。”

真的？灵参微动了动缠腿肚的须根。

“一定。”玄冥伸手透过光圈，与参须拉钩约定。

千百年来，久微从不敢忘记约定，是这个男人给了她活下去的希望，也让她在漫长仙途中领悟到“活着”的可贵。

所以，她不能眼睁睁地看着这女孩死去。

“徐将军，久微有一事相求。”久微往怀里的女孩嘴里塞入一颗参果，小小施法让她沉稳安睡。

“久微姑娘尽管开口。”

“将军可否收养这丫头？当朝鼎鼎有名的徐大将军，向宫里讨要一个小宫女应该不是难事吧。”久微知道她这个因怜悯而起的念头，定会给徐京墨带来不少麻烦，况且他与公主正是因钰莹姐妹而争吵，她也没有十足的把握。

然而，徐京墨并没有马上答应，他眉宇紧蹙，看似在思忖着什么。正当久微以为他会拒绝时，他了然地点了点头：“正有此意。”

“那真是太好了！”

看见久微兴高采烈地紧拥住怀中女孩，徐京墨不禁摇头失笑。如果公主也能这般开怀大笑，那该多好。

他要的，不过是她一世安宁。

3

七日后，容半夏迎来解毒最关键的一天。

“公主，这几天身体有感到不适吗？”躺在长椅上的容半夏只微微摇头，她大半的脸庞都被药泥覆盖，像戴了张面具。

而这药泥面具，正是用不久前从蜂房中搜获的蜂王浆调配而成。白慕风还在其中兑入参露，加以宁神助眠的薰衣草。

“草民唯心病治不好，公主要好好保重凤体。”他暗指容半夏因与徐京墨冷战而失眠的事。

自那日以后，徐京墨便再没有入宫来访，每日仅是待白慕风回府时才追问公主的病情。容半夏也在白慕风每次前来换药时，因为没能见到徐京墨而失落沮丧。

“徐将军他……近日可好？”她终究是开了口。

白慕风正要汇报，一道聒噪的声音就率先闯入了宫内。

“公主，听说今天就是你余毒全清的日子，怎么样，可以揭开药泥面具了吗？”久微一屁股就坐在了凤椅上，打量起微微受到惊吓的七公主。

“久微，不得无礼。”白慕风瞪了她一眼，正要去拎她下来，却被容半夏扬手制止了。

“由她吧。”容半夏是真心喜欢久微，不仅免了她的礼数，还大方地让其与自己平起平坐。也许是久微那朝气蓬勃的乐天性格，总能轻易感染到她的情绪，让她能稍稍忘却心中的哀愁。

生于皇家，她每日面对尔虞我诈，身边却连一个交心知己也没有，调养这段时间亦是久微让她重拾对人的信任。只是这样的安宁，还能维持多久呢?

“公主，你看看今天我带谁来了？”

视线越过久微，她看见伫立身后不远的颀长身影。

徐京墨这才上前行礼：“微臣参见公主。”

虽有拘束，但他仍是来了。

今天是容半夏清余毒的最后一天，他知道她心中有多不安，即使会让她感到厌烦，他还是来到了清荷居。

两个人就那样不言不语地僵持着，良久，久微故意道：“大夫，公主是时候卸下药泥面具了吧？”

白慕风了然地点点头：“是的，时辰差不多了。”

这声宣告，让容半夏冷不防紧张起来。这时候，徐京墨俯身跪在她面前，紧握住她的手，如是说道：“不论结果如何，微臣都陪着你。”

目睹这一幕小小的温情，久微与白慕风不禁相视而笑。

“嗯。”容半夏微红着眼，回握住那只大掌。

白慕风小心翼翼地顺着她面部轮廓揭下药泥，面具如一张薄纸从白皙的脸颊揭开。当看到逐渐暴露的肌肤时，众人神色惊愕，连刚端着茶进来的钰莹都吓了一跳。

“是失败了吗？”容半夏见他们神色诡谲，心里禁不住忐忑起来，却在看到钰莹端来的铜镜时，震惊地捂住了嘴。

容半夏脸上的红斑已全部消退，不仅如此，她的脸色红润粉嫩，仿佛吹弹可破，竟比以往更美若天仙。这是参露在其中起了活肤美肌的神奇功效，不仅修复了她受损的肌肤，还与蜂王浆一起彻底除去了她体内的余毒。

“公主，你真的……比百花仙子还美！”百花仙子久微是见过的，可她从没见过竟比仙女还要令人怦然心动的凡人。

若非生得这般国色天香，又怎会引来宗族内的嫔妃公主嫉恨？连她这株灵参都忍不住竖指称赞，见两个大男人看得目瞪口呆，她清了清嗓子调侃道：“徐将军，你倒是说话呀。公主难道不美吗？”

徐京墨微怔，流露出鲜少可见的温柔：“公主，恭喜你。”

“京墨！”容半夏再也压抑不住，激动地扑入了他的怀中，因狂喜而啜泣，“我以为一辈子都治不好了，可是……”

“傻瓜。”他宠溺地回拥住她。

看着他们偎依的温馨画面，众人悄悄退出了清荷居。

正要打道回府，钰莹突然跪在了地上，朝两个人叩起了头。

“钰莹姑娘，你这是……”白慕风伸手将她扶了起来。

“圣医，谢谢您治好了公主，否则我一定会内疚一辈子。”说着，她又朝久微福身谢礼，“还有久微姑娘，谢谢你，我听说徐将军向茗香宫讨要了舍妹回府，我……真的不知道该如何谢谢你。请受钰莹一拜！”

“不客气。”久微倒是大方地接受了她的谢意，“不过，你该谢的是徐将军，是他不计前嫌，才答应了收养钰瑶。”

钰莹这才得知妹妹以义女的身份伺候在徐夫人身边，还与徐京墨成了义兄妹。

前几日，徐京墨恼怒地来到茗香宫，并向李贵妃讨要钰瑶，包括李贵妃在内，所有人都误以为他要对小丫头私自动刑，以平公主被毒害的愤怒。

李贵妃自知在毒害公主这事上，不得再牵扯太多。既然徐京墨开口要人，她巴不得有个冤大头替自己遭罪，便也爽快地把钰瑶赏给了他。谁又会料到，那不过是徐京墨的障眼法，只为了不费吹灰之力从宫中带走钰瑶。

“钰瑶现在很好，我娘视她为掌上明珠。”彼时，徐京墨已来到众人身后，他虽仍是那副不苟言笑的模样，但看向钰莹的目光已柔和了许多，“如果你不放心，我可以让我娘再收你为义女。”

言下之意，今后没有人敢再欺侮她们姐妹俩了，除非有与他徐京墨结下梁子的勇气。否则，以将军义妹的身份，这府内外皆要避讳几分。

钰莹受宠若惊地摇头，旋即再度下跪："谢徐将军的一番好意。奴婢罪孽深重，只希望能侍奉在公主身边，倾尽余生报答公主。"

"那随你吧。"徐京墨挥袖转身，对白慕风他们发出诚挚邀请，"白大夫，久微姑娘，当初我为求医，多有不礼的地方，还请多多包涵。不管是黄金万两，还是一品医官，若有想要的犒赏，请尽管开口，我定向陛下禀告一切。"

"真的吗？"久微闪着一双晶亮的大眼。

白慕风顺手敲了她脑袋瓜一记，抢在她胡言乱语之前，率先回应："不必了。学医救人，本就是医者的本分，更何况能帮助公主恢复容貌，是白某的荣幸。"

他竟然拒绝了！久微简直不敢相信自己听到的，那个爱财如命的他竟然会推拒掉这样丰厚的酬劳！天要下红雨了吗？

整整万两黄金，还有一品医官！怎样都比他待在那种困苦小镇，继续当个默默无闻的清贫大夫要好多了吧？不是她势利眼，而是跟在这小奸商身边久了，她多少也知道凡人若想利己利民，有些钱财与权势在手能行许多方便。

她知道白慕风除了贪财的小缺点外，本质还是个滥好人，他心里总在为他人考虑，只留下一席小小的位置放下自己，渺小如尘埃。为别人付出至此，却也不见得自己有难之时，他人愿意为他义无反顾。

至少他们往后周游四方，也得带点儿盘缠吧，他总是替人做白工，叫人气愤，也叫人吃味。说到底他是不是忘了他们之间的约定？

眼见白慕风又要在晏城耽搁行程，久微气得直跺脚。

"今夜定要让我好好宴请两位作为答谢。"

"徐将军，你真是太客气了。若需要帮忙，我定义不容辞。"

"那可否劳你看看我娘亲，她最近有些风寒。"

"好呀……哎哟！"白慕风吃痛地抱着受伤的小腿肚，只来得及捕捉到久微消失在宫门后的背影，"久微，你去哪儿？"

这个小古板，又在生什么气？

徐京墨却识趣地道破："她定是吃醋了。"

吃醋？吃谁的醋？

当看到对方意味深长的笑容时，白慕风才后知后觉。

他笑着作揖告辞："徐将军，咱们江湖再见。"

4

数日后。原本以为事情告一段落，可走出城门不过一里路，白慕风和久微却突然被卫兵急召入宫，不得已他们再次回到晏城。

刚到清荷居，就看到庭院中呆站的徐京墨。

久微上前追问："徐将军，是不是公主的毒又复发了？"

没理由啊，他们明明亲眼见到公主余毒清除。

结果，徐京墨只是摇了摇头，又是一阵叹息，看来他已屡吃闭门羹。她正疑惑着徐将军和公主间发生了何事，居室门扉被人轻推开。

从里屋走出来的钰莹，方见久微就上前唤道："久微姑娘，里边请。"

"我？"不只是久微，身旁两个大男人面面相觑，也纷纷面露困惑之色。

他们是奉命赶入宫诊治急病倒下的七公主，可如今公主传召的却不是白慕风，而是她这个医馆小学徒？

久微半信半疑地跟上钰莹，随她一起走入了寝宫。

日光映入窗棂，洒落在女子单薄的身上，纱裙坠地，如绽放的凤兰，高洁美好。兴许是注意到了久微的目光，容半夏刚回神，就对她歉然一笑："对不起，久微，我没想到他们竟然会把你和白公子追回来。"

"怎么了，公主？"

"我只是有些疲乏，并无大恙。"她摇了摇头，十指交叠着，双眸突然氤氲了泪水。

见主子欲言又止，身旁的钰莹再也看不下去了："公主，你为什么不直接告知久微姑娘，你要嫁去金砂国的事？或许能让白大夫帮忙做假医案……"

假医案？久微总算明白了两主仆的意思，原来急召他们回宫看诊，不过是容半夏装病逃避出席皇家宴会的借口。

"钰莹，你又何苦为难久微姑娘。"容半夏挥手让她退下，钰莹虽有不甘，却也无可奈何。她面含歉意地看向久微："是钰莹擅自谎称我患病，才耽搁了你和白大夫的回程，待会儿我命人驾车送你们回平和镇吧。"

"公主，你要成亲了？"可久微却没有在她脸上看出丝毫喜庆之色，况且她与徐京墨之间……

末了，容半夏淡然地点了点头："很快，我就要嫁到金砂国去了。"

“不是嫁给徐将军？”久微大吃一惊。

没想到恢复绝世艳容的容半夏，并没能如愿恢复她安宁的宫中生活。当她再度以崭新的面貌步入朝臣视野时，却再度种下了祸端。

恰逢前来拜访淮南王的金砂国大王子赫连郁，他在皇家盛宴中对容半夏一见倾心，并指名要娶七公主为妻。

穆族，这个富有西域传奇色彩的族群原是金砂大漠上的一支游牧民族，他们因迁徙发现沙漠里最大的一片绿洲，并在那里扎根繁衍，逐渐形成大漠上最庞大的部落，后建立帝国，取名为金砂之国。得天独厚的矿物资源，滋养出富甲天下的穆族皇室，如今是中原各国缔结友好的重要塞外国家。

随着来往于中原与西域的贸易逐渐频繁，金砂国已发展成了兵力雄厚的一方势力，即便是中原的天子亦不敢轻易与之为敌，更遑论是周遭的小国，若非结盟，终究难逃被吞并或灭国的下场。

如此一权衡利弊，众朝臣都一致认为让七公主和亲，不仅能拉近同盟关系，更能规避与金砂国起冲突。最终心猿意马的淮南王在李贵妃的蛊惑下，接受了众大臣的提议，决定让七公主远嫁金砂国，以缓和两国间的紧张关系。

但这对容半夏而言，俨然一场噩耗——徐京墨将作为和亲队护驾将军，护送容半夏下嫁他乡。徐京墨的无动于衷，令她伤心欲绝。

“我很感激京墨，即使在我毁容以后，仍对我不离不弃。如果和亲能让他少了牵挂，我愿意嫁到金砂国去，这样父王也不会在大臣面前感到为难。”

两个人皆到了婚配年纪，可徐京墨却为了照料毁容的容半夏，一再拒绝家里安排的亲事，这让容半夏感到格外愧疚，亦自知没有资格在耽搁他的终身大事。

虽然容半夏对和亲之事抵死不从，但在淮南王下达护送公主远嫁的旨意时，徐京墨并未表现出任何反应，他如接下了稀松平常的王令，别无异样。这让容半夏感到前所未有的崩溃，心存的最后一丝妄想也全都分崩离析，或许这一切都只是她的一厢情愿吧。

“公主喜欢徐将军，何不坦率告知？”久微不懂所谓的君臣之别，也是自她下了天山，才得知世间有如此多的条条框框。但任谁都看得出来，公主与徐将军情投意合，为何又不能长相厮守呢？

然而，久微却没有看懂容半夏眼中那些名为“情愫”的执念。

“从前不奢望，如今更不会有所期待。”容半夏笑笑，反问道，“久微，你有喜欢的人吗？”

久微一怔，心里浮现的是那白衣飘飘的神祇。她说不清对玄冥仙尊是抱以何种情感，为了报恩，她努力修仙飞升，承受漫漫仙途的寂寥，就只为了再见他一面。

这就是凡人所说的喜欢吗？

那与弥留在白慕风身上的眷恋，是否又是同种感情？还是说仅仅是因为他与仙尊有着相似的模样？思及他的星宿印，久微心中突然剧烈地疼痛起来。

直到容半夏轻握起她的手，她才恍然回神。

“久微姑娘，可否替我转交给徐将军？”说着，她就往久微手心塞入了一个锦绣香囊，仿佛放下了沉甸甸的情意。

握着手里的香囊，久微沉重地点了点头。

徐京墨从久微手中接过那个香囊以后，终日郁郁寡欢。

“徐将军，酗酒过量，对身子不好。”白慕风夺去他手中的酒壶，却没能阻止他放纵狂饮的哀愁。

在角落呆坐的久微不禁冷哼出声：“徐将军，公主对你的情意，恐怕瞎子都知道。你既然无意，又何以这般消沉？”徐夫人送来的姑娘字画还堆在书房内，可见为他说亲的媒婆络绎不绝。

白慕风嗅到两个人间浓重的火药味，他正要把久微带走，以免激怒情绪欠佳的徐将军，可身后醉意醺醺的男人早已举杯而来，顺势夺回了他手中的酒壶。

“我无意？”徐京墨仰头痛饮，随即酒壶在地上被砸得支离破碎，“她是君，我是臣，这是永远都改变不了的宿命。我能做的，只有护送她走最后一程。”

九岁那年，他就已经认清了这个事实。

徐老将军为破胡溯关，征战长达三年才大捷而归，可最终回来的只有他的遗物。然而昏庸无道的淮南王却沉浸在胜利的喜悦中，丝毫没有体恤过这场恶战背后葬送了多少苦等亲人归来的希望。

徐夫人知道丈夫战死的消息时悲恸欲绝，险些昏厥过去。若非有徐京墨这遗腹子在，她恐怕也难以撑起徐府一家老小。而徐京墨对淮南王的痛恨，连带着迁怒到了前来抚恤亲属的瑜妃。

“你来做什么？你们皇宫的就没个好人，如果不是为了保护你们这些人，我爹爹就不会战死！滚回去！”徐京墨挥舞着扫帚，作势要赶人走，却被一具柔软的身躯紧紧抱住。他低下头，就看到一张粉嫩的脸颊。

“不哭不哭，母妃让我来抱抱你，你就不会难过了。”小女孩仰着纯真的笑脸，她踮起脚尖，想要伸手摸摸他的头，可碍于身高，却怎么努力也够不着，“呜，你可不可以蹲下来？我摸不到。”

可他却不动如山，小女孩一看就急了，转身跌跌撞撞地扑向瑜妃的腿肚，向娘亲委屈地大哭：“母妃，半夏不够高，摸不到小哥哥的头，怎么办？呜呜……”

明明想要安慰人的是她，结果反倒是她先哭了起来。

“你这个小迷糊。安慰小哥哥，要用笑容，知道吗？”瑜妃温柔地擦拭粉颊上的泪珠，将她轻轻抱起，来到呆滞在原地的男孩面前——这次她终于破涕而笑，如愿地伸手抚摸着他的发，嘴边是幸福的叮咛。

“小哥哥，不要难过，徐将军只是变成天上的星星了。”毕竟童言无忌，她根本不知道死亡意味着什么。

可眼泪不知怎的，再也压抑不住，夺眶而出。

他从不敢在娘亲面前哭，怕她会因为自己的眼泪，再次忆起爹亲亡故的噩耗。所有人都以为他在愤怒朝廷害死了徐老将军，却不知道小小年纪的他背负着振兴徐家的希望。可无人能体会他历经的丧亲之痛，他连哭泣都做不到。

只有那双小手带着他逐渐走出悲伤，那小小的身影总是围着他打转。瑜妃成了他们一家的恩人，不仅带来了抚恤金与粮食，还救济了贫民，可那样温柔善良的人，却因嫔妃们争宠，沦为了阶下囚，惨死在牢狱之中。虽最后还了瑜妃的清白，但逝者如斯，容半夏亦再也没有了能庇护她的羽翼。

当他再次看到容半夏时，她已及笄，而他则成了淮南国最年轻的少将军。

多年不见，她仍是毫不吝啬地向自己展露笑容。只是，他是多么懊悔没有在她最难过的时候，陪在她的身边。

如今的她太过耀眼，也太过遥远，她是天之骄女，他是朝堂之臣，注定他需要卑躬屈膝，即便看见她笑得比哭还难看，亦不能再像年少时逾矩，伸手摸摸她，或是给予她一个抚慰的拥抱。

那一天开始，他就暗下决定，要守护那曾给予过自己温暖的女孩。

即便此生无缘，他也要目送着她找到属于自己的幸福。

然而久微却不懂他所有的隐忍，只觉得被一大堆道理激怒：“别再和我提什么君臣有别，王命不可违！喜欢她，却又把她往外推，徐将军，你可真是个孬种。”

“你！”徐京墨愤怒地握紧拳头，却因为白慕风护短，而冷冷挥落。

“笨蛋。”久微抛下话，便愤愤地跑出了凉亭。

幽深的目光落在远去的身影上，白慕风摇头叹了口气。

他转身看向身后的男人，在离开前抛下话："徐将军，对自己的真心说谎，是一件很累的事情。公主幸福与否，从来都不是任何人可以决定的。"

徐京墨微怔，靠着梁柱猛地滑坐了下去。

5

"久微，你等等，要去哪儿？"长臂将火冒三丈的小身影拉扯回身边，白慕风将她扳向自己，那气鼓鼓的模样在他看来竟有些可爱。他忍不住调侃道："大动肝火易伤身，你就别气了。"

久微不领情地挥落他的手，冷嗤道："别说有的没的，灵参才没有你们人类那么多病痛。"

"那你又在气什么？"他知道这株耿直善良的小灵参定在为徐将军的不表态感到恼火，可她所不知道的是，人生在世也有着许多身不由己，"其实，徐将军并非不在意公主，只是……"

"只是什么？那难道不是他懦弱的借口吗？"从不为凡尘扰事费神的她竟气恼至此，久微知道这有违她平日的作风。修仙问道，本该看破一切，可自从和林林总总的人相遇，她发现越发不能压抑一颗"凡心"。

"我无法相信那个答应收养钰瑶的徐将军，会忍心看着公主嫁给那样的暴徒。"

听闻金砂国大王子臭名远扬，不仅终日挥霍无度，还残暴不仁。当久微从百姓的碎嘴中得知了公主即将要面临的悲惨下场，她不禁心疼起了容半夏。

"为什么相爱却不能在一起？徐将军完全有能力从那样的暴徒手中将公主抢走，还有那个什么淮南王，他根本就不知道人间疾苦。"

白慕风为她的善心而感动，却不得不道出现实的残酷："徐将军是一国将军，即使他深爱公主，也不能任性妄为。他背负着的不只是徐府所有人的性命，甚至是淮南国的百姓安危，如果贸然与金砂国为敌，你认为徐将军能置身事外吗？"

他的一席话，如同当头棒喝，久微顿时语塞。

确如白慕风所言，徐京墨要任性带走公主绝非难事，但那将导致淮南国与金砂国结怨，甚至引起战火，给了金砂国一个攻打吞并中原的正当理由。到时候，战事连连，百姓流离失所，这并不是他们所乐见的局面。

"公主也一定会为此愧疚一辈子，所以她才选择了牺牲自己。"

“我知道。”

虽然公主什么都没说，但久微从那意味着诀别的香囊中看出了她的情深意重。一针一线都出自容半夏之手，她希望能以香囊代替自己，常伴徐京墨身边。

久微深感造化弄人，或许她真的不懂凡人的苦恼，亦无法感同身受。她甚至思索，究竟怎样才算是幸福呢?

她紧了紧裙边的拳头，抬头看向白慕风，眸光炙热：“尽管如此，我还是想要帮他们。白慕风，你知道吗？只有尝过失之交臂的痛苦，才知道那种滋味有多叫人绝望。”

就像她与玄冥仙尊，错过了千年，却没能再见一面。

闻言，白慕风沉默不语。

他又怎会不知道那种绝望的滋味？亲眼看着父亲在自己的面前死去，让他一度陷入死亡的恐惧。就连当初母亲被那些人带走，尚且年幼的他甚至承受着无人体会得到的别离之苦。

但是……

当看见久微失望沮丧的模样，更让他心头刺痛，他终究是不愿她难过的。

良久，白慕风幽幽一叹，似答应了她的请求。

“仅此一次，下不为例。”

“你的意思是？”久微亢奋地抬头，撞入了他深邃的双眸，白慕风还是那副老神在在的慵懒之姿，不同的是，他此刻眼中盛满了宠溺的温柔。

白慕风没好气地说：“败给你了。”

“你愿意帮徐将军抢亲？”

“那倒不是。”白慕风露出了狡黠的笑容，“两全其美是最理想的局面。我会让那位金砂国王子原封不动地把公主送回来。”

也许，还能让那两位不坦率的有情男女看清彼此的心意。

第四章

不好意思，抢个亲

1

今日是七公主和亲的大好日子，从清早开始，进出清荷居的仆役便络绎不绝，大殿上皆是前来祝贺的大臣，晏城百姓也都常驻街上，等待着恭送公主的和亲队伍出城。

披袍擐甲的徐京墨亦等候在清荷居的宫门前，不时抬头仰望，神情肃穆。久微见一切顺利，便一溜烟潜入公主寝宫。

铜镜前如凝白玉般的倾世女子，凤冠霞帔，却无任何欣喜。

“公主。”

听到叫唤，容半夏这才绽开笑容：“久微，你怎么来了？”

“公主的大喜日子，我怎能不来祝贺？”久微端来参茶递给了她，“我奉徐将军之命，送上最后的诀别茶。以茶代酒，祝公主与驸马幸福美满。”

“替我谢谢徐将军。”容半夏眼眶微红，接过茶杯仰头饮尽。

久微满意地收回茶杯，这时候钰莹进来催促：“公主，吉时已到，是时候出发了。”

“久微，那我们……”容半夏正要道别，却发现身旁的女孩竟凭空消失了。

“怎么了，公主？快走吧，和亲队伍已在殿外等候。”钰莹提着主子的长裙，小心翼翼地为她引出脚下的路。

容半夏不舍地回头，看着她长久生活的清荷居，最终披上凤冠的红盖头，踏上了礼车。一声马嘶咆哮，和亲队伍正式启程。

宫墙上环胸窃笑的小身影突然跳落在灰袍男子的身边。

“万事俱备……”久微笑嘻嘻地起了个话茬。

白慕风默契接道：“只欠东风了。”

半个月后。

“陛下，七公主回来了！”

通传的公公刚禀报完，淮南王就吓得从龙椅上跳了起来。

这七公主的和亲队伍才刚走半个月，要抵达西域金砂国，若非快马加鞭，少说也要一个半月时间，怎会王城未到却先传来被退婚的消息？不只淮南王受到惊吓，众大臣也不禁议论纷纷。

随行归来的还有西域外使，更为疑惑的众人带来了令人咋舌的真相。

“淮南王，恕我穆族皇室无福分与您缔结姻亲。郁王子乃我族明日国君，若他朝登上帝位，立后定要体魄强健，才得以匹配游牧民后裔。”西域外使不禁冷笑道，“恐怕身怀隐疾的七公主难担母仪天下的重责。”

原来赫连郁迫不及待地要见容半夏，早已在晏城外的驿站恭候多时，不想满心欢喜的他却见到骇人一幕——容半夏半张脸如鬼魅般丑陋，若非从另半张脸辨认出她的身份，他断想不到这是当日皇家盛宴中令他朝思暮想的绝世美人。

一听说容半夏曾中火蜂毒毁容过，赫连郁避之唯恐不及，立马遣退和亲队伍，即日便逃回了穆族王都，西域外使正是为自家王子收拾烂摊子而来。

“我们相信淮南国无心隐瞒公主隐疾之事，郁王子亦不追究此事，而作为退婚的歉意，我穆族将赠予黄金、丝绸以及玉器作为补偿。”众所周知，赫连郁贪恋美色，才会对美艳无双的七公主一见倾心，可如今公主模样丑陋，他是绝不可能当这样的冤大头的。

一时之间，容半夏因毁容被退婚的丑闻传遍整座晏城。回到宫中后，容半夏的日子比以前过得更加煎熬。和亲失败为淮南国丢了颜面，她不仅受到皇子公主们的嘲笑，仆役们的指指点点，也让其受尽白眼与刻薄对待。

只有徐京墨不离不弃，终日守在清荷居。

“公主，你吃点儿东西吧。你已经三天不吃不喝了，会把身子弄坏的。”徐京墨没得到对方的回应，他忧心地看向身后的男子，沉重道：“白大夫，公主的火蜂毒是不是尚未清除？否则怎会旧病复发！”

“徐将军放心，公主体内余毒已清，也许这是心疾所致。”白慕风没有正面回答他的问题，而是做出了假设，“倘若公主一辈子都这副模样，徐将军该如何是好？”

身旁的久微更是出言挖苦：“唉，大夫，你这问题问得稍显多此一举了。徐将军可是晏城众女子心中的良婿人选，自是不必担忧。可怜公主啊，下半辈子就要在流言蜚语中郁郁终老了。”

不得不说，久微的激将法很是奏效。

半晌，徐京墨甩袖而去：“她若不嫁，我便不娶，我徐京墨非她不娶。”

2

大殿中，男子单膝下跪，携破釜沉舟之色前来请旨。

“赐婚？”

淮南王不确定自己听到了什么，神色困惑地看向殿上的青年才俊。原本喧闹的朝堂瞬间变得鸦雀无声。

“徐卿家，此话当真？”徐京墨当着文武百官的面提亲，非但没有得到众人理解，就连淮南王也都以为他在开玩笑，还颇难以置信地问，“你确定要娶七公主？”

“请陛下成全我与七公主。”徐京墨再度握拳。

随着近年来徐家屡立战功，为集结徐家这股庞大的势力为朝廷效力，其实淮南王早有赐婚徐京墨的打算。本想赐婚刚及笄的十三公主给徐京墨，却万没想到徐京墨竟指名七公主。

淮南王一脸为难：“徐将军，这似乎太委屈你了。”自和亲失败以来，朝堂上下就日夜担忧穆族进犯中原的隐患，如今手握重要兵力的徐家竟主动提出赐婚，这节骨眼上，不得不让人心生疑虑。

“微臣不委屈，求陛下成全。”徐京墨沉着嗓，声音坚定有力，在殿上回音缭绕。

李贵妃的一众亲信见状，纷纷露出窃笑。任谁都知道如今七公主容貌尽毁，还惨遭退婚，娶这样一个对仕途毫无得益的公主回去，不过是引来一片唏嘘。

“陛下，既然徐将军与七公主情投意合，倒不如成全他们，好撮合一段锦绣良缘。”李贵妃得知此事，毫不避嫌地介入朝堂，为其进言。

“可半夏她……”瞄了眼座下男子，那张冰冷的脸庞非但没有柔化半分，还微眯着危险的眸光瞪向自己，淮南王咽了咽口水，不禁虎躯一震。

最终，淮南王应允了徐京墨的赐婚请求——谁让他握紧腰间的剑鞘，还面露“不成功便成仁”的威胁表情，淮南王屈服于淫威之下，只好命他们即日成婚。

少将军娶了最丑的公主，此事很快就传遍了晏城的大街小巷。对这桩姻缘，有人唏嘘，也有人感动。包括容半夏在内，她为徐京墨提亲一事，几乎感动落泪。可她终究没法以这样的面貌嫁给徐京墨，她不愿他从此背负他人的冷眼嘲笑。

“哐当”一声，梁上丝绢突然断裂，容半夏摔了下去。她怔怔地看着地上的裂帛，以及坐在躺椅上的惬意身影，接着就听到银铃女嗓笑道：“公主，寻死并不是好方法。”

容半夏惊讶出声：“你……是何时进来的？”

“走吧，公主。”久微只是笑眯眯地扶起了她，如此说道，“徐将军的迎亲队伍正在外面等着你，别耽误了吉时。”

“不，我不能去。”

久微一眼就看穿了她的犹豫：“公主，你在害怕徐将军娶你只是怜悯你？”

“他总是很为我着想，但这样的我根本配不上他，我不想他再为我牺牲了。我宁可不要……”

“公主，你不必妄自菲薄，这是徐将军让我转交给你的‘聘礼’。”说着，久微展开手中的罗帕，上面静静地躺着一块玉佩。

只见容半夏身子一震，随即眼泪纵横。

那是徐京墨自小戴在身上的玉佩，是过世的徐老将军留给他的遗物，容半夏知道这对他而言有多重要。

“京墨……”

久微为她披上了红盖头，握了握她的手：“公主，这次一定要牢牢握紧你的幸福哦。”

徐府上下热闹非凡，皇城的贺礼应接不暇，晏城百姓更是在府外挤得水泄不通，不仅因为对这位“丑新娘”感到好奇，更为了前来祝贺这威震一方的大将军。

花轿一步一步前来，随轿而行的红衣丫鬟中，最娇俏迷人的莫过于久微了。那娉婷身影每一回眸，皆引来百姓喟叹。正因为陪嫁宫女美貌至此，反倒让人惋惜起徐京墨，人群中不时传来难听的碎言碎语。

可徐京墨丝毫不在意，待到花轿落地，他微笑着轻踹开了轿门。

久微却抢在徐京墨掀开门帘前，故意当众问他：“徐将军，你当真喜爱公主？”

轿内的容半夏突然一怔，她紧了紧手中的玉佩，心里清楚久微是在为自己确认徐京墨的心意。

外头来自城民的质疑与唏嘘越发尖锐，她甚至有了要逃避的念头，可徐京墨并没有给她机会。

“我爱半夏，不管她什么模样，都是我心中最美的姑娘。”他突然改变口吻，朝轿内的人说道，“可能你已经忘了，但我一天都没有忘记。半夏，当初是你给了我坚强和勇敢，教我学会了微笑着面对逆境。”

大掌掀起门帘，主动牵起她的手，徐京墨免去一切习俗，他要让容半夏堂堂正正地活在阳光下。他握紧她的手，对百姓宣告：“请各位见证，我徐京墨对七公主一往情深，矢志不渝。”

在百姓热烈的掌声中，徐京墨掀起了公主的红盖头，就在众人以为会看到怎样惊悚骇然的新娘时，结果出现在视野中的却是哭得梨花带雨的美艳新娘。

“半夏，你……”徐京墨回头看了眼站在府邸门口的清俊男子，感激地点了点头。

那人微笑着示意，牵着身旁的娇俏小红娘淡出了围观群众。

3

走出晏城几里路，天色渐晚，两个人便在郊野露宿。

“你这个死脑筋，明明徐将军都开口驾车送我们回平和镇，你偏偏假清高！”久微没好气地瞪了眼在火堆前忙碌的男人。

白慕风不以为意，向她递去一根树杈，上头正是香喷喷的烤鱼。

“今天是徐将军和公主的大好日子，何必让他费心，再说了，陈家村深居塘峡，怕是马车不便通行。”

就在这时，咕噜一声，久微红了脸，愤愤地接过他递来的食物。

灵参不食人间烟火，风餐雨露便是它的生命来源，但随白慕风下山后，久微也渐渐地习惯了凡间的饮食。

她咬下一口鱼肉，随即翘起了嘴角：“好好吃，怎么一点儿泥味也没有？”

“这里的溪水清澈，食材自然鲜美了。”白慕风熟练地将一条溪鱼去鳞剖肚，架上火堆去烤。他顺便削开竹子，拿竹节盛野雉汤给她。

“哇，好烫……呼呼，好好喝。”汤中加入了特殊的草药调味，格外鲜甜美味，在这样寒冷的夜里，这汤仿佛暖至她的四肢百骸，“你加了小茴香？”

“鼻子真灵，不愧是灵参。”他笑了笑，也为自己盛了一碗。

没想到白慕风除了给人看病，厨艺倒也有一手，不过纵使他有那般闲情逸致，久微却没有那好心情。

“唉，亏你还笑得出。这次出诊真是血本无归了。”久微已经不指望那医呆能为医馆带来任何进账了，明明他早前还想方设法压榨她这株灵参制作美颜露，怎到了这个时候却乐善好施起来？

岂料，白慕风朝她丢去一封书信，她定睛一看，竟是徐将军的手谕。

原来他早已向徐京墨取得了晏城药行的商贸许可，以后不只是平和镇，晏城也将会出售美颜露。

久微顿时露出一阵恶寒，不是吧，这奸商打的竟然是这个主意？

正当她以为对方又要压榨她这株可怜的灵参时，灰袍大夫却笑着拍了拍她的脑袋：“别怕，我已经调制出美颜露的最佳配方。”虽不至于大批量制药，但要赚上一笔用于救济平和镇还是绰绰有余的。

久微不知道的是，她断掉的须根皆被白慕风收集起来，存放在药坛子中浸泡成高浓度的药汁，这样便可避免对久微的参体造成损耗。

呀，这个医呆原来一点儿也不呆，野心还如此巨大？

不过，一想到白慕风原来在心疼自己，久微偷偷看了眼篝火边的俊朗男子，又禁不住红了脸。

火光在他身上明灭摇曳，餍足的他靠着树干闭目凝神，最后一丁点儿星火慢慢熄灭，却不妨碍她欣赏浅淡月光下的俊颜。

久微披着他的大灰袍，心中溢出一股暖意。她微抬头看向酣睡的男子，目光逐渐变得柔和。

这段日子，白慕风忙得焦头烂额——为调配出一方变丑的奇药，用于帮助公主解除和亲之约，他日夜埋首药房，还劳碌奔波于皇宫与将军府。

虽她提议要用仙术将公主变丑，就像对付李贵妃那样，但白慕风断然拒绝了。他不想她损耗灵力，他知道她的灵珠曾破损过，仅存的仙力不足以支撑太久，更何况他没有把握金砂国何时会将公主退还，也许三个月，也许更久。所以，他以身试险，再次闯入火蜂房，取得火蜂毒素用以制药。

所幸急不可耐的赫连郁及早发现了公主的异状，才得以进一步推行他们的计划。在公主归来之时，白慕风又日夜兼程调制解药，要不动声息地为公主解毒，瞒过所有人的耳目，按照以往的药泥面具解毒法是行不通的。

于是，他在剂量上有了更严苛的调试，而久微出没清荷居，便是为了趁机喂容半夏服食解毒的药丸。也正因为有了他们这个如同戏法般的真情考验，徐京墨才放下所有君臣顾虑，将容半夏带离了皇宫那个是非之地。

如此想来，白慕风根本没有必要为她的任性请求做到这个份儿上，他大可以从一开始就拒绝她，任凭她这个灵力式微的家伙自个儿瞎折腾。

但他没有，他甚至陪她胡闹一场。计划若有偏差，重则引起两国战事，造成生灵涂炭；轻则他被发现对公主使毒，招来杀生之祸。他明知道会有这样的危险，依然答应了她的请求。

覆在长睫下的眉眼，尽是风韵，睡着的样子格外安宁。白慕风一定不知道他的容貌有多精致俊雅，就算没有笑容点缀，也是极好看的，也越发与她记忆中的高洁神祇相似。

有时候，她也分不清，留在身边的是白慕风，还是他。

“玄冥仙尊……”久微眼角噙着泪珠，轻靠在他的肩头入睡，共享着大袍的温暖。

月光渐渐隐没在乌云背后，似怕打扰这短暂的宁静。

陈家村居住着白父一位故友，白慕风自从父亲去世后，便秉承父亲的遗志，每年都抽空来探访这位伯父，顺便捎来一些草药。

“早前听说平和镇闹饥荒，我还让婉儿去打听过，可一直都没能和镇上的人取得联系。现在，见你平安无事，我就放心了。”陈巧生白发鬓首，比早几年看起来更憔悴苍老。由于终日卧病在床，他的生活起居全靠闺女照料。

“陈叔，让你担心了。现在我一切安好，医馆也总算慢慢有了起色。”白慕风扶起老人，端来药汤喂他，“我根据爹开的药方进行了改良，应该对你的肺疾大有助益，只要配合食疗，定能药到病除。”

“慕风哥哥，你说的都是真的吗？”突然出现在门外的纤影抱着粗布衣衫进来，眼中满是希望，“爹的肺疾真的有办法根治？”

“不能有十足把握，但一定能改善陈叔的病情。”

他的承诺让女孩露出了会心一笑。

“那真是太好了。”女孩抹了抹泪，热情地招呼起他们，“对了，慕风哥哥，待会儿留下来用膳吧。”

“这怎么好意思？”

见两个人亲密互动，完全被晾在一边的久微不禁清了清嗓子。

女孩这才注意到她的存在：“这位姑娘是？”

白慕风竟有些献宝地介绍道：“这是我医馆新收的学徒，久微。”那副嘴脸仿佛爹亲在彰显自己的掌上明珠一般，只是久微的目光由始至终都落在那姑娘身上。

她与白慕风是何种关系？

“我是陈婉儿，和慕风哥哥从小玩到大，我还是第一次见他带人来陈家村呢。”陈婉儿倒是礼貌客气，放下手中的针线活儿，便为客人端茶递水。

原来她就是白慕风曾提起过的青梅竹马，怪不得两个人言谈举止间多有默契。

陌生的刺痛突然从胸口泛起，久微蹙眉，想要将那些怪异的情绪压下，却适得其反，它就像扎在心头的一根刺疼痛难耐。

她正要探明这种心情的源头，便听见陈巧生说道：“贤侄啊，你也到了成家立室的年纪了，若有你照顾婉儿的下半生，我也死而无憾了。”

“爹，你别乱说话，你会长命百岁的。”陈婉儿娇嗔地看了父亲一眼，脸上是藏不住的情意。

白慕风倒是实诚：“放心吧，陈叔，这是我应该做的。”陈家对他们白家有恩，他自小都记在心上，这也是他坚持时常来陈家村探访的原因。

“好。你看，婉儿也老大不小的，贤侄，你若不嫌弃，就收下她吧。”陈巧生把话说得如此直白，即使再驽钝也不可能不知道。老人家挑眉看了眼他身旁的久微，故意问道，“还是说，你已经有心上人了？”

这话惊动到的不只是白慕风，在场的两个女孩也都若有所思地看向了他。可当事人久久没有回应，久微都要焦虑到火烧眉毛。

倒是说啊，医呆！她忍不住腹诽，绞着手指，一副闷闷不乐的样子。

岂料，白慕风微微一笑，好似看穿了什么。

“陈叔，我答应了一个人，要带她四处游历，恐怕……”他看了久微一眼，便笑着婉拒，“婉儿是个好姑娘，嫁给我太可惜了，她值得遇见更好的人。”

随即他对陈婉儿交代了药方，便匆匆告辞了。陈婉儿面上虽有失落，但她仍笑容满面地送客，可没走几步，她还是喊住了白慕风。

久微不知道他们两个最后聊了些什么，只来得及看见婉儿眼含水光地看了他一眼，便匆匆转身回屋。

待到白慕风来到身边，久微才八卦地追问：“你们聊了什么？”

“秘密。”他微扬一记浅浅笑弧，教她看痴。

“小气鬼。”久微嘴上发出不屑的冷哼，却感到前所未有的开心。

为他刚才婉拒陈巧生的言论，为他记住彼此的约定，久微甘之如饴。她快步走向前方，不想被他看见自己因感动而露出的狂喜模样。

身后的白慕风不紧不慢地跟上，他抬头仰望万里晴空，和此刻的心境一样清澈明亮。

他对未来的路深信不疑，那是一个有久微的未来。

所以，他才能坚定地拒绝了婉儿的挽留。

如果幸福的时光能再漫长一些就好了，然而在很久很久以后，他才发现这样的愿望竟成了一生的奢求。

4

洛河城，一座依山傍水的风雅之城，以清歌坊的琴姬艺演吸引来五湖四海的文人雅士，因而使这座小城在江南湖畔中名声大噪。

“哇，这里和晏城很不一样呢。”与皇城的繁华喧闹相比，洛河城倒是多了些绝尘的清幽。来来往往的皆为墨客书生，摆摊的也多是些墨宝乐器，四处琴声缭绕，不绝于耳。久微好奇地四处张望，不一会儿又被商贩的小玩意吸引了目光。

白慕风跟上她的脚步，随即就注意到了商贩前的斗篷男子。

“公子，这可是天山野山参，相当难得手。你看，个头特别大，一看就滋补，我自己都舍不得吃。你要是有意，我可以让给你，价钱好说。”商贩做的是药材香料买卖，摊上还有大大小小的香囊，见男子在他巧舌如簧的游说下渐渐有些心动，不禁显露出奸诈的笑容。

久微却抢在他付银两时，出言阻止：“慢着，你卖的明明就是人参三七。”

换言之，那不过是形似人参的药材田七，但功效却和人参有着天壤之别，因带着整株红果和茎叶，看起来倒可以以假乱真。这种混淆视听的障眼法，骗骗外行人倒可以，但想要瞒过久微这株货真价实的灵参，那是不可能的。

“三七？”斗篷男子转身，看见身后女孩的容貌时，身子突然一顿。

久微被他瞧得浑身不自在，下意识有些警惕，白慕风似乎也注意到了他们间微妙的气氛。正要上前，就听她激动地叫出了声：“原来是你啊！上次在晏城一起参加奇趣比试的男人！”

经她这么一提，白慕风也打量起了男人，兜帽下如鹰隼般的灰蓝双眸此刻稍显阴暗，和那天在茶馆看见的一模一样，那不是一张寻常中原人的面孔。

男人沉声道：“姑娘，你方才说这是人参三七？”

“野山参须根较为细长，而三七的则较为短小粗壮，这摊上卖的三七稍显纤细，但看品相却和人参有着极大区别。你可千万别上他的当，这奸商摆明是诓你不识货。”久微毫不留情地戳穿商贩的诡计。

商贩一下就怒了：“小姑娘，你不要血口喷人！天山野山参岂能与寻常人参相提并论？你没见过就不要乱说！不买东西就走开，去去去。”对方作势就要推开久微，好在身后的白慕风眼疾手快地扶住了她。

他不悦地挑眉，来到商贩面前：“不巧，我们就住在天山脚下，这么多年来，从没听说过采参人有所收获。小弟不才，也开了家医馆，平日对药材多有研究，这的确是随处可见的三七。”为了给对方台阶下，白慕风甚至委婉地说：“这位大哥，说不定你也是给采参人骗了，以三七充野山参。”

说到这个份儿上，若再否定便是不打自招了，商贩愤愤收摊，自当倒霉，走时还一路撂下絮叨：“见鬼了，竟然碰到那鬼镇的人。”

闻言，斗篷男子眼中闪过一瞬的森冷，他扬唇看向白慕风：“你们住在天山脚下，莫非是平和镇？”

“正是。”

“那可否劳兄台，再帮我看看早前买下的人参，是否也是以次充好？”男子取出布包，动作谨慎小心，将其中一根人参放置白慕风掌心。

白慕风细细打量后，再交还对方。可男子仅以布包承接，并没有直接徒手触碰，这一细节，不禁让一旁的久微轻蹙柳眉。

“这是普通园参，药用价值虽不及野山参，但药性平和，可用于气阴不足者调理身子。兄台若要买好参，周边城镇几乎难寻。近年来冰灾肆虐，少有采参人上山。你可以到晏城的药行转转，说不定能找到你所需的药材。”他刻意引导对方远离天山，是为了保守天山的秘密，久微再次为他的体贴暖了心。

“实不相瞒，我此番中原之行正是为了寻参，而且是非一般的灵参。”男子勾起嘴角，别有深意地看了眼久微，那一眼露骨且不怀好意，直让人毛骨悚然。

不只是久微，就连白慕风也都为他口中的“灵参”吃了一惊。

男子似乎很满意他们的反应，微倾身，俊颜突然靠近久微：“姑娘，敢问芳姓大名？”他由始至终都表现出对久微的浓烈兴趣。

久微却不予理会：“我为什么要告诉你，难道你不该先自报家门？”

男人闻言，朗声笑了起来，便把兜帽卸下，露出了一张无懈可击的俊美容貌，让人彻底看清他异于常人的深邃五官。

他深目高鼻，发色微棕，最让人挪不开双眼的是，他那如同琉璃般的蓝灰色瞳孔。那奇异的长相，让见识贫瘠的人纷纷投来好奇的目光。他表情极冷，唇边的那抹鸷笑有阴霾笼罩，但不妨碍他的俊俏，只是久微太专注打量他眼中的不怀好意，无心欣赏对方的绝世容貌。

“在下赫连宇澈，若有缘，我相信我们很快会再见。”

这时候，身后不远的码头出现一道曼妙身影，朝他们的方向点头示意。

赫连宇澈重新戴上兜帽，匆匆朝那人走去，用着两个人才听到的声音说道：“打听到了？”

“在平和镇。”女侍卫如实禀报。

临行前，他回头淡觑了一眼身后的白慕风，便笑着踏上了船只。

就在船只驶出码头没多久，“哐当”一声，白慕风突然单膝跪地，他痛苦地捂住胸口，接着从口中吐出一捧乌血。强烈的疼痛袭来，世界仿佛顷刻静止，在彻底陷入黑暗之前，他甚至只来得及看见久微苍白的脸……

“白慕风——”

久微使用仙术漫起尘嚣，背着白慕风土遁而去。

将白慕风安置到隐秘无人的地方后，见他安静得近乎毫无气息，久微颤着手指往他鼻息下探了探。他的气息逐渐虚弱，就连强行喂入的那颗参果，都因止不住他口喷血雾再次吐了出来。

“慕风，你醒醒！”久微顿时手足无措。

竟也有灵参难以压制的毒？从白慕风七窍流血的症状来看，那下毒之人极为心狠，而且久微完全没有注意到对方是什么时候下的毒。久微的脑海中忽而闪过斗篷男子，难道是在看参的时候做的手脚？

久微握起白慕风的手掌，果然在他的手心看到一个黑红的圆点。

果然是在那个时候！

她咬咬牙，压抑住内心的恐慌，她告诉自己必须冷静，现在只有她才能救白慕风。

久微施法用灵力封住白慕风体内的经脉，减缓他吐血的频率，再折下自己的须根喂入他的口中。可昏迷中的白慕风十分虚弱，根本无法完成下咽的动作。

随着毒素侵蚀身体，他整张脸乌黑一片。久微的眼泪扑簌簌地掉落，她奋力地摇晃着他的肩膀，哭嚷道：“医呆，你答应过要陪我游山玩水的，你不能抛下我！”她好恨自己，为什么丧失了大部分修为，否则以她的千年修为怎会轻易看着他死去。

都怪自己太过弱小，难道白慕风也要像玄冥仙尊一样，离她而去吗？

“不，我不会让你死的。”久微扯下脖颈的灵珠，将其含入口中。她仿佛孤注一掷，将吻落下薄唇，借由这生涩的触碰，让灵珠穿透到白慕风的体内。

灵力源源不断地消散，久微感觉身体逐渐变得疲软，视线也开始模糊一片。她艰难地微眯着眼，看到白慕风脸色逐渐好转，终于露出安心的微笑。

随即，她纵身倒下，突然一个雪白身影迅速将她抱牢，同时他施法将灵珠取回。嘴边是他一贯的粗暴苛责：“你这个白痴，灵珠是修为的根基，你不要命了？”

眉上霜结印将灵珠封存到久微的元神中，灵珠不过是灵力的载体，但它并不能护全灵力不被外力溃散。最初山神之所以会使用灵珠作为久微的修为容器，表面上是为了压制她过于强大的灵力，但实际上眉上霜并不知道这个老头子在打什么注意，他现在总算有了些眉目。

其实，山神压根就没想让久微飞升。

不让她得道成仙是为了隐瞒些什么吗？思及此，眉上霜才注意到身旁奄奄一息的另外一位老友。

“呀，瞧我都把小白给忘了。”他俏皮地吐了吐舌，都怪自己心里只惦记着那株笨参，若不是他嗅觉奇差，或许能赶在他们离开晏城之前就追上他们。

他施法令白慕风坐直，自他天灵盖注入灵力，将余毒吸纳入自己的体内。他立马就感受到毒素在体内混沌撞击，还好他是毒蛇，最擅长以毒攻毒。

正如此得意着，眉上霜突然吐出一口污血：“噬心蛊？”他不禁失笑摇头，为朋友两肋插刀，差点儿还让自己挂掉，这真不是他眉大爷的作风。

他摸了摸耳垂上的铂金耳环，又若有所思地看向昏沉睡去的容颜，不禁苦笑道：“小久微，就当还你五百年前的人情了。”

5

久微醒来的时候，已是翌日清晨。

因为损耗了极大的灵力，她的神色显得格外疲惫。刚清醒过来，她便惊叫道：“白慕风……”注意到他安静地躺在自己的身侧，她悬着的心才缓缓落下，接着就看到一旁运功调息的眉上霜微笑着朝她挥手。

“呀，小久微，你终于醒来了。”

“眉上霜？”他的出现，让久微感到惊喜，“你……怎么会在这里？”

眉上霜轻拂肩前长发，那银亮的白丝就像倾泻的银河，在骄阳下异常炫目。那样俊美绝伦的男人，扬唇微笑，便足以是一道美景。有时候，久微也不得不为此感到吃味，眉上霜竟比女人还美，叫她小小的自尊心受挫。

只是，那俊俏风韵的脸上，笑容渐渐消退，反倒多了些忧色。他展臂将久微揽至身前，用长指往她的额头狠狠地弹去：“你这没良心的小东西，一声不吭就玩失踪，我都要被山神念叨烦了。”

久微不知道的是，他心急如焚得快把整个平和镇给掀了。结果这丫头竟把他给忘了！这让眉上霜心里莫名怄气，也罢，他也不是第一天知道她的粗线条。

“我是有苦衷的。”在眉上霜的瞪视下，她把这段时间在晏城发生的事全都告诉了他，没想到却换来他的不屑冷哼。

“你还真爱多管闲事，那些愚昧无知的人类，就随他们自生自灭好了。你是灵参，离开天山太远会……”眉上霜幽幽一叹，握紧她单薄的肩头，神色严肃道，“如果我没有及时出现，你打算毁了灵珠？”

“我……”久微别开头，躲开了他犀利的试探目光，“我不能对他置之不理。”

眉上霜眸光趋冷，看向沉睡的白慕风时，他不禁心生妒意：“你喜欢小白，是吗？”他的直觉一向极准，只是他不愿承认而已。

这数百年来，他们纠缠不休，却比不上一个刚认识不久的人类，他不甘心。

她的沉默，让眉上霜没来由地火大起来。

“你了解他多少？凡人短暂的一生，不过数十载，值得你为他牺牲至此？你……”一贯嬉皮笑脸的眉上霜不再有闲心去掩饰内心的愤慨，他微眯着眸，甚至出言恐吓，“或许五百年前我就不该心软，吃了你这株天山灵参说不定还能助长我的修为。”

“可你没有。眉上霜，我知道你有一颗向善的心。”久微抬头看向面前的清俊男子，她知道他有多在乎自己，她是那么感激孤寂的修仙路上有他相伴，所以，她不再打算隐瞒一切，“还记得我和你曾提起过的玄冥仙尊吗？”

又提起一只令他嫉妒成狂的神祇，眉上霜的口气更加恶劣：“当然记得，那个千年来对你不闻不问的混账神仙嘛。”那可是他的头号情敌，怎么可能忘。

她若有所思地看了眼身旁的白慕风：“我怀疑白慕风和仙尊的失踪有关。”

眉上霜不禁挑眉：“什么意思？”

“自打我第一眼见到白慕风时，我就隐隐觉得他身上有着仙尊的气息，然后我无意中发现他肩上有着仙尊的星宿印。”

眉上霜扯开白慕风的衣襟，果然在肩胛上看到了不规则的五星印痕。他曾听闻天界掌管二十八星宿的神祇，座下皆有星宿仙印，莫非这白慕风和天界星宿有所关联？可在他身上却感觉不到任何灵力。

“所以，你为了找到那仙尊的下落，才放弃了飞升？”怪不得山神老头子一口答应她下山，这不是正合他意嘛。

“仙尊对我有恩，如果没有他，或许千年前我就死于诛仙剑下。所以，不管他身在何方，还记不记得我，我都想再见他一面，确保他平安无事。”若仙尊有难，她更要助他脱离水深火热，否则千年来何以没有他的消息？

眉上霜知道玄冥仙尊在千年以前救过久微，所以他能理解她那固执的爱慕，他不也正因为参果之恩而喜欢上久微吗？所谓一物降一物嘛。

但知道久微一心惦记着玄冥仙尊，他心里终究是嫉恨难平。

“不仅仙界没有他的音信，连天山也不曾有他的踪迹，这世间突然就没有了他的存在，那是一件很可怕的事。”她一双秋水剪瞳氤氲满了雾气，我见犹怜，“眉上霜，我不求你能帮我，但请不要阻止我去找仙尊，好吗？”

她的眼泪仿佛滴在了他的心头，叫他灼痛难耐。

半晌，眉上霜愤愤地摊开了手掌。见久微懵懂不知的反应，他红着脸嚷道：“刚帮小白清了身上的余毒，本大爷现在元气大伤，你不该表示一下吗？”

“哦！”久微立马破涕为笑，她就知道眉上霜刀子嘴豆腐心。

那毫无防备的笑靥，让眉上霜几乎看痴了。

他还是第一次见久微如此坦率，尤其此刻她面泛微红，眸光润泽的样子简直可爱得一塌糊涂。虽然他还是觉得久微从前那仙女飘飘的成女模样更对胃口，不过，似乎这副小女孩模样看着也挺顺眼的……

不等他反应过来，一颗红彤彤的参果就塞进他的嘴里，参果的酸甜滋味在味蕾绽放，接着就听少女羞赧地说：“阿霜，谢谢你。”

她叫他阿霜?

突如其来的亲昵叫唤，让眉上霜激动地瞪大了眼。

原来窝囊的代价这么甜美啊……

昏迷已久的白慕风突然呛咳出一口血污，继而沉睡不醒。

久微抱着他的头仰靠在自己膝上，用衣袖拭去他嘴角的血痕，一脸心疼：“为什么还不醒来？”

“放心吧，小白的余毒已经排出体外，这是噬心蛊毒的后遗症。”眉上霜双手枕在后脑勺上，舒服地仰靠着树干。

“噬心蛊？”

“我倒想问，你们是招惹上什么大仇家了？那可是西域毒心蝎的剧毒，轻则令人失心疯，重则七窍流血而死。不过，在我这天下至毒面前，那都是小儿科啦。”眉上霜丝毫不把那小毒放在眼里，“中了那种剧毒，没丢了性命就很不错了，他吐个几天血就没事了。”

瞧他说得那副稀松平常的口吻，仿佛吐血不过是家常便饭。

“下毒的那男人，我们曾在晏城见过一次，相貌不大像中原人。”那双灰蓝的眸子，深刻地烙印在久微脑海里。她紧了紧拳头，下次再让她碰见，绝对让他吃不了兜着走。

彼时，丛林里突然传来嘈杂的声响，不一会儿就看到十数个扛着榔头而来的城民。领头的黑胡子大汉指着眉上霜嚷道：“就是他！胆敢抢走河神的侍女，快把他抓回去！”

眉上霜无辜地眨眨眼，指了指自己：“抓我？等等，各位大哥，是不是搞错了什么？”

“还狡辩！瞧，这姑娘就是他在码头拐走的，我亲眼所见！他的同伙就是那个男人！”不省人事的白慕风竟然躺着也招罪。

久微更是被善心的城民拉扯到身边，不忘忠告道：“小姑娘，你可要当心啊，那男人是采花大盗！前阵子孟家千金才惨遭毒手，现在还下落不明！”

采花大盗？久微狐疑地看向了眉上霜，那一眼看得他火大起来。

“我说，小久微，你该不会也怀疑我吧？我看起来像那种人吗？”

像啊。久微差点儿就脱口而出，不过以她对眉上霜的了解，虽然他很是招蜂引蝶，但绝不可能做出那种卑劣行径，毕竟白眉蝮蛇都是骄傲的灵兽。

“别跟他废话了，正好撂倒了一个，是把采花大盗抓起来的大好时机！”黑胡子挥来榔头，几个城民一拥而上。

眉上霜冷眼瞪去，小施法术便将扑向自己的男人弹开，正要还手之际，就看到久微向他投来的目光。

不是吧，这丫头又……他轻啧一声，佯装无力招架，乖乖束手就擒。

最终，被五花大绑的眉上霜一脸怨念地被带回了清歌坊。

第五章

河神的新娘

1

清歌坊主孟天威用大掌往红檀木桌愤怒一拍，质问道："淫贼，快把依岚交出来！"

"哎，大叔，你说话客气点儿。我对你家宝贝女儿可一点儿印象都没有，勿要胡乱加罪于我。"眉上霜倒没有说谎，他这种喜好流连于漂亮姑娘中的花花公子，从不费心思记住匆匆过客，况且他才初来洛河城，何来诱拐一说？

"你还装傻？来人，把他打到吐实为止！"

"慢着！"久微阻止了他们，"孟姑娘失踪一事确与眉上霜无关，昨日至今我们一直在一起，他绝没有机会劫走孟姑娘。"

孟天威微眯眼看向她："你不是被他掳走的？"

久微点了点头，从方才众人的争吵中，她大致了解到了"采花大盗"事件。

前不久洛河城内陆续发生了数起少女无故失踪的案件，没想到清歌坊主的千金孟依岚也在昨日失踪，有人目击到眉上霜曾出现在清河坊赏乐。与此同时，码头凭空消失的久微也被目击者认定为采花大盗将少女拐走的障眼法。

说到孟依岚，整座洛河城几乎无人不晓。她不仅长得亭亭玉立，一双纤纤玉指更能奏出天籁之音。多少人慕名而来，就为一睹清歌坊琴姬的风采。如今琴姬被掳，对孟天威来说如同晴天霹雳。

"孟坊主您细想，若是采花大盗劫持了洛河城第一琴姬，又岂会再逗留于城内？指不定已经在逃往别处的路上了吧。"

"或许他有同伙，来个里应外合，将诱拐的姑娘送给城外的接应。"孟天威情绪激动，再度拍案而响。

相比较对方的躁动，久微倒是冷静地为其分析："同伙？是指被你们抓回来的另一个至今中毒昏迷的白公子吗？他昨日与我初来洛河城，还去过集市，大可以去问问，定有人记得当时与药商对峙的灰袍大夫。另外，据我所知，进出洛河城只有两条路，一是入城的城门，二是洛河码头，只要询问看守的船夫以及城卫便可知道，一个采花贼带着貌美的姑娘逃亡，不管以何种方式掩藏，那都太过招摇了。"

确实如久微所说，这其中有着许多的不合理性。原本怒火冲天的孟天威，稍稍缓和了不少。待到询问了一干人等，也证实了久微的推测，这几日因为琴姬出演，几乎没有什么人出城，而来往于码头的也多是渔户。

“孟坊主若是不信，现在就随我一道去洛河边上一一对质……”

岂料，孟天威急忙拒绝：“不必了。”

久微不禁挑了挑好看的柳眉，对方否决得太快，不禁让她生疑。

随即就听孟坊主说道：“可他依旧摆脱不了嫌疑，有家仆看见他来过清歌坊，还邀依岚一同畅饮，在那不久，依岚就失踪了！”

久微冷冷地看向身后被缚绑的男人：“你还邀人喝酒？”

提到这桩，眉上霜忽然想起了什么，痞痞地笑道：“啊，我想起来了。那时候刚入城没多久，经过书肆就被几个姑娘邀去赏乐。我见台上姑娘弹得一手好琴，便邀她小酌几杯。原来她就是琴姬孟依岚？”不过遗憾的是，他还没来得及和对方碰杯对饮，在嗅到久微气息的第一时间，他就匆匆赶往了城门的方向。

这个眉上霜真是死性不改！久微不禁扶了扶发疼的额际，这岂不是又把她辛苦为他制造的不在场证明给推翻了？

“孟坊主，我觉得事有蹊跷。那些失踪的姑娘至今杳无音信，也没有任何出城迹象，那只能说明一件事，孟姑娘和那些姑娘极有可能还在洛河城内。”

“当真？”

“虽不能完全笃定，若多几日时间彻查，或许能找到更多线索。”人是不可能凭空消失的，而且她注意到了孟天威似乎总在避讳洛河，或许那藏有解密的关键。

就在这时，门外有家丁急匆匆跑来：“老爷，大事不好了，河堤被冲垮了！”

坍塌的河堤出现了数个缺口，漫出的河水冲来浑浊的泥污。河道两边的房屋俨然水漫金山，百姓纷纷往城中高处逃亡。

这时候应该还没到河汛期，怎会泛滥成这样？久微困惑地看向汹涌的河堤，随即就听见孟天威急躁暴怒的声音：“不是已经献过‘祭品’了吗？为什么还会激怒那位大人？”

“老爷，我们确实按你吩咐将祭品投进洛河了……”家丁们纷纷面露难色，生怕被主子责怪。

祭品？难道这洛河里头还住着什么神明？

突然河道洪水翻涌，河面如裂开一般，“砰”的一声巨响，伴随着恐怖兽狺，来势凶猛的巨浪迅速冲向了码头边上的众人。

久微眼疾手快地施法，一阵风便将百姓推送至安全的地方，她只来得及看见从河面隐没了一条巨大的鳞尾。

她不禁一怔，洛河中竟有着如此庞然大物！

不一会儿，乌云密布的天空突然拨云见日，混沌的洛河也渐渐平息了下来，仿佛刚才的骇人洪涝不曾发生似的。

这洛河里的“大人”到底是何方神圣？久微突然发现了一只被搁浅在岸上的红绣鞋，拾起来端详了一番，鞋面上有双凤牡丹，还绣有双喜字样。

“久微。”身后突然伸来的双臂将她紧搂住，一颗脑袋懒懒地枕在她的肩上，不等她尖叫出声，长指就勾起她手里的绣鞋，耳边是他磁性的声音，“这不是人类新娘的喜鞋嘛，你有兴趣？”

她挣脱身上的那副懒骨头，挑眉瞪了过去：“我倒想问你，你现在不是被关在柴房吗？”眉上霜突然跑出来，让她怎么帮他洗脱嫌疑？真是麻烦的家伙。

眉上霜却不以为意：“就凭那几个凡人，怎么关得了我？放心吧，我施法制造了我被关在柴房的幻象，大概可以维持几个时辰，正好也可以看顾小白。”

没想到眉上霜倒是挺细心的，姑且不跟他计较逃跑一事，久微便把方才洛河肆虐的情形告诉了他：“莫非这洛河一带，也有什么圣兽灵仙？”也许见多识广的眉上霜会知道这洛河底下藏着什么。

“哈？别开玩笑了，这贫瘠之地，何来圣兽灵仙，你真当神祇都大公无私？”除了土地公庇护一方，那些天界神祇都驻守各处圣地，岂有闲心看管这些小地方，又不见得这里的香火特别旺盛。眉上霜忍不住白了她一眼，真是个没见过世面的乡野灵参。

“这里没有神灵，妖怪的气息倒是挺浓郁的。”

彼时，从远处传来一阵哀戚之声，两个人循声望去，就看到一台花轿朝河堤方向而来。

2

“娘，我不要死，我求求你，放我走吧……”新娘子泪眼婆娑，向身旁的老妇人苦苦哀求。

“婷婷，被选中为河神大人的新娘，是你的福分。”老妇人抹了把眼泪，神色哀伤，“听话，如果河神大人动怒，我们整个洛河城都会被大水淹没的！”

后头的男人粗暴地推了新娘一把：“就是你上回逃跑，才激怒了河神大人！你再不老老实实，害我们全城都要陪你下葬，我可不会轻饶你！走！”眼看着被缚绑的女子就要被几个男人投入河中，突然一道电光以迅雷不及掩耳之势，弹飞众人，新娘才得以脱身。

正当众人怒目寻找着始作俑者时，眉上霜双手环臂，笑嘻嘻地说："哟，你们这些野蛮人，怎么好意思欺负一个小姑娘？"

"你这个采花贼是怎么逃出来的？！"

"大伙快把他绑起来！"

一阵哄闹惹得眉上霜不快，他拂袖吹来风袭，将数个壮汉击飞。城民见状，惶恐地向后退避："别敬酒不吃吃罚酒！若是激怒河神大人，你该如何负责？"

"愚蠢，你们这是在助纣为虐。"他的不屑引来民众动怒。

"我们洛河城的事，轮不到你外人插嘴，快滚一边去！"

"就是！快滚出去！"

人群后头的久微不禁叹气，赶在眉上霜和城民闹起冲突以前，她盈身介入，转移了众人视线："各位乡亲，少安毋躁。此番我们前来，正是为查明事实。刚才听到这里有哭喊声，不知道这位姑娘所犯何事，竟受到这般对待？"

城民们面面相觑，似乎并不打算和久微多说什么，他们一起将她和眉上霜赶离河堤祭坛。"扑通"一声，那红衣女子竟终究是含恨坠下了运河中。

老妇人当场哭得肝肠寸断，久微正要跳下河里救人，身旁的眉上霜瞪来一眼："你给我在岸上老实待着。"他便从另一边跳入洛河，这一前一后的动作来得突然，城民都惊得一言不发。

等了许久都没有看到河面上出现人影，城民们纷纷作鸟兽散，不无对那对枉死的男女发出唏嘘。只有久微镇定地来到哀伤的老妇人旁，予以安慰："大婶，没事的，那位姑娘已经被安全救上岸了。"

果不其然，当老妇人随久微来到城外的林荫小道时，就看到一身水湿的眉上霜抱着昏迷的红衣女子等在那里。老妇人见状，顿时老泪纵横。

"姑娘，你这样会害死我们洛河城的！"

洛河城百姓古往今来，全赖以洛河而生。他们认为日子之所以能风调雨顺，皆是受到河神的庇护。每年向洛河献祭，以祈求作物丰收、生活安宁，已是他们的传统。

可事实上受百姓供奉的河神，却从不为人们排忧解难，不仅导致洪涝泛滥，淹没了百亩庄稼和牧畜，更冲垮了他们的房子，使得年年收成惨淡。

就在这时，孟坊主竟被河神托梦，要他以少女作为献祭品。如此荒唐的神示，岂会有人相信？然而，对处于绝望的洛河城民来说，仿佛迎来了一道曙光。

于是以祭河为名，他们选中少女为河神新娘，作为活祭投入洛河，以平息河神的愤怒。没想到这极为荒谬的做法，却换来了洛河此后的风平浪静，再无泛滥四起之象。

因此，百姓更坚信了那是河神显灵。

“什么河神，我看分明是妖怪作祟吧。”眉上霜不屑冷哼，连他都不曾让百姓为自己侍奉，这河下妖怪倒是挺厚颜无耻的。

久微摸了摸下巴，道出自己的猜想：“我看到洛河里露出了一尾金鳞，也许那就是‘河神’的真面目。”

“哦？看来有必要下去会一会那位‘河神’了。”真想看看哪个自称神祇的家伙，胆敢在天山脚下作威作福。如此想着，眉上霜露出了狡黠的笑意。

老妇人听着两个人你一言我一语地聊着完全听不懂的事情，不禁害怕起来：“你……你们到底是什么人？”

“大娘，你别怕，只要你肯帮我们一个忙，不但洛河城不会被淹没，婷婷姑娘也不需成为祭品。”久微勾唇一笑。

既然这个河神大人贪得无厌，无妨，就让她来揭开他的庐山真面目。

不出所料，大洪水再度以雷霆万钧之势汹涌而出，瞬间吞噬了周边房舍与农地，短短几个时辰内相继垮坝溃决。

孟天威眼看要守不住洛河城了，打算举家离城。此时，洛河上显现一道巨影，那竟是百姓为之色变的“河神大人”。

“孟天威，本仙让你们准备的贡品竟迟迟未献，看来你是打算让整座洛河城与你陪葬。”河神的尾鳍露出河面，金色鳞片亮起了森冷的光，它肆意翻腾激出数丈高的水柱，仿佛连天空都因其布满了骇人阴霾。

“饶……饶命啊，河神大人。小的确实派人向洛河投入了祭品……”刚一抬头，就看到那水柱如流击垮了清歌坊外的石像，孟天威连忙抱头大叫，“我马上再安排少女献祭，不不不，若要孩童或壮汉，我也定会准备妥当！河神大人，请息怒！”

素来威风的清歌坊主，面对生死亦苟且如懦夫，竟为了自己，打算牺牲其他城民，这让一众百姓顿时瞠目结舌。

河神只是不屑冷笑：“哼，贪生怕死之徒。”就在他打算释放高空数个水柱浇向洛河城时，突然一道银铃女嗓悠然响起。

“河神大人。”身披喜服的女子朝河堤踱步而来，她扯下红盖头，娇俏的小脸露出了甜美的笑靥，“不好意思，让您久等了。”

黛眉如新月，芙颜柔嫩细腻，粉唇微扬，丰盈水亮，岸上女子美得有些匪夷所思，身上甚至有着人类所不该有的清新脱俗。

虽然被挑选为河神新娘的皆为青春靓丽的少女，可像她那般美艳动人的，却也美得有些太过，就连清歌坊第一琴姬亦比她稍显逊色。一时之间，引来众人的惋惜喟叹。

叹息她即将香消玉殒，红颜薄命。

可令城民感到困惑的是，这新娘子没有像从前那些姑娘那般挣扎绝望，甚至她还有些期待。事实上，他们也没有猜错，这对第一次凤冠霞帔的久微来说，好奇与亢奋的心情要远远胜于面临河神的紧张窘迫。

喜服久微是见过的，七公主大喜那日所穿的珠钗宝衣，曼舞轻纱，简直美得不可一世。她当时就十分期待能穿一次喜服，虽然等待着她的并非意中人，但也满足了她的小小虚荣心。

不知道白慕风看见她这般模样，会做何评价？

会大方赞美她好看吗？

还是会噙着冷笑，抑或调侃她的自作多情？

思及此，她微微红了脸。可河神没有给她做白日梦的时间，一袭浪涛，就将她卷入了汹涌的水流中，不一会儿，河面再度恢复了平静。

一眨眼的工夫，新娘就在众人惊诧的目光中被洛河吞没。

3

水底下波光潋影，碧蓝如黛，仿佛还能听到隐隐悠扬的潮音，寻常人类岂能还有闲心在水下观赏美景？早就在溺毙的恐惧中吓得半死了吧？

久微却被一个大水泡包裹住，与河水隔绝，里面如陆上一样能自由畅快地呼吸，以至于她能平心观看面前发生的一切，包括那河神的真面目——一只巨大的龙鲤。

河神的真身竟然是一条鱼？

尾鳍扇动，闪闪发光的鳞片散发着如剑芒的光影，随着摆动，在水间划开几丝光晕。延伸而下，久微还看到了深藏在河底深处穿梭嬉戏的鱼虾河蟹，她不曾想过原来洛河底下竟也别有洞天。

游至最底下，穿过嶙峋巨岩，豁然开朗，里头有着与河水隔绝的洞穴。

穿过水帘交织的石门，久微身上的气泡破裂，她稳稳地落在了石洞门扉前。只消一回头，就能看到身后万丈深渊般的河底世界。她伸手触碰，能探入河水而不倾泻下来。

真是奇景，她竟能置身在洛河中而不湿分毫。

不等她再探索水下世界的奇异，突然一道金光落在她身后，那是方才隐没在石洞外头的龙鲤，不，或许现在称呼他为河神大人会更恰当些。

那男人看着很高大，外形魁梧，轮廓虽粗犷却不至于毫不尔雅，薄唇挺鼻，带着冷意，一如那袭青绿色长衫，给人清雅的疏离感。

洞穴内烛火摇曳，若非昏暗不明的光线映照着对方的脸，久微或许会天真地以为他是哪个被囚水下的城民，可那深刻的轮廓上，分明有着一双异于常人的金色瞳孔，彰显着他与众不同的身份。

洛河城百姓视如神祇般的存在，商陆。

商陆一挥衣袖，将她扫落至敞开的石扉之后，也将她萦绕在自己身上的好奇目光一并打断。

“从今天开始，你就是水宫的侍女，伺候夫人便是你的职责。”他冷冷道，似乎看穿了久微眼中的困惑。

夫人？难道活祭的少女被掳回来并不是为了当河神的新娘？如此想来，献祭的那么多少女都哪儿去了……

她的疑问很快就有了答案，当她进入厅堂时，看到穿梭在各个居室的年轻少女，她们一副副丫鬟扮相，丝质纱衣，要比真正的皇宫侍女尊贵娇媚许多，就连发饰都是晶亮的珊瑚与贝珠，她们各自专注着手头的活儿，只在久微路过时，淡淡地投来同情的目光。

而那位被尊称为“夫人”的少女此时正卧躺在贝床上，脸色苍白如纸。

“岚儿，你是不是又不舒服了？”商陆扶起她，一脸忧心忡忡，转瞬又对伺候在旁的丫鬟厉声吆喝，“夫人今日按时服药了吗？”

“回河神大人，夫人她刚打翻了药碗，奴婢才重新煎好……”侍女颤抖着肩头，连眼神都不敢与其对视，因其紧缩浓郁的金眸感到惧怕。

少女们忍气吞声，丝毫不敢忤逆。这个外表看着温婉有礼的男人，实则面目可憎，因为他正是那祸害洛河城受尽洪涝之苦的河神。

洛河赐予他们丰富的渔获、甘甜水源，若是激怒河神，所有的幸福都将毁于一旦。贯穿全城的洛河，水涨没顶，任哪个土生土长的洛河城民都不忍看着家园尽毁。

正因为洛河城民都坚信着河神的存在，他们抱以虔诚与敬畏，即使要活祭少女以保安宁，亦在所不惜。事实上，这些视死如归的“河神新娘”最后都成了水宫的侍女，河神不仅没有碰过她们，衣食住行也从不薄待，可悲的是，她们注定老死水下府邸，从此与亲人朋友水陆相隔。

商陆夺过侍女手中的药碗，小心翼翼地送到女子嘴边，近乎哀求道：“岚儿，乖乖喝下汤药，你的身子才会好起来。”

岂料她嗤笑着推开商陆的手，“哐当”一声，汤碗在地上摔得四分五裂。

“别碰我，我宁愿死都不会再吃你送来的任何东西。”一阵呛咳，唇角有着淡淡的血雾溢出，她痛苦地捂住胸口。

商陆不忍，施法让她安眠睡去。突然一阵恼羞成怒，他遣退了房内所有人。

只有久微伫立身后，久久未动，久到商陆忍无可忍地回头，朝她瞪去一记森冷的眸光：“听不懂？”

久微却不为所惧，径自上前，在恐怖的瞪视下，想将一颗红色参果塞进女子口中，然而商陆却眼疾手快地抓住她的手腕，发出恫吓。

“别碰她，除非你想被我拧断这只手。”他微眯着眸，对她自作主张的靠近感到恼怒，金眸中的杀意更是浓郁。

然而，他的威胁对某人来说并不奏效。

“河神大人，如果你还想保住她的命，最好不要阻碍我。”久微赌的是他对那女子的重视，否则她并没有十足的把握，用参果去试探他们的关系，“我手上这颗参果的药效可不比你的汤药差。”

“参果？”商陆打量起她，“你究竟是何人？”

久微只是淡笑回应：“不过是一名医馆小学徒罢了。”

床上昏迷的女子转醒，虽犹感身体虚弱，但已不似之前惨无血色，病态的脸色中难得透着红润。兴许是看到她身体好转，商陆对久微的医术有了些许信任，绝望的双眸再次燃起了希望。

因此，当久微开口讨要稀缺药引时，商陆相当爽快地寻药去了。

“姑娘，你觉得好点儿了吗？”久微扶起床上的孱弱女子，她很瘦，仿佛稍一用力，就会散架一般，精气神也显得十分糟糕。

她点了点头，才发现久微这张陌生的面孔：“你是？”平日照料她的贴身侍女都被调走，而久微是被安排至寝居特别照顾她的新侍女。

“我是久微，刚到这里不久。”

闻言，女子不禁哀叹了一声：“原来你也是被送来的祭品。”她正要起身，又痛苦地闷声咳嗽起来。

久微搀扶着她后背的手微微施法，让她虚寒的身子稍稍有了暖意。女子终于舒服地枕靠着床沿，满脸是不可置信的神色。

“来，先把汤药喝了再说。”这汤药中不乏寻常难见的仙草，久微仅嗅了嗅味道，便能识别出草药的来源。看来那商陆是真心想要治好女子的顽疾，可她已病入膏肓，恐怕药石无灵。再这样拖着，只会让她受尽痛苦折磨。

于是，久微开门见山道：“姑娘，你可是清歌坊孟坊主的女儿，孟依岚？”她总听商陆直唤她“岚儿”，从她的气质风韵来看，想必就是洛河城第一琴姬了。

对方很是惊讶：“你认识我？”

她果真是孟依岚！

不仅如此，那些离奇失踪的少女，也全都是被劫来献祭河神的祭品，与孟依岚一同成为水下府邸的囚中鸟，彻底失去自由。

“孟坊主十分担心你的下落，我的朋友还被误以为是掳走你的采花大盗，差点儿被施以仗刑。”久微说着四处张望起来，这水宫与普通的房子没有区别，但都门窗紧闭，似乎是施了结界，怪不得她在岸上丝毫感受不到水下的灵力。

“孟姑娘，我们想办法离开这里吧。”

久微说着就要拉起孟依岚朝外走去，却不想对方绝望地摇了摇头。

“我不能走，我答应过嫁给商陆的。”

以洛河城百姓的性命安危作为成亲的条件。

4

“久微，久微！”白慕风在一阵惶恐的叫嚷中惊醒，鬓发皆是冷湿的汗水。

“终于都舍得醒来了？”眉上霜跷着二郎腿，双手枕靠在椅背上，冷眼看着他被梦魇缠身。

本想助他一臂之力，却因为能听到梦呓中有趣的事，眉上霜迟迟没有出手。

“是梦到小久微吗？”次数频繁得令人生疑，他不在的这段时间，两个人究竟发展到何种地步了？

看到熟悉的面孔，白慕风终于定下心神：“阿霜，原来是你。”他四处张望，却没有看到久微的身影，不禁有些担忧，“久微呢？”

刚才的梦似真似幻，脑袋昏昏沉沉，他甚至不知道自己睡了多久，一时半会儿还没彻底缓过神来——云雾缭绕的山峦中，仙人凶兽斗法，情势混乱危急，他甚至来不及探明，就看到久微被一把剑贯穿身体，断成了两截，而他却只能无能为力地站在那里，看着她化作尘烟飘散。

他为什么会做这样的梦？

心头那种难以言明的似曾相识，让他没来由地感到恐慌，他现在只想看到久微的身影，确认她平安无事，才得以抚平那梦靥所带来沉重与悲伤。

可醒来没有看到那道总围着自己打转的雀跃身影，他感到很不安。

“她去当河神的新娘了。”提起这桩，眉上霜唇边的笑意几乎是冷的。

能看到凤冠霞帔的久微，他本深感死而无憾，可那丫头却是为了他人穿起嫁衣，这简直把他气得七窍生烟。

可他偏偏又不能阻止她，因为他一旦出手，便会打草惊蛇。若被那河神逃脱，以后免不了会变本加厉地祸害洛河城的百姓，到时候他可得又被久微唠叨个没完没了了。

“新娘？”白慕风一脸不解。

眉上霜只得从他中毒倒下那天开始，讲述数天来的经历。随着他的讲述越长，白慕风的眉头就皱得越深，甚至急着要下床去洛河边寻人。

“喂，冷静点儿，你去了又能怎么样？那河神非仙即妖，你区区一个凡人，还是别去给小久微添麻烦了。”眉上霜施法将门扉紧闭，阻断了他的冲动之举，“你以为你现在能睡在客房里，是谁的功劳？别糟蹋了久微的一番心意。”

他的话如同一桶冷水当头浇下，认清事实的白慕风不甘心地捶打着门扉。

一想到久微为了救他，差点儿把灵珠毁了，他心如刀割：“她虽是灵参，但也非无所不能，万一她遇到不测……”

衣襟突然被人往上提去，抬头便看到白眉男子刺骨的冷漠瞪视。

“我怎会不知？我对她的在乎不比你少，”眉上霜突然扯了抹笑容，揶揄道，“但那丫头一旦决定的事，谁也阻止不了她，你应该也很清楚吧？”包括她要找到玄冥仙尊的下落，即使他有多不乐意，但只要看见她坚毅的目光，他也只好孬种地奉陪到底。

“你要对小久微有信心，她好歹也是株千年灵参。虽然修为有损，但要对付一个散仙，根本不是问题。”眉上霜拍了拍他的肩膀，示意他放心，“不过，当了冤大头这么久，我们总得去跟某些人算算账了。”

比如，拦截欲弃城而逃的坊主孟天威。

被揍得鼻青脸肿的孟天威狼狈地伏地求饶："小的有眼不识泰山，才听信胡言乱语将仙公子误以为是采花大盗，是我不该，饶了我吧，神仙大人！"

眉上霜优哉游哉地轻啜杯中茶，挑眉笑道："哦？见风使舵得挺快的嘛。我兄弟昏迷不醒也被你们狠心抓去关押，这事不能就这么算了吧？"他作势露出獠牙，猛兽的琥珀色瞳孔暴露无遗，不时把玩着小法术将孟天威悬挂在半空，以示小小惩戒。

"饶命啊，我错了，大仙，求求你放我一条生路吧！"

此时，白慕风踱步来到孟天威下方，抬头质问："失礼了，孟坊主，我们也只是想知道河神的事，并无恶意。"

都把他当风干腊肉似的倒吊起来了，这还叫没恶意啊？

孟天威顿时老泪纵横："这位仙公子，我当真是什么都不知，活祭少女全都是河神托梦指使我去做的。我只是按吩咐去做，要是不从，河神就会水淹洛河城。"

"还不吐实？"眉上霜动动手指，某人在空中又转了一圈。

白慕风责备地看了他一眼："阿霜，别太过分了。"因为孟天威快晕过去了。

"我招我招我招！"转圈的身躯突然顿住，孟天威战战兢兢地道出藏在心中已久的秘密，"真正的采花大盗其实是我。"

身上禁锢的法术突然消失，孟天威立马摔了个跟头。

眉上霜一脚踩在了他肥大的身躯上，发出冷笑："好大的胆子，竟然敢贼喊抓贼，今日我就替天行道，为民除害好了。"

"阿霜，且慢。"白慕风阻止了他挥去的拳头，半蹲下来，问道，"孟坊主，你为何要掳走少女……献祭给河神？"

虽孟天威没有坦白目的，但白慕风仍是看穿了他的言外之意。

随即，便听到老嗓暗叹了一声，眼泪再度落下。

"河神说，要依岚续命，就要献祭更多的年轻少女。"

孟依岚是他膝下唯一的宝贝女儿，可自小身子孱弱，大夫曾说，她最多只能延寿至十八岁，他也是迫于无奈才出此下策。

让城民选出一名少女作为活祭献给河神，本就惨无人道，若是献祭更多的姑娘，怕是会引起城中大乱。同为爹亲，他只为救女而选择牺牲他人的闺女，这已然自私。制造采花大盗掳走少女的假象，实则都是他暗中为河神献祭少女。

可随着失踪的少女越来越多，陆续引起了百姓的怀疑，甚至他们想要设陷阱捕获采花大盗。若非有眉上霜和白慕风这两个不速之客的到来，他又怎有机会转移目光。

河神究竟是何方神圣？仅凭少女献祭，就能为孟依岚续命？

白慕风来到洛河旁，伸手舀了一瓢水浅尝，竟如传言中的一样，洛河水滋养清甜。据他所知，自从洛河城商贸繁荣起来，河川就有了大批量的捕捞，以供给商船游客所需，这河水一度变得浑浊不堪，他似乎明白了什么。

与此同时，守在水宫府邸的久微正努力说服着孟依岚与自己逃走，可寻药归来的商陆却不合时宜地出现在了房门外。

“岚儿，你身体可好？”商陆从不逾矩，他只站在门外询问。

久微连忙应道：“河神大人，夫人刚服药躺下了。”她边对孟依岚眨眨眼，对方领会到她的意思后，抱着被子躺下。

孟依岚配合地说：“我累了，想睡会儿。”

听到孟依岚安好的消息，商陆的声音显得格外愉悦：“那好，你好好休息会儿，我晚点儿再来看你。丫头，看好夫人。”

久微趁着出房门换汤药的时机，悄悄尾随着商陆。发现他来到了水宫向北的一间练功房，本想偷瞧一下，结果却看到了令她震惊的一幕。

一名侍女在他面前倒下，他自她头顶挪开了手，源源不断的生命源泉汇入了他手中的金丹。待到他走出练功房，久微才悄悄溜了进去。

她探了探侍女的鼻息，发现她并没有死，还尚存一口气，只是身体变得格外羸弱。

难道河神让洛河城献祭少女的真正目的是……

第六章

小小鲤鱼结

1

任谁都看得出来商陆十分宠爱孟依岚，也从不强迫她做任何事。可孟依岚却从不承他的好意，甚至冷漠相待。每回遭到拒绝，商陆都会恋恋不舍地退出房外。唯一无法妥协的是，他一定要亲眼看着孟依岚把汤药喝下才会安心离开。

久微不止一次对他们的关系感到好奇，为什么商陆会对孟依岚如此百依百顺?

"孟姑娘，河神似乎对你很好呢。"他对孟依岚事无巨细，体贴入微至此，却从不逾矩，甚至他每天仅满足于从远处看看她，就连这座水下宫殿也是他专门为孟依岚打造。

细心一看，宫殿内金碧辉煌，几乎可以媲美王都的建筑，就连伺候左右的侍女也皆是些年轻甜美的姑娘。商陆为营造出一个不亚于陆上的生活环境，水宫中的陈设还仿造清歌坊的一砖一瓦而建，以解孟依岚的思亲之苦。

按理来说，若商陆对孟家千金有所企图，根本没有必要退让到这种地步，既入虎穴，对方早已是囊中之物了。可他从不诉诸武力令孟依岚臣服自己，久微心想，或许商陆是打从心底里喜欢着孟依岚的。

"他一定是爱极了你，才会非你不可。"久微并非挖苦她，而是真的看出了商陆的真心实意，"这就是他把你抓来的原因吗？"

孟依岚只是苦笑，似乎连她自己也想不通为何商陆会对自己如此情有独钟，明明彼此仅有一面之缘。

"当日我在清歌坊奏完最后一曲，本想着找一处无人知晓的地方自尽，却突然被龙鲤拖入洛河中，随后囚禁于此。"

孟依岚怎么也没想到，纵贯全城的洛河，竟给了商陆潜伏在自己身边的机会。

"自尽？"

孟依岚只是笑着，眼底都是苦涩。

思及她孱弱的身子，识趣的久微没有再追问，转而说道："至少我从未感觉到他对你有敌意，他还很关心你的病情。"

那日看见被吸取了精气的侍女仅是其中一例，商陆将囚在府邸的这些侍女作为他修炼内丹的灵力来源，可尽管如此，他却从不动孟依岚一分一毫。

孟依岚突然微微叹了口气，哀伤地看向窗外明灭的光亮，光亮透过琉璃窗投影到房内，能看到人界不曾有过的浮光掠影。

“我知道，但我感到很害怕，仿佛他就是梦境里的龙鲤。”

孟依岚不仅琴棋书画样样精通，幼时甚至能通鱼语，这样的天赋不得不从她五岁那年说起。

那一年，清歌坊还只是个小私塾，而孟依岚也还不是洛河城的第一琴姬。年幼的她随孟天威常来往于私塾，当时私塾中就正好有一池龙鲤。

因为父亲忙于授课，孤独的孟依岚自此便以照料龙鲤为乐，还常常与鱼儿对话，她亦感觉到鱼儿能听懂她的话语，可大家都不相信她，讥讽她爱鱼成痴。

随着私塾的发展壮大，聚集了不少文人墨客吟诗歌赋，随后清歌坊改建成风雅的会客地，孟依岚更以其精湛的琴艺吸引来络绎不绝的观客。

洛河城逐渐繁盛起来，连带着让清歌坊声名鹊起，与此同时，横贯全城的河川也因此付出了惨重代价——洛河的甜美水质不复存在。

汇通洛河的龙鲤池也因此受到了污染，鱼死一片。孟天威本要撤换掉一池死鱼，甚至想将龙鲤池填埋，可孟依岚却坚持保住了唯一存活的龙鲤。

她将那条龙鲤养在了鱼缸中，与它朝夕相处。终于在她的悉心照料下，龙鲤逐渐好转起来。可与此同时，却发生了一件离奇诡异的事。

那龙鲤突然人间蒸发了。

孟依岚以为是家里人将鱼儿偷偷放生，为此还伤心难过了许久。可随着她年龄的增长，在她即将要淡忘幼年这段回忆时，她竟做了一个关于龙鲤的梦。

龙鲤竟在梦中告诉她，待她年满十六岁时，便会来迎娶她。孟依岚以为那只是个梦，却没想到梦境竟会成真。在她刚过十六岁生辰不久，一条巨大的龙鲤突然出现在面前。

“所以，当商陆对我说，他是履行约定来娶我的时候，我感到既害怕，又很期待。”曾经失去的旧友，突然再次回到身边，说不开心是骗人的。

原来当年的龙鲤不仅没有随波逐流，还修仙得道，炼化成人形来见她。可是，世事并非如她所愿。

孟依岚突然垂泪啜泣：“我没想到，洛河城会因为我差点儿被大水淹没。我不知道该怎么做才好。我想回清歌坊，我想再见爹一面，可我如果回去，商陆就会再找城民麻烦，我并不想这样。”

“孟姑娘，不只是你，这里所有被囚禁的姑娘，她们都有自己的亲人，有的甚至以为和至亲阴阳相隔，从此一蹶不振。孟坊主也在四处寻找你的下落，终日寝食难安。”

“爹……”孟依岚终于情绪失控地哽咽。

“当务之急，就是逃出水宫。”久微紧握了握孟依岚的手，说道，“但需要孟姑娘你的协助。”

在水宫这几天，久微已经掌握了商陆每日外出和归来的时间。其间，她们开始进行事先商讨好的逃生计划。

由于久微的灵力有限，她每次只能施法输送两个人回到岸上，可包括她在内，这里有四五十名少女。龙鲤回来的间隔相当短暂，她需要一个可以拖延他回来的借口，否则在全部人成功逃出水宫以前，极有可能让提前回来的龙鲤抓个正着。

于是，清晨孟依岚就上演了一幕濒死情景。

“岚儿，你醒醒！”向来神色淡漠的商陆竟痛哭出声，灼热的泪水一滴滴落在了怀中人儿的脸颊，“死期怎么会来得这么早？不，就算以我一命换你一命，我也绝不会让你死的，绝不！”

孟依岚因久微施加在身上的法术，进入了假死的状态，但她仍能感知到外界的一切。她也因那泪水与商陆最后的深情独白，再一次扰乱了心绪。

“河神大人，我听说天山有起死回生的灵参，或许值得一试！上回我喂夫人食用的参果，也是无意间在天山采摘的，夫人服食过以后，身体都有所好转。”久微从旁怂恿他前去天山，因为她笃定了他无法寻得灵参。

自她与眉上霜下山以后，天山之神就立下结界，非天山生灵难以进入。更何况她这株正牌千年灵参就近在咫尺，他即便翻遍天山山头，也都注定无功而返。

岂料救妻心切的商陆想也不想就如离弦之箭，飞离了水宫。见进展一切顺利，久微立马施法令孟依岚苏醒过来。

侍女们皆等在大殿上，随即久微施法吹出了球状的水泡，率先包裹住两名侍女，将她们送往洞穴外的洛河。

“劳烦姑娘上岸后，速去联系清歌坊的眉公子，让他前来相助。”语毕，一阵强光，久微奋力将气泡推送了出去。

侍女们见状，纷纷齐跪向久微，认为神祇降临，磕头以表恩同再造的感激之情。孟依岚隐隐察觉到久微的不同寻常，所以当初对方开口要助众人脱逃，她便毫不犹豫地一口答应。或许，久微能够阻止商陆作恶，也能让他对自己断了念想。

不知怎的，马上就要离开水宫了，孟依岚心中却没有解脱的快乐。

2

计划进展得很顺利，率先抵达岸上的两名侍女，因重获自由喜极而泣。

此时，感应到洛河异动的眉上霜，携白慕风一同赶往了洛河堤岸。果然，他们马上就看到了重回陆上的两道身影。

“是谁送你们上来的？”眉上霜紧揪住其中一人的臂膀，担忧之色迫在眉睫。

女孩们被他盛气凌人的一面吓坏了，白慕风见状，适时劝阻冲动的眉上霜，即便他此刻同样急于得知久微的下落。

“姑娘，可否告知河神的下落，其他被囚少女现在是否安好？”

“你是眉公子？”女孩战战兢兢地问。

一旁的眉上霜双臂环胸，没好气地说：“本大爷才是。”

两个女孩面面相觑，接着就把久微交代的事情全部转达。眉上霜听罢，撩起袖子就气得直想潜入洛河，将水宫那囚笼砸个稀巴烂，他的耐心早在这几日消磨殆尽了。

“阿霜，你不要冲动，若此时河神回来，你是唯一能牵制住他的人。”

眉上霜无奈，只好屏气凝神，观察河面状况，若有什么变化，他也做好了闯入水宫营救久微的准备。而白慕风则负责接应，将安全回陆的姑娘疏散至城门方向。

彼时，久微施法送走水宫的最后两个侍女。

“孟姑娘，事不宜迟，我们也尽快离开这里吧。”久微结印，很快就出现一个气泡将孟依岚包裹住，她正要尾随而入，却因灵力消耗过大，突然踉跄倒地。

孟依岚担忧道：“久微姑娘，你没事吧？快，把手给我。”穿透气泡，她朝久微伸去手臂，却不等久微回握住她，水宫突然一阵剧烈晃动。

“来不及了，河神已经回来了，你先上去！”久微艰难地使出最后余力，将孟依岚推送出水宫。几乎是一触即发，石洞的门扉开启，商陆疾飞而入，尾随而来的还有一道身影。

看着被传送离开的孟依岚，商陆恼羞成怒地将久微抓起，大掌紧箍住她细白的脖颈，以胁迫朝自己步步进逼的男子：“给我退下，否则我要了她的命。”

“你敢？！”眉上霜一双蕴火的金瞳，杀气腾腾，紧盯着他架在久微脖子上的利爪，最终撇了撇唇，妥协地退后几步，嘴上却丝毫不退让，“别伤她，否则我不会放过你。”

商陆不屑理会他的恫吓，乘其不备，以鳞片化作利刃朝眉上霜袭去，削断了宫殿的石墙，也阻碍了对方穷追不舍的脚步。抱着久微再度跳入洛河外，穿梭而逃。

“可恶！”肃清障碍的眉上霜恼怒挥拳，将面前的断壁残垣击个粉碎，随即紧跟上两个人远去的方向。

商陆挟持久微逃至洛河城外的峭壁，身负剑气重伤，嘴角溢出血污。

“你中毒了……”那触目惊心的伤口，正泛着浓烈的黑紫，看来眉上霜与之交手，毫不手下留情。久微幻变原形，折断一根参须，递给了他，“含在嘴里，帮助解毒。”

他一愣，难以置信地说：“你是灵参？”他每天发疯似的到天山寻找灵参下落，却始终毫无斩获，没想到真正的灵参竟一直就在身边，才惊觉自己被耍了！

商陆恼羞成怒道：“你竟然骗我！”

“我劝你尽快解毒，白眉蝮蛇的毒只要一点儿，足以致命，仅凭你的修为内力，恐怕撑不过一盏茶的时间。”久微并非危言耸听，虽然这龙鲤作恶多端，但罪不至死，她仍然选择为他解毒，“若要与我算账，也等伤愈以后。”

“你真是怪人。”从没见过被挟持的家伙反倒关心起挟持者的安危，商陆心不甘情不愿地接过参须含入薄唇，打坐调息，同时对她出言警告，“你可别趁机逃跑，这洛河城纵横交错的河川皆是我的天下。”

言下之意，他具有操纵洛河的能力？

“说到怪，我们彼此彼此啦。”久微在他身旁不疾不徐地坐下，也学着他打坐调息，“老实说，我倒没想过要逃跑。”

商陆挑眉，狐疑地看了她一眼，对她的顺从感到困惑，心里正思忖着对方在打什么鬼主意，就听到她说：“不如来说说，你为何要劫走清歌坊的孟姑娘？是十年之约，抑或是……报恩？”

青衣男子忽然身子一震，横眉瞪向了她。

他的沉默以对，让久微更加坚信他就是孟依岚幼年时所遇的龙鲤，只是他掳走这些少女的真正目的到底是什么？只是单纯地为增强修为？

在水宫这段日子，她相信眼见之实，商陆眼中的温柔，只为孟依岚流露，还有那些汤药，有益无害。即使商陆不承认，她亦看出他的动摇。

商陆依旧不言不语，他若有所思地凝望着腰间的鲤鱼结，结上系有晶莹玛瑙石，在暗光中熠熠生辉。就在久微以为他打算绝口不提时，清冷的嗓音冷不防响起：“她曾救过我一命，我只为还她一命。”

3

十年前，在商陆正值修炼的关键时期，他却染上了疫毒。同池的弟兄纷纷死去，而他也功力大减，险些丧命。是善良的孟依岚从爹的手中抢走了他，她将他饲养在府邸中悉心照料，甚至为了给他洁净无垢的水源，她每日随仆人上山，取来山泉。

商陆为她的善心而感动，可他却从坊中仆人的流言蜚语中，得知了孟依岚命不久矣的噩耗。

“依岚小姐这身子骨，活不过一年。”大夫的诊言，对当时尚还年幼的孟依岚而言，如同被下了道催命符。可数日以后，濒危的孟依岚竟奇迹般有所好转，人人都以为天降神迹，却不知那是知恩图报的龙鲤牺牲了半生修为换她续命十年。

随后，商陆悄悄离开了清歌坊，四处寻找着可以为孟依岚续命的良方。

时光飞逝，逐渐生得亭亭玉立的孟依岚，已成了清歌坊第一琴姬。她的追求者众多，为听其奏乐的人络绎不绝，而坊主孟天威更大肆利用她这棵摇钱树敛拢钱财和人脉。短短几年间，清歌坊迅速在江南一带享誉盛名。

与此同时，来访洛河城的墨客越来越多，洛河因百姓过度捕捞和挖采河床鱼虾，变得愈加浑浊不堪。

目睹此景，商陆悲愤不已，他决意化身“河神”兴风作浪，对洛河城民小小惩戒了一番。因为对河神的惧怕，百姓再也不敢擅自下河捕鱼，洛河生灵才得以恢复生机。

他本想借此机会，默默守护在孟依岚身边，却没想到孟天威打算将她许配给臭名昭著的陈员外之子，而那时候他亦察觉到了孟依岚死期将近……

“我本是三百年道行的龙鲤精，这些年寻遍仙草灵药，就是为了帮岚儿续命。但她此生注定短寿，连文判都如此定下凿论。可我不甘心，她明明是如此善良的一个人，却红颜薄命。”

商陆不相信生死簿的定论，他决心要亲手为她扭转命运。于是，他以河祭为名，让百姓献来少女，助长他提升内力修为。

“所以你是为了孟姑娘，在炼化金丹？”

“如果为她而死是我生来的宿命，那逆天而行又有何妨？”

看到他毫不否认，久微被自己的猜测震惊得东倒西歪：“你不能这样！你这是要让你的三百年道行化为乌有吗？死了就什么都没有了！”

岂料，他扬起苦涩的笑容："小灵参，若有一天，当你遇见甘愿真心交付之人时，你便明白何为成全。所以，"他展开长臂，突然掐住久微的脖子，"对不起了，我需要灵参助我炼化！"

"你……放手……"喉间被一股蛮力紧紧箍住，随着利爪深陷脖颈白皙的肌肤，血痕渐渐渗出。久微难以挣脱，灵体虚弱的她甚至连法术都难以施展。

就在这节骨眼上，一道剑气贯穿商陆的身体，随即袭来重击的一掌，将他猛地撞飞出去，直坠落峭壁之下的河川。只隐隐看见河中扩散变淡的血色，商陆生死不明。

得到解放的久微痛苦地呛咳起来，眉上霜见状，连忙上前扶住她，满脸的担忧："你怎么样，小久微？"

久微只觉得喉咙一阵火辣，完全说不出话来。

她虽然摇头表示没事，可看到她脖子上的血痕，眉上霜的双眸顿时充血，他正要奋起直追，却被久微拉住了衣袖。

"不要，阿霜，不要为了我破戒。"她哑着嗓子道。

山神大人曾在眉上霜身上结下咒印，他一旦沾染杀戮，便会因咒术受到重创，甚至灰飞烟灭。这是数百年前，眉上霜为留天山所做出的许诺。

若他滥杀无辜，便以形骸俱灭为代价。

眉上霜赤红的双眸渐渐消散，他咬牙紧握住久微的手："那你要我怎么做？他差点儿取了你的性命，我可不能轻饶他。"

久微会心一笑，伸手摸了摸他的头，似褒奖他的理智冷静："带我去清歌坊找孟姑娘，我不能让他们都留有遗憾。"

4

空空如也的清池中，偶有落花，却不见池鱼。池边呆站的清瘦女子看得入神，直到胸腔一阵猛烈呛咳袭来，她才痛苦地微弯腰肢。彼时，身后伸来一只长臂，轻抚着她的背。

孟依岚顿时惊讶抬头："商陆？"

面前的青衣男子略显狼狈，可不妨碍他与生俱来的倨傲。血污染透了他的衣衫，教人分不清那是来自他的伤口，还是因杀戮无辜性命而沾染上的。

孟依岚颤着肩头，脸上不无表现出她的惧怕。不等她仓皇逃走，商陆冷肃的面容突然展露鲜少可见的笑容："岚儿，不要怕，我不是来带你回去的。"

他按住汩汩流血的伤口，面上却笑得云淡风轻。如果非要说有什么不同，从前他的笑里有着宠溺，现在他的温柔笑靥里更多的是悲凉。孟依岚不由得心痛起来，忘了前一刻自己还如此害怕这个男人，突然鼓起勇气走向他："你……伤得好重。"

"不碍事。"她的关怀让龙鲤心弦微紧，仿佛这一路的辛酸苦楚都已然云烟。他从未想过有一天，自己能像现在这样与她坦然相对。

见她几声轻咳，他忙要送她回屋，却见衣袖被柔荑紧紧揪住。他拉下她的手，反手紧握住："我真的没事。"只是来见她最后一面。

她似乎从他落寞的神色中读懂了什么，胸口突然一阵钝痛，儿时的回忆如走马灯般轮换涌现。也许是记忆的连贯，她想起了幼时不知所终的龙鲤，便脱口而出："这次你也要不辞而别吗？"

商陆身子一怔，转瞬释怀地笑笑："你果然冰雪聪明。可是岚儿，这次我是真的要走了。"他却没有告诉她，此次一别，便是死诀。

"你要离开多……久……"孟依岚被法术支配，渐渐失去意识，瘫软在他的身上。

商陆小心翼翼地紧拥住她，眼里是满满的怜爱。

"永别了。"他施法取出体内的金丹喂入她的口中，终于心满意足道，"从此以后你也能像个普通姑娘一样，健康快乐地生活下去，而我……"

将会打回原形，默默守望着她的身影，与洛河共存亡。

可他连最后这小小的奢望，都没能如愿，带着大队人马赶来的孟天威突然闯入后院，打断了他最后的惜别，误以为他此时正加害于孟依岚。

"鲤鱼精，快放开依岚！"孟天威惶恐道。

与其同来的，还有一个斗篷男子，他扬手阻止了欲上前对抗的城民，转而对身旁的女子命令道："青黛，取龙鲤胆。"

"是，主子。"那女剑客声音冷冽，如千年寒冰，就在下一瞬间，以迅雷不及掩耳之势，一剑刺入商陆的胸膛。

"岚……岚儿……"商陆使尽全身最后一丝力气爬向孟依岚，汩汩流血自他嘴角肆溢，他眼底尽是离别的缺憾，他甚至来不及向她道出那声抱歉，元神尽毁，他的身体开始痛苦地扭曲。

载满思念的小小鲤鱼结，成了他打回原形前看到的最后一抹光景。

这始料不及的画面，震惊到的不只是身后的洛河城百姓，就连刚赶至清歌坊的久微和眉上霜都因这一幕而瞠目结舌。

当看到那抹熟悉的身影出现，气急败坏的久微几乎是丧失理智地冲了过去。

眼看拳头就要迎面砸来，斗篷男子却纹丝不动，似乎早已看穿她灵力耗尽，挥来的绣花粉拳也不过尔尔，更何况身旁有人挡在了他面前。

一袭鸦青色衣裳映入眼帘，女子以剑气击退她数步，与此同时，另一道剑气逆向相击，与对方撞出盛焰。

“久微，你没事吧？”眉上霜边将久微护在怀里，边抬眸扫向对面的异域男女，尤其那个面含朗笑的斗篷男子，一双妖异的蓝灰瞳孔，让他不禁警惕起来。

“就是他对慕风下的毒。”久微死死地咬牙，盯着朝他们步步进逼的男子，“赫连宇澈。”

闻言，赫连宇澈露出了赞赏的目光，他摘下兜帽，微扬起薄唇：“真荣幸，你还记得我。本以为上次拜别，就不会再有机会见面，结果兜兜转转，我还是回到了洛河城。”那双如琉璃般的漂亮眼珠子，正戏谑般地打量着她，“怎么那位小大夫不在你身边？莫非是遭遇了什么不测？”

“明知故问，你这卑鄙无耻之徒！”久微内心的愤慨溢于言表，“慕风与你无冤无仇，你为何要对他下毒？”

“原来他还没死？”赫连宇澈略显遗憾地笑了起来，仅三言两语，便从她的愤怒中揣测出白慕风未死的事实。

他的不予否认，彻底激怒了久微。可这还不是久微恼怒的制高点，直到青黛从打回原形的商陆身上取走龙鲤胆，使他当场灰飞烟灭时，她的冷静彻底分崩离析。

失去了金丹的龙鲤，道行悉数化为乌有，打回原形的他没能实现守护在孟依岚身边的卑微愿望，彻底从世上消失，这是比落入地狱更悲惨的下场。

赫连宇澈明知故作，在盛怒的久微面前，故意挑衅道：“姑娘何以如此生气？这个谎称河神的龙鲤精为祸四方，不仅掳走众多少女，还企图染指孟姑娘，实在是死不足惜，我也不过是为民除害罢了。”

“死不足惜？他是为了保护洛河与孟姑娘才假冒河神，可你们却……”久微仍想与对方辩解，却被人投来的石子砸破了头，顿时见红。

城民们有志一同，纷纷向久微他们发出驱逐的呐喊：“外人都滚出洛河城！”

“竟然帮着鲤鱼精说话，没准她也是妖怪！”

“就是！分明是在为妖精脱罪！还与采花大盗是同伙，妖言惑众！”

“快滚出去！滚出去！”

原本的窃窃私语逐渐扩大，变成了近乎指控的恶毒言论。

久微本一心以为，这世间善恶自有界限。怎料百姓是非不辨，教她心中悲愤交集。商陆兴风作浪只为护洛河周全，吸食少女精气亦为爱人续命，尽管作恶多端，却从不伤及无辜性命。若提早知道他的苦衷，久微必可在他酿成大祸以前，阻止这一切善恶轮回。

可是，她终究没能帮他寻回初心。

她拾起地上孤零零的鲤鱼结，将商陆飘散在空中的最后一抹元魂封存进去。然而，不明真相的洛河城百姓却将她视作妖怪，生怕被妖术迫害，纷纷急退数尺。

“看，她果真会妖术！那一定是复活鲤鱼精的妖术！”

人群中突然有人喊道，惊颤着手指向她施术的鲤鱼结。

闻言，深受其害的孟天威更是怒火冲天：“竟伙同鲤鱼精加害我家依岚，简直是歹毒心肠！乡亲们，别被她的绝艳容貌蒙骗，咱们齐心把他们赶出去！”虽对她身旁的白发男子犹有顾虑，但似乎有赫连宇澈在场，他诋毁得更理直气壮。

在坊主的煽动下，百姓们同声挞伐，对“妖魔”骂声不断，只有赫连宇澈主仆二人冷眼看着无知城民口出狂言。

突然一阵大风狂起，尘埃吹得众人双眼迷离，而那道白色身影趁乱横抱起久微飞离了是非之地。待到烟尘平息下来，百姓又因其凭空消失，发出惊骇大嚷。

“主子，要不要去追他们？”青黛请示道。

那蓝灰双瞳微凛，轻轻摇头：“无妨，正事要紧。”

5

洛河城民嫌恶的叫嚷，以及孟天威巴不得他们赶紧消失的哀求，犹在耳畔。

久微被揽入眉上霜的怀抱，一腾一跃，头也不回地飞往城外。

感觉到怀中人微颤，眉上霜淡淡地瞥了她一眼，故意调侃道：“你别哭鼻子呀，明明以前像个战斗天女，我可没少挨你揍，现在叫我情何以堪。”

抽泣的某人突然一个胳膊肘撞向了他的腰腹，冷哼道：“不准告诉白慕风我哭了，听见没有？”

嗬咯，他差点儿失手让她从高空坠落。上方的男人哀怨地看了她一眼：“能不专挑我的软肋攻击吗？明明对我撒娇也是可以的嘛，死要面子。”后头的嘀咕几乎含糊在口中，他撇撇嘴，御风降落在不远处的凉亭。

亭中伫立着一道清瘦身影，就在那男子回头以前，她用袖子胡乱抹去脸上的泪痕，然后佯装出什么事都没发生的神态，淡然地跟在眉上霜身后。

“久微，阿霜，你们总算回来了。”等候已久的白慕风终于卸下心头大石，即便久微试图掩饰，仍是被他发现了微红的眼眶，“发生什么事了？”没能帮忙对付河神，只能在原地默默等待，这已经让白慕风足够愧疚了。

只见眉上霜耸耸肩，一言不发地走开，在凉亭内打坐休憩，久微则笑着摇了摇头。

不经意瞥见她颈上的血痕，白慕风一把将她拉到身边，挑眉问道：“脖子上的伤怎么来的？让我看看。”

久微拗不过他的坚持，只好任由他了。清凉的膏药均称覆盖在她的脖颈上，视线所及之处是他的清俊侧颜，墨黑长发倾泻及腰，这模样美极了。

方抬头，就看到他如缀星河的亮眸看向自己，他取笑她：“破相的灵参是会掉价的，以后当心点儿。”

“我……知道了。”

因为他的温柔，久微又禁不住红了脸。

这个医呆总是一切以她优先，明知道她是千年灵参，即使受些皮外伤，也能自我痊愈，倒是他一介凡夫俗子，刚解毒不久，更应该保重身体。若能长命百岁，他们定能携手天涯，她要教他修仙寻道，从此两个人如神仙眷侣，笑看滚滚红尘。

那是个多美好的愿景。

她发现自己变得越来越贪心，她不满足于振衣沧海的自由，她想要他的一辈子，想要未来的路皆有他的陪伴。

“因为我自作聪明，河神才会落得冰消瓦解的下场。”本压抑在喉头的哽咽，全都不受控制地泄露出来，泪水纵横，模糊了久微的视野。

千年以来，她总以为自己看透了缘生缘灭，却没想到在凡心的影响下，她终究变得感情用事。

情不知所起，一往而深。若非心中有人，暗里又岂会有光。

久微似懂非懂，可心中的疼痛却难以宣泄，不知是为商陆这段悲恋而惋惜，还是为心中那患得患失的情愫而怅惘。

白慕风不知道她被河神抓去以后经历过什么，更不知她为何而伤心流涕，她没来由的自责让他感到心疼。半晌，他伸手将她拥入怀中，笨拙地拍了拍她的后背。

“别胡思乱想，那些姑娘都因你而得救，你做的是好事。”俊颜不自在地染上绯红，他挪开目光，佯装看向别处，“还有，听阿霜说，是你为我施救解毒的。我明明记得身上还有些‘存货’，你怎么不用来为我解毒？真是傻瓜。”他暗指她不懂变通，明知能用参露化毒，却非要折损灵体。

他后头絮絮叨叨了什么，久微并没有专心听，烦扰的心绪只因他在身边而得到平静，她一言不发，静静将脸埋入他的胸膛，近乎贪婪般汲取他的温暖。

“小古板？”猝不及防的拥抱令他忘了一时做出反应，良久，他才伸手回拥住她，心怀感激地轻吻她的发旋，“谢谢你。”又救了他一命。

眉上霜在远处凝望着两个人的身影，低斥了句。

其实，从一开始就知道没有自己介入的余地，不是吗？可看到他们相互偎依的温情画面，眉上霜仍是为妒意蹙眉。

他捂住左侧刺痛的胸膛，不禁自嘲：“原来即使没有‘心’，这里也会痛啊。”

洛河波澜不惊，水面倒映着苍穹碧落，时而碎金璀璨，时而薄雾弥漫，落花有意，流水无情，似乎并没有因为失去了谁，变得停滞不前。

“久微，要走了。”前方的身影朝她挥了挥手。

“知道了。”久微施法吹走手中的纸鹤，纸鹤朝洛河城中心飞去，她牵起嘴角，“就当是最后为河神做一件事。”

一抹绯红随清风飞散而去，冲破雾霭，直到湖心亭才颤颤巍巍地落下。

犹在抚琴的孟依岚突然停下拨指，疑惑地执起石几上的红纸鹤。

然而，指尖刚触碰，纸鹤便化作鲤鱼结滑落在她的手中。

红系绳上的玛瑙石，早已没有了那人的体温，然而一股冰凉的触感，伴随着一些意识穿透而来。声音清浅，若非仔细听，几不可闻。

孟依岚听到了一阵既陌生又熟悉的清冷声音。

岚儿，你又瘦了，有好好吃饭吗？

可恶，我恨不得打断那登徒子的狗腿！孟天威岂可让你嫁给那样的男人？

你若不喜欢我伤人，我就绝不会动手，你不要生气。

在我还是龙鲤的时候，我就喜欢你，你大概永远都不会知道吧。

我不会让你死的，绝不！

岚儿，我只想你好好地活下去，一辈子快快乐乐的。

即使我无法再陪在你身边……

或喜悦或哀愁或茫然的声音，诉说着她不曾知道的往事，就像流水一般，浸润着她的心间，一点一滴都令她异常撼动。

从胸口泛起的陌生刺痛，亭外风儿飒飒，仿若在低喃着过往。

“小姐，你怎么哭了？”方入湖心亭的丫鬟，因她而措手不及，“是不是身体哪里不舒服？”

孟依岚恍然回神，才惊觉脸上一片泪痕。

“我这是怎么了？”

仿佛那种疼痛曾刻骨铭心，她似乎忘了什么，却怎么也想不起来。

艳阳高照的洛河城突然烟雨迷蒙，仿佛在饯别斯人远去。

十年忆长歌，一枕琉璃梦，唯愿君永世安好。

第七章

宠你到世界尽头

1

天空灰蒙蒙一片。

三人在薄雾中穿梭急行，一眨眼的工夫，淅淅沥沥的雨水随即落下，林间透着阴冷的湿意。然而，其中一人却失足摔在了队尾。

“久微！”

“小久微！”

前方异口同声，在发现久微倒下后，白慕风和眉上霜纷纷回头赶至她的身边。白慕风看了眼不远处的洞穴，凑近身旁的白发男子，吃力地叫嚷：“阿霜，久微就麻烦你了。”

眉上霜读懂了他的眼神，点了点头，横抱起久微，轻功一跃便消失在雨帘中。白慕风却扬起宽袖挡向头顶趋大的雨水，沿路跑了回去，最终在一株阔叶前停下。

看到熟悉的植株，他露出满意的笑容，将其连根拔起。

洞穴内因生起团簇火光，驱逐了寒意，也照亮了内部的昏暗。火堆不远是静静入睡的久微，她身上披着白色大袍。比邻而坐的少年光着膀子，抱着手臂瑟瑟发抖：“这场雨得下多久啊？我都快饿死了……”眉上霜嘛着嘴抱怨，随即打了个响亮的“阿嚏”。

从洛河城一路走来，眼看平和镇在即，却又突遇骤雨。

“你如果一开始就施法送我们回去，不就没现在这事儿了？”火堆前盛着热汤的白慕风忍不住酸了他一句。

某颗脑袋马上在他的背脊上打起了转，以示抗议：“人家刚在那破地方消耗了那么多灵力，现在又冷又饿！你怎么忍心，怎么忍心！”

在寒冷与饥饿面前，眉上霜根本毫无意志力可言，更别提此时窝囊废的他是先前勇斗鲤鱼精的白衣少年了，落差太大使人幻灭。

“知道了，不要站过来，汤药都要弄撒了。”就不该和生性怕冷的白眉蝮蛇讲道理，根本就讲不通。

这厢边两个大男孩闹得正欢，听到声响的久微挣扎着睁开了眼。她发出咕哝，抱怨被吵醒的不悦：“你们在干吗？”

“久微，你醒了？来，先把这碗汤药喝下。”白慕风把正要递给某人的汤药收了回去，引得某人嗷嗷大叫。

“小气鬼。”眉上霜朝他做了个鬼脸，自己盛了碗，咕噜几口，突然呛了出来，“喀喀喀，这啥玩意儿，味道这么冲？”

“那是荆芥。”一路上不乏这些草药，它对祛风寒极有疗效。白慕风扶起久微仰靠向自己，另一手递来药碗，轻声叮咛，“小心烫。”

“嗯。”久微虚弱地点点头，就着碗沿轻啜了一小口，脸色较之前稍显红润了些。

眉上霜撇了撇嘴，将碗搁一边：“仙兽可不需要喝什么药。”

“你就别逞强了，身上的剑伤不是还没好吗？万一再染上风寒，那是给我添麻烦。”白慕风叹气道。

某人立即掩耳盗铃般捂住了腰上的灼痕，红着脸狡辩：“那是一时失手！我眉大爷怎么会打不过那种黄毛丫头？”让他承认自己技不如人，想都别想！

可那伤口分明是在与西域女剑客交手时留下的，一旁的久微都懒得揭穿他了。

思及赫连宇澈，她不禁又陷入了沉思。

她始终想不明白，赫连宇澈为何要对白慕风下毒手，莫非这关系到白慕风的真实身份？若另有隐情，是否也能从中探听到他背上星宿印的来历？

柴火噼啪作响，火光映着白慕风冠玉般的半张脸，仍显湿润的长发倾泻在肩前，因焰火增添了一抹橘黄色彩，此番美态竟与记忆中的玄冥仙尊相重叠。

“真像啊。”久微又看失了神。

闻言，白慕风看向她：“什么？”

“没什么。”她微怔，连忙摆手否认。

可她微微泛红的耳根，仍是没逃脱眉上霜的双眼。

眉上霜嫉妒地冷哼一声：“我要睡了。”突然孩子气地取走披在久微身上那件属于自己的大袍。他背过身去，以大袍为被，彻底陷入了熟睡。

身后两个人面面相觑，唯有相视苦笑。

夜半，寂静的洞穴内凝结着沉重的气息，外头的雨势由滂沱转为绵绵细雨。

白慕风轻轻挪开了被脑袋枕住的手臂，尽量不惊扰身旁的她，取来一旁烘干的衣袍，以衣为衾，覆盖在她身上。

白慕风随即来到洞穴前的身影旁，轻拍了拍对方：“阿霜，你睡吧，换我来守夜。”

眉上霜回头看他，澄黄的眸微亮，半晌，又转了回去，淡淡觑向洞外的连绵的雨：“不碍事，你就多睡会儿吧。”若有猛兽袭击，至少他比人类更易应付。

“那我们一起守夜吧，反正我也睡不着。”白慕风笑着席地而坐，一时之间，颇为感慨，“幸好你来了，要不然我不知该如何是好。”

他知道白慕风指的是什么，不以为意地答：“我也不是为了你，只是放心不下那家伙。”虽说久微有千年道行，但那也仅止于当灵参，从未下过山的她根本不知接人待物，无法跟他这种行走江湖，时而混迹人类的老练蛇精相提并论。

但她确实比他想象中的要做得更好，也从不依赖他，这让眉上霜倒有些不甘心。

“你在这种时候，挺坦率的。”白慕风笑他此刻的言行矛盾，明明关心着久微，却又在当事人面前表现得漫不经心，甚至还有些坏心眼。

“啧。”被看穿的困窘，让眉上霜没来由地有些烦躁，他与白慕风比邻而坐，双臂枕在脑后，无所谓地说，“这种事，你我心知便可，兄弟。”

白慕风脸上的笑容渐渐消去，而后道出了心中的困惑。

“久微她……是不是有什么事瞒着我？”

眉上霜扬了扬眸，淡淡地睨向了他。接着就听到他说：“我发现她脑门上有一块伤口。”虽然已经愈合，但还是被他发现了。

“那得问问洛河城的百姓了。”眉上霜单手托腮，扬起一抹轻蔑的笑意，“不知好歹也罢，竟恩将仇报。虽说这几百年来我也见怪不怪，但欺负到头上来也未免欺人太甚。要不是我答应了山神老头不能破戒，定要向那伤人的家伙奉还百倍。”

白慕风这才得知他们被洛河城民驱赶的遭遇，以人类的立场，他亦无法为百姓辩解。毕竟人心肉做，会对威胁到自己的存在感到恐惧，更何况那还是妖怪。让洛河城百姓相信妖怪对人类有善意，恐怕一时半会儿难以说服他们。

“也许，他们只是害怕。”他的好言相劝却换来眉上霜警告的睨视。

“不要和我说什么人性本善，若是心善，何来背叛！”眉上霜一掌紧箍住白慕风的喉咙，瞳仁在澄黄中迅速紧缩，闪过一丝血光，另一手扯开自己的衣袍，露出了姣好身段下不为人知的狰狞痕迹。

“那是……”白慕风的眼底闪过瞬间的震撼。

眉上霜左胸膛是愈合已久的伤疤，颜色深沉，如沟壑凹陷，似被掏空了一块血肉。他却自嘲道：“这就是信任人类的下场，被挖掉整颗心。”

以至于他早已忘却心脏跳动是何种感觉。

那场久远的夜雨，仿佛就在昨日。

2

五百年前。

林间水气氤氲，透着刺骨的寒冷。

纷繁杂乱的脚步声由远及近，在泥泞中四处飞溅，后头紧逼的是团簇明火，伴随着人们驱赶鬼魅般的鄙夷与呼喊声。

“快追！别让那女的给逃走了！”

前方身影孱弱的女子一路蹒跚，她怀抱着一个布包，眼中是掩不住的恐惧。直到筋疲力尽，她一个踉跄摔在了地上，后头的追兵很快也注意到了动静。

“她在那儿！快追！”

棍棒如落雨般连绵不断地砸在她身上，重重的一棍甚至恶意敲向了她的双腿，带来了锥心刺骨的痛楚。

“不要脸的东西，竟然敢偷走严大人的官印。”为首的捕头粗暴地拉扯着她的手臂，将她怀中的布包抢了过来。

她眯着半只受伤的眼，撕心裂肺地哭喊道：“那是我爹的东西！还给我！”

“你爹？哈哈哈！沈稚平这个贪官早已被处以极刑，能让你这贱命苟且活着，是严大人心慈，你却不知好歹偷官印？我看你是不想活了！都给我狠狠地打！”

在他的指令下，官差们纷纷挥打棍棒，一时之间，浓稠的血腥染满雨水泥泞。

突然一道白影一跃而下，獠牙与嘶吼萦绕不去，众人应声倒下。

如巨蟒般的大蛇发出恐怖兽吼，在它血盆大口下脱逃的官差，吓得连滚带爬地逃命而去。澄黄的双眸淡觑脚下昏厥过去的女子，良久，白蛇自一道金光化作人形。

他横抱起她，朝自己的洞穴而去。

正在他为她换药的时候，女子醒来，她惊魂未定，把现实与梦魇混淆，以为他是加害自己的恶徒，一巴掌挥向了他。

“你这般不知好歹，让我很后悔救了你。”他苦笑了下。

那就是眉上霜与沈梦雨的相遇。

沈梦雨是知县沈稚平的女儿，原本待字闺中，过着知足富裕的生活。可好景不长，因师爷的出卖，沈稚平被诬陷贪赃枉法而丢了官职与性命。而新上任的知县却又贪恋沈梦雨的年轻貌美，强娶其为妻。她正是趁着众人酒醉，在新婚夜携官印潜逃。

“会疼吗？”眉上霜替她受伤的小腿敷药，暗下施法为她止痛。

“嗯。”近一个月的相处，她渐渐对面前的白发男子放下了警惕，他是真的行侠仗义，至少从未对她有过逾矩，还每日为她寻水与食物。

她对他除了有感激之情，亦生出恋慕之心。

“脚伤恢复得不错。”眉上霜算凶兽中“坏”得不那么彻底的家伙，出手相助不过是碰巧被吵醒了——他正要进行冬眠的准备，却被浓重的血腥味吸引而来，没想到目击到几个壮汉欺凌弱质女流的一幕。

不过，他可没那个义务和善心照顾伤员，能让她待上一个月已是极限：“你家在哪儿？我送你回去。”天气渐冷，他已经困得不行了。

“我没有家了。”说着，她又通红了一双眼。

眉上霜长长地叹了口气，他终于深感当日英雄救美，不过是搬起石头砸自己的脚。都怪他是个慵懒的凶兽，要是狠下心肠，大概也能快刀斩乱麻。

可是，女孩此刻鼻头红红的，我见犹怜的模样，却让他生平第一次动了心。

动了他凶兽本不该有的恻隐之心。

“动物之间的信任与人之间的信任截然不同，我们是一旦选择了相信，便推心置腹，全心全意地对待对方，甚至……绝不背叛所信赖的人，认为对方的生命比自己的生命还重要。”眉上霜自嘲地扯了扯薄唇，“可我最终却被最信任的人背叛。”

人类口中的“信任”，并没有动物的单纯，总是掺杂着许多复杂的利己关系。

就像他之于沈梦雨而言，都不过是助她重返荣华富贵的道具。

那时候，他尚且只是刚炼化人形的散仙，救下沈梦雨，不过是他修仙路上的一段小插曲。他曾庆幸与她相遇，因为她给予了他从未有过的温暖。

沈梦雨教会他识字念书，让他知晓人间奇事，她让他也相信她口中的人世有多美好，甚至让他有了“当人”的冲动，只为了她褒奖自己的甜美笑容。

就在他与她互生情愫之时，那个自称沈梦雨的表哥，带着大批人马来到林间寻人。

“梦雨，快到我身边来，离开那个男人！”锦衣男子将犹在呆愣的沈梦雨拉到身边，而其他提着刀剑的奴仆纷纷围困住眉上霜。

“表哥，你这是做什么？”

“那是妖怪！你知不知道？”男人颤抖着用剑直指前方的白发男子，“你瞧他哪里像个人？童颜鹤发，连瞳仁颜色也淡得诡异，而且在这种荒无人烟的地方出现，你不觉得很奇怪吗？”

沈梦雨却极力否认："不可能，阿霜只是生来如此，他并不是妖怪！他还从严府的人手中救了我一命！"她始终认为眉上霜是因其外貌怪异，才被世人隔绝。他很少提及自己的身世，定和她一样遭受众叛亲离。

"你不相信？你到底对他了解多少？"男子轻蔑地笑道，"有村民发现蛇妖出现在山林，附近的飞禽走兽都遭了殃，你还傻傻地以为他救了你？他不过是等着享用你这块肥肉！"

沈梦雨惊愕地回头，看向身后的眉上霜，他依旧是记忆中的清俊少年，只是他此时镇定得过分，让人感觉不到他有丝毫恐惧。

越是细想，越是觉得他的反应不像是寻常人……

"阿霜，是真的吗？"她泪水不止，眼中满是惶恐，仿佛在渴求他否认自己脑中的可怕猜想。

眉上霜突然向前走去，众人吓得节节后退，却仍执棍带棒提防着他，生怕一个不小心就被妖怪偷袭，落得悲惨下场。可他完全没兴致理会，眼中仿佛只有沈梦雨一人。

他渴望被理解，也渴望她能包容真正的自己。

"如果我真的是妖，你会怎么做？"眉上霜看着她，淡淡地开口。

"他承认了，他是妖怪！一起把他抓住！"可涌上前来的人却没有任何机会，已被他扬手卷起的御风术甩出去好远。

他的手臂以及脸上逐渐显露蛇纹，这下惊得众人抱头鼠窜，包括那位表哥也吓得跪地求饶："不要杀我，求你不要杀我！"

眉上霜一步一步向前，来到沈梦雨面前，脸上依旧不吝温柔笑意，就和平日无异。可当他要伸出手时，却被对方惶恐挥开："别碰我！妖怪！"

"不要过来，求你了。"她吓得泪水不止，从未想过多日共处的人竟真是妖魔，心中除了打击，更多的是后怕的恐惧。

"我不会伤害你的。"他是多么卑微地恳求她相信。

可沈梦雨却害怕得拾起地上的匕首狠狠地刺向了他的胸膛，她颤抖着双腿，最终摔坐在了地上，脸上不只是对妖怪的嫌恶，更有避之唯恐不及的崩溃神色。

眉上霜看着淌血的胸口，鲜血正把白色衣裳逐渐染红，伤口的痛却远不及心里的痛楚。他难过地掉头离开，打算再也不见，却没想到翌日，村里的人带着法师和火把，准备烧山将他处死，而他仍心存希望她会出现。

可沈梦雨没有，她选择了避而不见，默许了村民对他处刑。

眉上霜自欺欺人地认为她是受村民威逼，可没想到她竟把他的精准位置告知了那些村民。她背叛了他对她的全盘信任，他彻底心灰意冷。

他杀了前来烧山的村民，此时的他早已丧失了理智，彻底变成他们口中的凶兽模样，可他却对她下不了毒手。

“我从未伤你半分，你为何不相信我？就因为我是蛇妖？”他嗜血的双眸只余下悲凉，连笑容都挤不出来。

他并不需要什么庇护，他只想在他成为众矢之的时，她愿意站出来为自己说话，仅此而已。

心为何会这么痛？几乎跟死掉一样，麻木不仁。

“我娘是被妖怪杀掉的，我……”她泪眼模糊，颤抖着双肩。

“是不是得掏出一颗真心，你才肯相信我没有说谎？”面对她的沉默寡言，眉上霜二话不说就挖出自己的心脏丢在了地上，那颗心脏仍在跳动，鲜艳的红，与常人无异。

只是少了那颗心，眉上霜已然不懂爱。

“你我从此是陌路，若再见，休怪我心狠手辣！”

少了一颗心的眉上霜几乎是失控的，所到之处必有死伤。天山之神为阻止生灵涂炭，决定惩惩这条白眉蝮蛇。

在与天山之神的对抗中，他完全不是对手，甚至被致以重伤，处于濒死边缘。

可那时候，竟有人护在了他面前，替他向天山之神求情。

“山神大人，他已经受了这么重的伤，您就放过他吧。”那娉婷身影，仙衣飘飘，就像下凡的仙女，“上天有好生之德，一花一草皆有他活下去的权利。或许，他的到来，也是因果循环的一种。”

“我不需要你们的同情，要杀要剐，悉听尊便。”眉上霜微眯着眼，吃痛地看向那女子。

她转过身，一双澄清的双眸微愠地瞪向了他：“别胡闹，我们天山可不是杀戮的地方。”那是一副绝世颜容，盈盈笑意中仿佛绵绵春雨润泽大地，让他焦躁狂热的心间，仿佛冷静了许多。

随即粉唇弯成新月，她向面前的神祇提出了自己的见解：“山神大人，不如就让他成为天山的守护兽吧。近日来，总有凶兽到天山猎食仙鹿、云雀，弄得百兽不得安宁。若有同等威力的凶兽坐镇，或许能保结界不被破坏。”

天神之神思忖了会儿，道：“但他本是凶兽，生性残暴不仁，恐怕难以驯服。”

可俏皮姑娘却咯咯直笑：“这事儿就交给我吧，我最擅长带小动物了。”

小动物？她竟把他白眉蝮蛇比作白兔麻雀般不堪一击的小玩意儿？

“不可，我仍不放心，除非在他身上落下咒印。”天山之神立马施法，在眉上霜身上落下可牵制住他的致命法术，“白眉蝮蛇，今日我看在久微的面子上，给你一次改过自新的机会。此咒印将伴随你一生，若你破戒，嗜血杀戮，便会灰飞烟灭。若循规蹈矩，那就仅仅是一个无关痛痒的术印。”

“谁要你们……呜。”他正要口出狂言，就被小手捂住了嘴。

“真是太好了，以后天山的安危就麻烦你咯，小白蛇。”久微扬起粉唇，就像记忆中那纯真善良的笑容一样，令他触动。

眉上霜突然心口一窒，为何即使没有了心，他仍觉得如此钝痛？

“不管过去发生了什么，从现在开始，所有一切都重新出发，这里就是你的归宿。”她接纳了他不堪的过往，也包容了他的存在。

他被她的举动弄蒙了，茫然地问：“你不害怕我吗？”他是凶残的剧毒凶兽，按理来说，她这株小灵参本该和其他生灵一样早就吓得落荒而逃，可她没有，她甚至替他这个毫不相识的家伙求情。她到底在打什么主意？

可他卑劣的猜忌，在久微身上全都落空了。

“害怕？难道你会比天界的诛仙剑更让人闻风丧胆？”她如银铃般的声音说道，随即轻轻地笑了起来。

尽管是句玩笑话，但眉上霜当时确实因她这无心之言所释怀。

因为这个叫久微的小灵参，让他空洞的左心房，重新有了炙热的“跳动”。

3

雨滴打落枝头，坠落的红花仿佛铺就了绿地一片红壤。朦胧的天光随着时间推移，渐渐破云而来。

久微睡得深沉，好似这是她当灵参以来，睡得最安稳的一次。

因为白慕风在睡前给予的承诺，她几乎抱着甜美酣睡梦乡，也有一部分原因是，她此次耗损了极大的灵力，使得她灵体疲乏，不得不休养生息。

“也许，你会觉得我太过小心眼。若无法与我感同身受，就不要劝我宽容大量。小白，是你让我对人类稍微有了些改观，希望你不要让我恨你。”眉上霜的指尖爱怜地抚过久微稚嫩的脸颊，眼底都是怜惜，“久微对我来说，是很重要的人，我不希望她因为你，或者是别的什么，变得不快乐。”

他正因为饱尝情愁的苦，才不希望久微也和从前的自己一样受尽伤害。

“久微为了你，已经放弃了飞升，若再放任不管，她恐怕会耗尽灵力，打回原形。眼睁睁看着她失去千年修为，那并不是我所乐见的结局。”眉上霜并不打算告诉他关于玄冥仙尊的那些旧事，他终究是自私的，不愿久微再为前尘过往纠缠不休。

若可以，他定能代替那个浑蛋神祇，守护久微一生。

“我懂你的意思。”

本是浮萍之缘，又何求地老天荒？

白慕风有自知之明，人间短短阳寿，也不过是他们无疆仙寿的须臾一瞬。他不希望成为久微修仙路上的绊脚石，有眉上霜陪着她，他自然放心。

“但也请最后再给我一点儿时间。”他露出浅笑，“毕竟，我答应过那丫头与她游历人世，我不想食言。”

“好。”

两个男人空中碰拳，达成共识。

白慕风恋恋不舍地看向深睡的芙颜，心头一阵苦涩。

他从未觉得幸福那么近，却又是那么远。

雨过天晴，外头阳光普照，连带着感染人的好心情。

久微伸了个懒腰，睡了几天，整个人神清气爽，变得格外有食欲。正要去觅食，就发现那两个早于自己醒来的男人，已经张罗了些野果，还烹有鲜美的鱼汤和烤野雉在等着她。

“哇，我都要被你们的体贴感动到了。”久微摸了摸咕噜噜大叫的肚皮，看到香喷喷的早膳，又忍不住咽了咽口水。

眉上霜坏心眼地取笑她：“瞧你的馋嘴相，喏，有荤有素，任君选择。”不过就算她这株灵参不吃荤，他白眉蝮蛇可是无肉不欢。

“来，久微，先喝口热汤暖暖胃，别又染上风寒了。”白慕风递来汤碗，接着又将野雉腿翻过另一面继续烤，俨然一个熟练的厨子。

“谢谢。”久微欣喜地接过汤碗，入口鲜甜，带着药材的清香，和她之前在客栈吃过的完全不同，“嗯，好香！”

白慕风又给她递来鲜嫩的野果：“昨晚睡得可好？”

“还不错。”还做了一个梦，以至于醒来仍意犹未尽。

梦里有她、白慕风、眉上霜，还有许许多多一路上遇见的那些人，相遇的点滴汇聚成甜暖的美梦，让她越来越期待云游四海的生活，会发生怎样的奇遇。

“慕风，我们何时出发去游历四方？”她的眼中充满了期待的光彩。

大掌宠溺地揉了揉她的发，他带笑的眼眸，神采奕奕。

“现在我们就回平和镇收拾行囊，之后启程陈州城。”

“陈州城？和晏城一样是个热闹的地方吗？”

“当然，那里有很多你没吃过的小吃，没玩过的小玩意，还能拜见神农氏后裔的庙宇，也许即便逗留上半个月，你也舍不得离开。”他虚应着，薄唇噙着无人察觉的苦涩。

“那可真是让人期待。”她已经开始幻想之后的旅途，下意识加快进食的速度，想快点儿回到平和镇。“到了那儿以后，你首先要做什么？”

“那还用说？自然是跟当地的百姓兜售美颜露了。”他浅笑着，“说不定以后存够银两了，还能在陈州城开一间白家医馆的分铺。”

他半开着玩笑，心中却诚恳地祷告，愿她的笑容能一直绽放下去。

久微却嘘了他一声：“你个守财奴！”不过思及盛世繁华的商肆中会有他们忙碌的身影，似乎那样的感觉也不赖。末了，她回头对眉上霜兴奋道：“阿霜，你也要一起来。”

“我？”始料未及的眉上霜一愣，原来这趟旅途也算上他一份。这让他感到很是惊讶，他还以为那丫头只顾着玩乐，早就忘了他。

“当了这么久的天山守护兽，你也该好好犒劳一下自己。”她对他别有深意地眨了眨眼，“放心，我不会跟山神大人告状说你偷懒的。”况且现在结界稳如磐石，除非来的是上古四大凶兽，否则一般的牛鬼蛇神怎能破界而入？天山之神可不是随便好惹的神祇啊！

“你这家伙！”眉上霜心中的感动顿时烟消云散，只剩下咬牙切齿。

“哦？你是有什么不满吗？”她一脸“你还是在天山乖乖守门吧”的挑衅模样。

“不敢。”某人立马认怂，满脸奉承的讪笑，“带上我吧，小久微。一个人守山多无趣啊，你也不想回来看到一块‘望参石’吧？”

“总觉得你这祸国殃民的相貌带在身边，会招来麻烦。”回想他至今惹下的风流债，她就嗤之以鼻。

所以长得俊俏怪他？

“你怎么能狠心抛下我！小白，你别顾着笑，来评评理啊！”后头伴随着两个人毫不留情的嘲笑。

……

青山绵绵，流水长清，三人同行的日子使得枯燥乏味的江湖路变得格外生动传奇。久微是那样期许着不久的将来，她做过的那些美梦能逐一成真。

然而，她万没想到梦碎却来得如此迅速。

空气中弥漫着浓重的血腥与腐败气味，骇人的情景正一幕幕映入眼帘。

曾经熟悉的小镇已然面目全非，房舍断壁残垣，四处尸横遍野，热闹的集市如今满目疮痍，记忆中鲜活的笑脸也都掩盖在这片凄清的荒芜中。

“为什么会这样……”目睹到此番惨状，久微捂住因震惊而微张的嘴。

在他们离开平和镇的这半年里，到底发生了什么？

第八章

寻回遗落的初心

1

每走近一寸，每确认丧生的皆为乡亲好友的确凿事实，白慕风几乎难掩喉下涌现的酸涩，再次干呕起来。

天山孕育着山脚下的子民，同样，他们敬重与爱护着天山生灵，这厚重的情感，即使是久微这株小灵参亦感到悲痛，更何况是自小在这生长、视乡亲朋友为亲人的白慕风。

白慕风如同被抽走了心魂，失魂落魄地跪在了街巷之上。

随即，他疯魔一般冲向破砖烂瓦里拼命挖刨着，试图找到一个生还者。可废墟里，只有一具具冰冷的躯体。

“慕风，你冷静点儿！”久微忍着泪，试图拉住他，却被他奋力挣脱开。

他赤红着眼，一向温文尔雅的他此刻理智全无：“你走开！”他不听劝阻，仍旧一遍又一遍挖掘着，直到十指血肉模糊，得到的却是一次又一次的绝望。

怎料到昨日一别，竟是死诀。

听到细碎的声响，白慕风立马爬起来，循声找去，终于在残破的门扉之后，找到了一道人影。“陆大叔，你醒醒！是我，白慕风。”白慕风扶起双目死灰的中年男人，在其身侧是已经死去已久的陆大婶，他终是不忍地别开了头。

“我这里有参露，这就给您喂药。”可正要翻找药瓶的手却被粗糙的大掌轻轻覆上，抬头看去，陆百川干裂的嘴唇正一开一合，似乎有话要说。

“慕风……”陆百川极度虚弱，白慕风需要凑近才能勉强听见。

“我在！我在这儿！”他回握住陆大叔的手。

“听好，喀喀。”老嗓每吐一字都极其费劲，“山脚石碑底下……埋着你娘的东西，事关你的身份，勿要落到他人手中，因为那是……”

“陆大叔？”久久等不到回应，方抬头，他才惊觉怀中的陆百川早已没了气息。

未竟的遗言，成了陆百川一生的遗憾，他的离世亦给了白慕风沉重一击。

尾随至身后的久微掩住哭声，看到那般撕心裂肺的白慕风，她心疼地一把拥住了他。沉浸在悲痛中的大男孩再也隐忍不住，埋入她的肩窝，号啕大哭起来。

晶莹的泪自粉颊滑落，她一遍又一遍轻抚着他，以此安抚他的悲伤：“没事的，我会一直陪着你，不会让你一个人。”

花了整整三日，终于安置好了平和镇百余人的身后事。

放眼望去，天山脚下的荒地上皆为林立的墓碑，悲凉弥漫郊野，明明是艳阳天，却教人悲从中来，感受不到丝毫温暖。

彼时，从外头调查回来的眉上霜对久微摇了摇头。

这场突如其来的死劫，可以说是没有任何预兆。眉上霜试图请示天山之神，却久久等不到显灵，使得事情变得更扑朔迷离。再者，平和镇百姓质朴善良，从不与外人结怨，难以让人觉察出痛下杀手者的线索。

觑向前方的落寞背影，久微终究是缓缓走向了那人。

“无法从山神大人那得知真相吗？”为陆百川盖上最后一抔黄土，怀揣在白慕风心中的，是浓重的恨意与不甘，一种恨不能将真凶挫骨扬灰的愤慨。

不等久微回应，他失望地走向墓地，来到山脚的石碑前。

那有一块无名碑，自打他记事以来，就一直存在，上头甚至有儿时与玩伴们在上头涂画的“杰作”。如今看着这些拙劣笔触，只觉得胸口的灼痛更加剧烈。

他得多次轻缓，才得以喘过气来。

“老天爷对我何其不公，总是把我身边的人带走，却残忍地让我独留于世。”白慕风用竹木刨挖着坚硬的黑土，薄唇噙着一抹苦笑。

在他尚年幼时，母亲就被从远方而来的官差带走，至今生死不明；随即一场疫疾，取走了父亲的性命；如今平和镇再遭劫难，一众乡亲纷纷命丧黄泉。

侥幸活下来的那个就真的幸福吗？

如烙印般的痛苦记忆，叫他心头又是一窒。岁月倥偬，时光如梭，他总以为熬过了艰苦的寒害之灾，他能凭借着灵参之力，助平和镇走出困境。

结果，活下来的却只有他一个人……

“是因为我还有必须要做的事吗？”他仿佛自问自答一般，终于在约三尺的深坑中挖出了异物。他激动地加快手中的挖掘动作，在深埋之物彻底显露出来时，他索性徒手拨开上面的泥污。

那是一个木制方盒，外壁是被腐蚀得透彻的霉渍。

白慕风轻颤着手指打开方盒，发现里面有一块散发着寒气的透亮玉石。这块奇玉透如天山冰晶，在盒中发出瑰丽霞光，诡异的是木盒内壁崭新如洗，盒内盒外呈现着极端的两面。

不等他进一步试探，突然一股外力将他手中之盒击落。定睛一看，穿刺着盒盖的竟是一支箭！随即就听到身后不远处传来了张狂的笑意。

男人身着别于中原人的华贵服饰，他笑眯眯的，标志性的灰蓝色双眸正饶有兴味地看向怒目相对的白慕风。

“没想到我穆族圣物竟藏在这种地方！”

2

赫连宇澈伫立在茂密的树荫下，摇曳的树影掠过他俊朗的美貌，深不见底的墨黑深眸透着笑意以及难以察觉的无情淡漠。

率先开口质问的是久微：“赫连宇澈，你为什么会在这里？莫非……”她突然噤声，联想到了屠镇的的噩耗，“是你杀了平和镇的百姓！”就为了寻那所谓的穆族圣物，滥杀无辜至此？

“丫头，你可别血口喷人，我们也不比你们早到平和镇。”

况且屠镇这种麻烦事，于他有何益处？

“来这里，不过为取回我应得的东西，以及……”轻扬的薄唇突然敛去伪善，冷冷道，“除去背叛者。”站在赫连宇澈身后，面若冰霜的青黛更教人不寒而栗。

话音刚落，青黛就挥剑而来，瞄准的对象正是白慕风。“哐当”一声，利刃相碰撞的脆响，白色与鸦青色身影交缠恶斗，彼此互不相让。

眉上霜护在白慕风和久微面前，眉宇间皆是戏谑：“小姑娘，火气可真大。”

“让开！”青黛的细剑奋力刺向来人，对方却灵巧地躲了过去。她鲜少有表情的脸庞，突然皱起了柳眉。

眉上霜可惜地看了眼被划破的衣襟，这女子当真下手极狠。然而她并没有给他喘息的机会，刀光剑影再次在两个人中挥舞。

就在两个人缠斗的间隙，赫连宇澈跃下了高台，径自迈着优雅的步伐来到另外两个人面前。白慕风似察觉到了他的动机，连忙拾起那块玉石急退数步。

见状，赫连宇澈不疾不徐地开口：“白公子，把那块玉石乖乖交给我，我至少可以保你留下全尸。”

“你究竟是何人？为何想要此物？”陆大叔曾说这是他娘的东西，这玉石中定有什么天大的秘密，否则这个西域男子岂会为了它追到这里？

赫连宇澈一展素扇，挑眉看他，本无意与他多言，却看到誓死捍卫在前的娇小身影——这个曾在奇趣大会中有过一面之缘的小姑娘。

他没记错他们唤她“久微”，几次三番都与她正面交锋，这让赫连宇澈稍稍对她有了些兴趣，不仅因为她的多管闲事，还因她那不同寻常的长相，简直就和他记忆中的某人一模一样。

于是，他难得有了慈悲之心。

“我就让你们死得明白。”赫连宇澈步步进逼，气势上丝毫不退让，“我乃金砂国第六皇子，而你手中那块正是我们穆族皇室的被窃宝物‘雪魄瑶’。”

“雪魄瑶？”白慕风难以置信地看向手中的晶莹玉石。

白慕风听坊间有所传闻，雪魄瑶所属极寒地脉，是具有祛热静心的旷世奇玉，后落到金砂荒漠的游牧民手中，并由其氏族子孙世代相传。如今这雪魄瑶不只是穆族皇室的身份权证，更是一国帝君继位的重要信物。

事实上，雪魄瑶不仅仅是皇家信物这么简单，它更代表着穆族皇室财富的主宰大权。穆族因其得天独厚的矿物资源，滋养出富甲天下的帝国。可想而知，拥有雪魄瑶，即可坐拥钱财名利。更何况如今西域与中原贸易往来频繁，扩张领地版图，亦是金砂国正在秘密筹划的野心伟业。

他这块雪魄瑶是否是真品，赫连宇澈此刻出现在平和镇就是最有力的证明。只是令人想不通的是，他是如何得知雪魄瑶的下落？娘的信物又怎会是穆族皇室的圣物？莫非……

见白慕风蹙眉的模样，赫连宇澈满意地扬唇：“看来你终于意识到了。”

赫连宇澈越过对自己抱持敌意的“矮冬瓜”，来到白慕风的面前。就在久微反应过来要去制止他时，他早已先一步扯开了对方的衣襟，看到暴露在人前的星宿印。

果真如他所想，白慕风是背叛者的后裔。

白慕风却不为所动，冷眼看着他：“你有话直说，不要拐弯抹角。”

“你从不对自己的身世感到怀疑吗，白慕风？”赫连宇澈突兀地松开手，脸上满是讽刺的笑意，“你身上流着的可是我们穆族之血。”

“你说什么？”他是穆族的后裔？这个真相来得太过猛烈，教他一时难以接受。可他来不及追问，玉骨扇突然刺穿了他的胸膛。

“可我们不需要你这样的叛徒之子。”

赫连宇澈出手太快，一如最初对白慕风使毒般干脆利落。

见状，久微愤怒地朝他击去了数掌。赫连宇澈虽抽身极快，仍免不了挨了一掌，本想着小姑娘的绣花拳头软弱无力，可那一掌落在他胸口的狠劲，仿佛要击碎他的肺腑。

“咳咳，你……”不像是普通人，赫连宇澈捂住被中伤的胸膛。

彼时，三人所站的土地突然裂开巨大的缺口，仔细一看，形似野兽张开的大嘴。一股如飓风般的强劲力量将他们三人吸入黑洞，甚至进一步扩大引力，试图将远在数尺以外打斗的两个人一并吞没。

“六皇子！”注意到动静的青黛无心再与眉上霜交手，想要立刻飞奔至主子身边，却被长剑挡住了去路。

眉上霜的眸光闪过凛冽，用长臂拦过她的纤腰，腾空而上，加速逃离。

“你做什么？放我下来！”青黛眼睁睁地看着赫连宇澈整个人隐没在黑洞之下，寒冰的冷漠脸庞终于流露出沉痛之色。

直抵参天大树之上，眉上霜才松开了手。恢复自由身后，青黛正要挥剑还击，却被面前骇人的一幕怔住。

在荒芜之地上，一只巨兽破土而出，原来那黑洞的真面目竟是……

3

《山海经》有云：“钩吾之山其上多玉，其下多铜。有兽焉，其状如羊身人面，其目在腋下，虎齿人爪，其音如婴儿，名曰狍鸮，是食人。”

说的就是四大凶兽其一的饕餮，此刻它出现在天山脚下绝非偶然。

饕餮使劲撞向前方，以猛爪穿刺，都没能破除施加在天山边境上的护术。巨大的咆哮破空而来，似要撕裂所有一切。

“玄冥，给我滚出来！”饕餮眼中的愤怒逐渐堆积，脚下的灌木丛及山岩几乎被夷为平地，仿佛要将眼见之物视作仇敌一般踩踏粉碎。

见此景，远在后方的两个人不敢轻举妄动。

“怎么会有这样的庞然大物？”

“那是饕餮。”眉上霜神情镇定，丝毫没有身旁女子的惊讶之色。

青黛难以置信道：“饕餮？那不是千年以前被封印在锁妖壶中的四大凶兽之一吗？”

“哦？原来你也知道锁妖壶。”他饶有兴味地打量着她，自打第一次与这女子交手，他就已经觉察到她的不平凡，只是当下并非攀谈的时机。

冷光迎面劈来，青黛将愤慨迁怒到他身上。

“皇子若有三长两短，我定要让你……”

眉上霜却一手握住剑柄，鲜红染透了剑身，映照着他的阴鸷神色：“让我什么？”微施力，长剑被一掌握断，澄黄色的眸子混杂着赤红的烈焰，两只尖锐的獠牙在启齿间若隐若现。

青黛的第一反应是，他不是凡人？

他不屑地丢开手中的剑柄，恼怒地看向远方的凶兽：“来得真不是时候。”

若是五百年前，或许还有放手一搏的胜算，但自从没了“心”以后，他元神损伤，怕不是它的对手。

可恶，那株笨参偏偏还被它吞食入肚，他得想办法在它消化腹中之物前，找到天山之神。思及此，一股熟悉的神威突然传来，眉上霜突然一怔，猛地看向了饕餮的肚子。

不是吧，难道山神也……

饕餮腹中昼夜不分，也难辨方向，若非有法术护体，估计他们早已被胃液消化得连渣都不剩了。更何况现在双方敌我身负重伤，实在不宜再战。

“赫连宇澈，你若想全身而退，就暂且偃旗息鼓。”久微冷静地说。

况且现在笼罩着他，保他毫发无伤的法术还施自她手，他是聪明人，应该懂她的意思。

“何必多此一举，你若在这里杀了我，对你们倒能少了威胁。”赫连宇澈嗤笑她的天真，对他心慈手软，他日后出去，依旧会取白慕风的性命。

“你！”久微气得快发飙，身旁的人却一把拉住了她。

“久微，你先退下，我有话要问他。”白慕风双目凛然，直勾勾地盯向那由始至终都笑意盈盈的男人。

看到白慕风脸色惨白，久微心中又是一阵钝痛。所幸胸膛那道伤口很浅，并不足以致命，但思及赫连宇澈的恶劣行径，她就想再赏那恶徒几拳。如果不是白慕风阻止，估计她早就动手了。

“有什么待会儿再问，先养好身体，别让小人得志。”她边摘下鬓发间的参果，边瞪向前方的赫连宇澈，以防他再度卑鄙偷袭。

只见赫连宇澈怔了怔，浑身不能动弹，久微心里得意地想，该不会她的恫吓起作用了吧？

事实上，令赫连宇澈目瞪口呆的是，面前的姑娘头顶绿叶红果，行迹诡谲。他本以为久微懂法术，是因其修仙寻道，没想到她的真面目竟是……“灵参？你是灵参？”他数年来踏遍大江南北，四处寻医问药，就为了找到传说中的续命良方，而灵参就是其中一味药材。

久微不屑于回应他，是与否，又与他何干?

“到底是不是？回答我！”他突然急躁起来，紧握住她的肩头，仿佛要捏碎一般。

“是又怎样？快放开我！”久微前一刻还在心里鄙夷对方，当下却被对方的气焰吓得缴械投降。

得到肯定的答复，赫连宇澈眼中燃起了希望的火焰，前所未有的激动欣喜，令他连中掌的痛楚都早已忘却。趁他沉浸在狂喜中，久微忙不迭从他手中挣脱，躲到了白慕风身后。

“子苓，我终于找到解药救你了。喀喀，哈哈哈，若死在这里岂不可惜？”他笑不可仰，牵动到胸膛的伤口，因疼痛轻皱眉头，却又忍不住弯起唇角。

这男人是怎么回事？刚不是嚷嚷着要让她杀了他以除后患吗？真是搞不懂人类。久微轻扯了扯白慕风的衣袖，悄声道：“你确定要与这疯子打听消息？”

“他知道我娘的下落。”白慕风轻拍她的手臂，以示自有分寸。

其实，不只是他本人，就连久微都很好奇白慕风的真实身份。

她知道一些部落会在子嗣出生时，文上特有的家纹。若说白慕风身上的星宿印亦是文身的一种，也未免太过雷同了。久微相信，这星宿印的存在并非偶然，它是解开一切谜团的关键。

“赫连公子，希望你能告知我娘的下落。”

兴许是心情格外好，赫连宇澈连带着看这个叛徒之子也顺眼了不少。白慕风从他嘴角噙笑的神态判断，兴许能顺利打听到一些消息。

可他却低估了赫连宇澈的野心。

“可以啊，若把灵参和雪魄瑶交给我，我就告诉你想知道的一切，或许还能留下你这条命。”赫连宇澈眼神中的坚定，足以说明他在这场交涉中占据上风。

“久微并非物件，不是你我交涉的筹码，更不可随意赠送。她对我而言，同样重要，且不可替代！”白慕风几乎没有犹豫就回绝了，若要以牺牲久微为代价，他宁可一辈子不知道母亲的下落，因为他已经受够了失去的滋味。

“啪”一声，响亮的巴掌落在了俊颜上，也打破了两个人的僵局。

赫连宇澈嘴角渗出血丝，惊讶地看向眼前气焰嚣张的小姑娘。

“你大概是从未尝过绝望的滋味，才能这般冷眼旁观别人的痛苦，甚至为达目的不惜泯灭天良吧。”老实说，即使在饕餮腹中生死未知的情况下，赫连宇澈仍能如此临危不乱，久微对他的胆识很是赞赏，但他真的以为她会跟他客气吗?

“你说我从未品尝过绝望？”赫连宇澈微眯着眼，仿佛她的论断大错特错。可偏偏某人不甘示弱，明明个头矮小，却仰挺着身子，用鼻孔瞪他。

那倔强的模样，不服输的坚毅眼神，让他有一瞬间把她错看成了另一人。

小小的身影捍卫在心爱之人面前，那般顶天立地，教人忍不住敬佩。

久微与白慕风，仿佛就像曾经的他与她。

终于，他败得一塌糊涂。

“赫连若岚，如今被囚在深宫。”他挑眉看向白慕风，薄唇微扬，“也许你更熟悉她的旧姓，周若岚。”

白慕风踉跄了一下，不敢置信听到的事实。

“她是我们穆族的叛徒。”

4

二十五年前，金砂国遭遇百年难见的旱灾，民不聊生。

赫连若岚作为祈雨巫女，本该要随雨师一众祈雨祭天，可她却在仪式前夕，携皇室信物雪魄瑶逃婚，远赴中原。

她背叛了族人的期待，置国民生死于不顾，为皇室蒙羞，这是赫连宇澈五岁时目睹的情景。当时，因旱灾而死的百姓逾千人。

若非苍天怜悯，连下了数日及时雨，恐怕金砂国早已灭亡。但也正因为雨师祈雨救国有功，被穆王器重，立为国师，主掌朝野重要权势。

贵族逐渐失势，皇室内部被外姓人控制，他们将这一切归咎于赫连若岚。随着金砂国涉足中原，在频繁的贸易交往中，有人发现了赫连若岚的行踪。金砂国人追查到了淮南国以北的小镇，最终将她缉拿归国。

只是，她在严刑拷打中疯言疯语，金砂国人最终仍未能彻查出雪魄瑶的下落。

一国圣宝丢失，这对穆族先祖而言，是何等不肖之举。如今穆帝暮年老朽，心愿未了，便对众皇子皇孙承诺，以五年为限，谁能寻回雪魄瑶，则传位于谁。

朝中以国师为首的大皇子派，纷纷拥立赫连郁为下任国君。因为他们几乎笃定了寻不回这块雪魄瑶，众官则暗中勾结，以讨好未来君主。赫连宇澈虽对继承帝位没有执念，但这数年云游中原寻药期间，他越发意识到权力及帝位的重要性。

为了救心爱之人，他有不得不称帝的理由。

“你说，我娘还活着？”不仅如此，白慕风身上还流淌着穆族后裔的血。

白慕风如遭雷击，震惊与喜悦等多种情绪掺杂心间。儿时便失去母亲，他竟能在未来再续亲情，这叫他既悲又喜。

若父亲在天有灵，知道娘还活着，他该多高兴？可她所犯的是判国之罪，注定老死牢狱，这凄凉的下半生却让他这个亲生儿子心如刀绞。

“娘绝非自私之徒，她带走雪魄瑶定有她的苦衷。”在白慕风的记忆中，娘是个温婉善良的妇人，双亲常年致力于救死扶伤，博施济众，若她知道雪魄瑶攸关族民生死，一定不会携圣物潜逃。

赫连宇澈却冷笑出声：“苦衷？我只知道事实是，她偷走了雪魄瑶，差点儿让整个金砂国为她陪葬！就连我母后也死于那场旱灾之中！”本就体弱多病的穆后，最终被活活渴死，她将所剩无几的水源留给了孩子与宫婢。

持续了整整四十日的旱灾，几乎击垮了金砂国，穆族子民逃的逃，死的死，连牲畜作物也都死光，这非人的煎熬，直到天降甘霖的那天才得以终结。

可他的母后没能幸运地躲过一劫。

面对赫连宇澈的咄咄逼问，白慕风终究是选择了沉默，这种与至亲失之交臂的痛，他何尝不知？爹当初就死于疫病，漫天冰雪中，他也曾想过自己将随镇民死于这场寒害。所以，他没有资格责备赫连宇澈将过错迁怒到他们身上，他有为亲人悲痛与愤慨的权利。

“咚咚”两声，白慕风与赫连宇澈的脑门被各赏了一颗新鲜爆栗。

两个男人捂着发疼的额头纷纷看向始作俑者——久微往拳头呵了呵气，似乎还想继续揍人，如果他们继续保持仇视与对峙的话。

“过去的都过去了，难道现在争吵就能改变事实吗？别忘了，我们现在还在凶兽的肚子里，当务之急，就是找到出去的办法。”久微看向他们的清灵的眸子专注认真，她厌恶这种无意义的争吵，更不希望他们都留有遗憾。

“所以，我们一起找出路吧！”俏皮的小脸上满是商量的献媚模样，让本怒火中烧的赫连宇澈不禁哑然失笑。

顶着和那个人一样的脸蛋，却说着和做着截然不同的蠢事情，当真新鲜。

他有多久没有这样开怀大笑过了？

赫连宇澈突然有些羡慕白慕风：“你这小跟班倒是比你机灵。”久微不像他的近卫青黛，终日只板着一张脸，连句玩笑也不会开。

白慕风只是笑了笑，久微令人佩服之处何止这些。

5

“喂，你……受了内伤吧？”她暗指打伤赫连宇澈的那一掌。

赫连宇澈讪笑：“你真当那一掌我是白挨的？”何止内伤，肋骨似乎也断了几根。思绪一旦冷静下来，他就能深切地感受到身上的疼痛。

“啧，这不都是你自找的嘛。”谁让他偷袭白慕风，本不想理会他的生死，但白慕风坚决要她治疗赫连宇澈。

“你……呜。”嘴里突然被塞入参果，一阵甘甜在味蕾上蔓延。

一股暖热的气流自四肢百骸扩散，似乎缓解了胸膛的疼痛感，赫连宇澈百思不得其解地看了眼正在为自己外敷包扎的久微。

“灵参能否解开噬心蛊的毒？”他不假思索地问。

“还真没有我解不了的毒。”久微倒不是夸大其词，连眉上霜的世间至毒也是她的手下败将，恐怕这世上没有能与她抗衡的剧毒了。

“赫连公子，”白慕风将随身携带的一瓶参露递给了他，“久微是灵参，千真万确，她曾帮助淮南国七公主清除过体内奇毒。”

“被皇兄退婚的容半夏？”这门亲事，赫连宇澈也略知一二。

据他所知，容半夏所中之毒是西域奇毒之一的火蜂毒。随着时间的推移，毒素在体内越积越深，解毒的机会就更渺茫，重则身体不堪重负而亡。

“正是。”白慕风从他眼中看出了疑虑，笑着指了指他手中的瓷瓶，“你若不信，又为何到中原寻找灵参？”

如今局势逆转，占据上风的人成了白慕风。

久违的狡黠笑意出现在儒雅男子的脸上，久微娇躯一抖，这家伙又在打什么鬼主意？果然，她心中的猜想得到了证实。

白慕风从衣兜中取出一块发光的玉石，在手中掂量了会儿：“让雪魄瑶物归原主，我没有意见。但要让久微无偿解毒，我可不同意，你得付出‘代价’。”

喂，刚不是深情款款地捍卫她，誓死不出让吗？

久微气得直跺脚，接着就听到小奸商如此说道：“把我娘放了。我在徐将军府秘酿了一些参露，以备不时之需，即使久微不在，我也可以只身远赴穆族，亲自为你口中那位子苓姑娘解毒。”虽不知道赫连宇澈与那位姑娘是何种关系，但从他赴死求药的决心来看，她应当是他极为重视之人。

所以，白慕风冒险赌了一把。

赌赫连宇澈非她不可。

结果，赫连宇澈脸上是被算计的羞愤。他微眯着眸，冷冷吐字："你若治不好呢？"

"任你处置。"他无所畏惧，坦坦荡荡地将雪魄瑶丢向了赫连宇澈。

寻常人都会在穆族皇室的万贯财富前犹豫再三，可金砂国圣宝却被他视如顽石般弃置，毫不眷恋。

玉石在掌心透着寒光，赫连宇澈确认是雪魄瑶无误。

"慕风，这桩交易显然对你不利，如果他没有履行承诺放了你娘，那你岂不是……"更何况他还不愿带她在身边，这让久微又急又气。

白慕风却不以为意，仍旧耐心地等待着对方的答复。

末了，对面男子冷哼一声，算是默许了。

"你最好不要让我失望，否则休怪我不手下留情。"穆族人说一不二，既已接受了对方的条件，他就暂且放下敌意。

"当然。"白慕风微笑着作揖，以此宣告两个人达成协议。

思及远方的人，灰蓝色眼眸流露出哀戚。

子苓，一定要待我归来。

饕餮的胃里别有洞天，如同另一个无尽的空间，面前是广阔无垠的平地，似乎容纳下千人都绰绰有余。

途经胃酸大池，还能看到未被消化殆尽的断壁残垣，没想到这饕餮竟连房舍都吃。这般饥不择食到底是有多饿?

带着这样的疑问一路前行，看到的熟悉景物就越多。

"白家医馆的牌匾？"久微亢奋地指了指倒插在路上的那块木匾，虽然"白"字缺了半边，但她仍是一眼认出了那就是记忆中高挂在医馆上方的牌匾。

不仅如此，白慕风还从它的食物残渣中认出了平和镇特有的家禽与池鱼，以及熟悉面孔的残肢断臂，光看逝者的衣料，足以笃定那就是平和镇民，只是身份早已难以辨识。

"难道饕餮才是真正的屠镇真凶？"

"显然。"赫连宇澈试探地将那断肢投入酸池中，随即池面冒出一阵挥发的气泡，几乎是一瞬间，那断肢融化了，足见酸池的腐蚀威力。若他们没能成功逃出生天，下场很有可能就是刚才看见的那样。

“这该死的凶兽。”白慕风听见自己正浓重地深呼吸，他死死地盯着那池酸水，腿边的拳头紧了又紧，心中要复仇的念头丝毫未减。

“无妨，只要有锁妖壶，将此凶兽重新封印……”那后头就有它好受的了。久微后头未竟的话，亦表达着她痛失天山子民的嗔怒。

正要继续前行探路，久微突然被远方高处的亮光吸引了视线。白慕风与赫连宇澈似乎也注意到了她的反应，循着视线看向了上方。

粉色胃壁上竟卡着一颗鲜红色的东西，富有节律地跳动着。

“那是……心脏？”白慕风一眼就看出了那异物的真面目，可不同的是，那颗心脏没有鲜血淋漓的恐怖，而是如红翡翠般水润透亮。

下一刻，几乎是身体的本能，久微腾空一跃，双眼不离地守着那颗心。她不确定地伸出手去触碰，扑通扑通，通过鲜活的跳动，她仿佛听到穿透而来的声音。

是不是得掏出一颗真心，你才相信我没有说谎?

如果喜欢一个人是这般痛苦，我宁可不要这颗心。

好痛，好痛……

“是阿霜的心？”

这是再确定不过的事。

魂识上是她熟悉的那道声音，数百年来从未改变。

这让她想起初遇眉上霜的情景，闯入天山的他因失去一颗心而失控。她曾经对他的过往刨根问底，但眉上霜只字不提。虽然修仙得道的他并不会为此而死去，但久微仍为他生命的不完整而感到惋惜。

尤其，她还从那颗心上窃听到了五百年前的浓烈情感。

有酸甜、有苦涩，甚至有绝望。

这个傻阿霜，竟背负着那样沉重的过去。

虽然他总嘴硬说不在乎，但久微知道他在割舍那份感情时有多舍不得。因为他所有的疼痛呐喊，她都实实在在地感受到了。

她要帮他取回这颗心!

久微伸手要将它拔出，似乎因深陷已久，拔出它并没有想象中那么顺利，当她决定再度用力时，胃壁突然一阵剧烈摇晃。

与此同时，饕餮痛苦得满地打滚，发出震耳欲聋的嘶吼声。

仍在十多尺外等待的眉上霜与青黛，不禁面面相觑。

“这妖物是怎么了？”

眉上霜却幸灾乐祸地说：“吃坏肚子了吧。”也是呢，千年灵参这么补，估计它也无福消受了。笑罢，他又忧心地看向饕餮隆起的巨腹。

小久微，你一定要平安回来啊。

6

饕餮腹中。

“躲好！”久微只来得及抛下两个字，就被迎面袭来的一掌击飞，喷出一口血雾，随即直直坠下。

“久微——”白慕风朝着她坠落的方向直追，手臂尽可能地伸到最长，然而还没能追上她的身影，就被一道掌风撞回了原路。

幸亏赫连宇澈眼疾手快地接住他，才不至于让他摔得眼冒金星。

而隐没在暗处的黑影随即现身，狰狞地笑着。

“原来就是你们这些家伙在我肚子里兴风作浪。”从元神分身出来的饕餮，瞄了眼胃壁上扎眼的红色，冷冷咂舌，“就这玩意儿，弄得我几百年来寝食不安？”

他左手结印，施法取出那颗心脏，握在手中把玩了起来。

久微艰难地爬起身，施法瞬移到白慕风他们面前，为他们支起保护罩。她抹了把唇边的血渍，向凶兽伸手索要：“把阿霜的心还给我！”

那是眉上霜的心？白慕风不敢相信自己的所见所闻，也难怪久微此刻会对凶兽露出这般恼火的表情以及那样的紧张与心疼。

饕餮仿佛充耳不闻，甩手就将那颗心丢向了酸池。

于它而言，这些不过是食物残渣，当然也包括他们在内。只是腹中这几只“食物”却不太安分，没能让他吃饱餍足后安心地睡上一觉。

久微赶在心脏坠落进酸池之前，施法承接住。她不敢有所迟疑，急忙将它拥在怀里，如获至宝。可顾得了这头，却顾不到另一头，饕餮趁其不备，用大掌紧箍住她的细白脖颈，虽是饕餮的元神分身，但法力却不可小觑。

无法动弹的久微，一方面是为了护住怀中的心脏，另一方面是因为饕餮正在吸食她的灵力。视线逐渐模糊，她开始看不清远处凝望自己的白慕风。

“没想到竟是天下至补的灵参。”饕餮饥渴地舔了舔双唇，将她高举到空中，加速吸食她体内的精魄。

“可恶……”久微伸出的手却完全够不着面前的凶兽，就连显露在外的参须也渐渐枯萎。

“久微！”白慕风自赫连宇澈身上挣脱，冲向了饕餮，以血肉之躯，不自量力地挑衅凶兽，他拾起地上所有的能见之物，朝空中的饕餮一一砸去。

见状，赫连宇澈不禁叹了口气，而后也加入了他的投掷行列。

“赫连……”白慕风感激地点头。

“无需多言，我也是为了能从这鬼地方出去。”他想至少不是死在这里。

然而，他们的攻击不过是以卵击石，即便是赫连宇澈这武艺超群的西域剑士，在凶兽之腹仍难敌分毫。

饕餮腾出另一掌朝他们甩来飓风，一股强劲的气流突然扩散而来，将他们撞击向后方，阻碍他们逼近寸步。

“哼，不自量力。待我吃了这株灵参，恢复修为后，再慢慢收拾你们。”在锁妖壶里妖力大减，饕餮正苦于如何恢复元神，以报复可恶的仙界神兵。它正要加强吸食灵力的速度，突然自后方射来一道光晕，将它击飞，并打散了它施行的法术。

那道白光中，一位老者正闭目养神，淡淡的清光将他包裹在光圈内，一如天山之顶的圣洁模样。自他指腹发出柔和的光圈，护着久微慢慢降落回地面。

“山神大人？”久微顿时喜出望外。

饕餮能吞天，神鬼妖魔皆忌惮之。

所以它被列为四大凶兽之一，不无道理。

数百年前，饕餮因吞食人间山河，犯下不可饶恕的重罪，被玄冥封入锁妖壶。可随施加在锁妖壶上的法力逐渐衰弱，饕餮再次破咒而出。

天山之神在捉拿饕餮的途中，被其偷袭打至重伤之余，还被其吸食入肚。

“可恶，又是你这个死老头！”啧，还以为早已经把天山之神消化掉了。饕餮一脸惋惜，上次偷袭成功不过是侥幸，神界的家伙棘手难对付，尤其在它元神尚未恢复完全之前，实则不宜大动干戈，更何况现在还在它的肚子里！

可天山之神并没有打算放过它，他用衣袖翻起激流，挥动小指，便将它双腿定住。奈何饕餮狡猾多端，它用未被束缚的双手结印施法，朝久微的方向凌空打过去一掌。

就在天山之神分神之际，饕餮瞬间化为一道暗光，随即不见踪影。看似消失，实则不然，天山之神眉尾轻蹙，立马就感应到了它所在的位置——伫立在众人对立面的清俊男子，薄唇微扬，露出了一抹邪魅的笑意。

“仙尊大人……”天山之神露出讶然之色。

那声敬重之称，久微隐隐听见了，她吃痛地睁开眼皮，突然被前方的人影震住。

白慕风长发狂舞飞扬，额前朱纹似血欲滴，若非沾染紫气，那脱俗圣洁之貌，就似人烟不沾的神祇，可他眉宇间的并非正气凛然，而是入魔的征兆。

久微掩住口中溢出的轻啜。

玄冥……玄冥……她在心底狂喜地呼喊着，千年沉浮的悲伤，破在心口上的痛楚，都在看见那熟悉的面容时凝结。

久微眼眶通红，盼了千年就为了与他重逢，已顾不得身上的伤势，她飞奔至他面前，伸手拥住了他：“玄冥仙尊，我好想你。”

闻言，白慕风狂笑不止，一掌打在她的肩头。

“仙尊你为何……”久微咳出一口血，眉宇间皆是凄苦嘲弄，“不，你不是。”

他不可能是玄冥仙尊，玄冥仙尊不可能对自己绝情至此。

那是附体在白慕风身上的饕餮。

“玄冥？我几乎掀翻整座天山，都始终不见他人影。倒想劳你们指点迷津！”饕餮笑得恶意十足，他逃出锁妖壶就为找到玄冥一雪前耻。况且，他从这具凡躯感受不到丝毫神力，与记忆中有着千万年修为的天人相差甚远，没准这丫头口中的“仙尊”也不过是为捉捕他的鬼把戏。

但久微紧张的神色却成了它制胜的关键，这个男人是他们的弱点。

正好凭此肉身作为掩护，好生收拾这些不知死活的神祇。

利爪冷不防地袭向久微的脸，“砰”的一声重响，天山之神将法力汇聚掌面，直击脚下的胃壁，使得饕餮的胃囊顿时崩裂，剧烈的疼痛让饕餮痛呼咆哮。

意识到胃囊是其软肋，赫连宇澈亦挥剑穿刺胃壁，斩断纵横的骨血经脉。果不其然，此举立竿见影，分身的饕餮立即显露出痛苦的神色。

“住手！你们当真不在乎这男人的性命？”饕餮用五指掐在自己的颈子上，以白慕风的肉身相威胁。

众人见状，纷纷停下了手中的攻击。

“饕餮，你好卑鄙！”久微抚着重创的肩膀，跌跌撞撞地站了起来。

饕餮却冷笑：“我卑鄙？神界的走狗重创我妖界子民，更将我封入锁妖壶里逾千年光阴，只因我吃了几魂几魄！还有玄冥，他让我受尽业火之苦，我定要让他尝尝我受过的苦！”饕餮咬牙切齿道，“玄冥快出来！”

说罢，饕餮又对没有防备的久微和天山之神各击出一掌。

“玄冥，你不是总自诩爱着这天下苍生吗？为何现在却像个缩头乌龟，对你的天山子民见死不救？说到底，你也不过是如来座下摇尾乞怜的看门犬罢了！”

殊不知，这一番话语却激怒了天山之神。

“冥顽不灵。”电光火石之间，天山之神化风为掌，硬生生地击在白慕风的胸膛。

“喀喀，你们竟然不顾这凡躯的生死……”饕餮被打得吐了一摊血渍。

“仙尊若知凶兽来犯，定会认同老朽的做法！”过度耗损仙力，天山之神亦因此受到重创，以单臂支撑着地面。

“老东西！竟想同归于尽？”在第二掌送来之前，饕餮想也不想便将久微挡在身前，承受住了这强劲的一掌。

“啊——”久微痛得直仰头。

牵引着烈焰的掌灼痛她的胸腔，切肤般的痛疼令她连呼痛尖叫都做不到。身体每一寸的筋脉血肉都承受着被击碎的痛楚。

好痛……好痛……

直到天山之神惊愕地缩回手，面前的盈盈身躯才软软地跪下。

这刺骨之痛就像万蚁噬心，久微的身躯再也无法负载任何疼痛，一头乌黑的青丝倾泻而下，黑眸始终胶着那远去的颀长身影。

随即千斤坠般的力量从外部袭击而来，眉上霜联手青黛，从外部如翻江倒海般重创饕餮之腹，因元神分化，静止的外躯无暇自顾，便让二人钻了空子。

正当饕餮被揍得口吐白沫、张嘴发出沉重兽吼之时，天山之神使尽最后一丝神力，助众人逃脱饕餮之腹。

得以重见天日之时，已趋近黄昏。

“你们也太慢了吧，要不是本大爷助你们一臂之力，说不定……”眉上霜的笑容却在看到凌空飘坠的绵软的身躯时，陡然消失了，取而代之的是急躁的声声呼喊，“久微！久微！”

他以凌空之术疾行到她的身边，揽住腰际，由云端降落。

“阿霜……”粉唇涌现汩汩鲜血，令她说话难以利索，“你的……心……”

她绵柔的掌心上正躺着一颗不安分的红绯心脏，在残阳中熠熠生辉。

眉上霜不禁怔忪，随即低咒了一声：“傻丫头！那种破玩意儿管它做什么！”

“因为它是你的心啊……”

“你别说话！快运功调息！”他将她小心翼翼地平放在草坪上，大声喊着，只为避免她陷入昏迷，要她时刻保持清醒。那颗心之于他并不重要，他瞧也瞧不进眼里，她的生死却牵动着他的四肢百骸。

泪水一滴一滴掉落，在土地上润然而开。

那双秋水剪瞳逐渐失焦，她想对眉上霜说不要哭，但力不从心，竟连说话都如同煎熬。头顶上方是逐渐瑰丽的晚霞，几道金光贯穿云间，洒落在天山峰顶，如烟花般绚烂。

随着天际被霞光染至火红，一场久远的梦境突然挣脱了回忆的枷锁。

白衣的神祇，在她失焦的眼中降临。

第九章

从前从前，
有个人爱你很久

1

千年以前。

意识在漆黑中漂浮。

土灵珠中载浮载沉的女子抱膝蜷缩着，如浪涛般的长发覆盖在光裸的身体上，未成形的双腿细化成茎叶连接着大地。

她似乎沉睡了很久，过往发生过什么，在这漫长的睡梦中她已大致淡忘了。

不过，随着意识的凝聚，她的五感变得逐渐清晰。

时而还会隐隐听到黑暗之外传来的声音。

“小灵参，今天感觉怎么样？”那是如清风般悦耳的嗓音，总在她困乏的时候，出来扰人清梦。

你究竟是谁？沉重的眼皮始终睁不开，想知道那个声音的主人是何方神圣。

“不要急，尽量凝聚元神，可助你早日炼化人形。”他似乎看穿了她的心思，言语间满是愉悦。

那要多久才能见到你呢？

“只要你用心修炼，很快就会见到我。”

她把这句话当作彼此的承诺，乖乖地调息凝心，日复一日，年复一年，直到冬雪褪去的清晨，长长的睫毛轻轻颤了颤。

当光线映入眼帘，周遭陌生的环境叫她感到既陌生又新鲜。

“你醒了？”

她偏过头，循着声音传来的方向看去，一个白衣男子正静静地盘坐在与之相对的磐石之上，同时微笑着看向自己。

男子一袭白衣，玄纹云袖，墨黑的长发滑过颈肩，甚至倾泻到他的脚边。终于见到声音主人的真容，如她猜想那样，他的笑容莞尔俊逸，仿佛噙着星光，是那般璀璨耀眼。

他笑起来的样子真好看，她的第一个念头竟是这个。

动物会把第一眼看到的活物视作生母，如雏鸟情结。所以，她把生命中初次遇见的他，视作特殊的存在。

“你是谁？”她问出了盘旋在脑海中已久的问题。

他自磐石上站起，来到她面前，将长臂深入土灵珠：“我是玄冥，一直在等你苏醒。”男人的声音浅如清风，轻易就吹散她心中的不安。

她的小手犹豫了一会儿，终于下定决心般放入大掌之上。他微施力，将她拉出了土灵珠，随即将素净长袍披于其身，遮住她那如初生婴儿般的白净肌肤。

娉婷身段玲珑有致，眼中是对世界的纯真与好奇，圣洁无垢的容颜，不染一尘，即便是世上最美艳的天女，在她面前都要逊色几分。

“玄冥？”她歪着头，打量了他一番，半晌，又喜悦地重复，“玄冥！”

原来他叫玄冥，那她呢？唔，她想不起来自己叫什么了。

他似乎喜爱称呼她作小灵参！

那是她的名字吗？

她的困惑全都被玄冥看在眼里，他伸出大掌揉了揉她的脑袋：“久微，你的名字。”

“久微……”

这个名字初念之时，心头竟有一些刺痛。

虽有不快，但这是他赐予自己的名字，她喜欢，亦不舍得抛弃。

“我叫久微。”她似说服自己一般，良久，又笃定地点了点头。

原来她有属于自己的名字，那他和自己究竟是什么关系呢？

心中有太多的疑问，可玄冥并没有给她挨个提问的机会，他牵着她的手来到清泉边，与此同时，犹在空中旋转的土灵珠骤然变小，变成指节般大小的珠子，然后突然消失了。

正当久微困惑着玄冥要做什么时，他突然带她落到泉水之中。

脚底传来冰凉的触感，叫她突然惊讶得直跳脚，他眼疾手快地扶住她的肩头，笑道：“别怕，仙泉有助于你洗褪戾气。”

戾气？他又说了她听不懂的话了，不过无妨，她的直觉告诉自己他说的都是于她有益而无害的事，因为他的目光总是坚毅而认真，特别在看向她时格外清澈明亮。

“你看起来很开心的样子。”是因为她的苏醒吗？

“嗯。”他微扬起一记浅浅的笑弧，又教她看痴。

那并不是她与玄冥仙尊的初次见面，她忘了被诛仙剑讨伐的恐惧，全因为在沉睡中时，他施法为她抽离了不愉快的记忆。

他希望她如新生一般，无忧无虑地生活下去，即使忘却千万年以前曾犯下的罪业，她至少还能以这样的形式回到他的身边。

可久微却不知道，他们的幸福太过短暂。

恢复生机的天山苍翠如碧，她和大多初生精怪一样，过着无忧无虑的生活。本以为余生也会在这静谧中度过，可直到那位神祇降临天山……

“仙尊，您何必要与天为敌？”说话的男人，她从未见过，对方有着一张与玄冥截然不同的冷漠脸庞。瞧人时，总给人一种凛然的距离感。

“我不能对她放任不管。”

她？指的是谁呢？久微轻挪纱衣，想向前进一步探听。

“跟天下苍生相比，她当真值得仙尊你牺牲至此？她是灭世的隐患，毕星尊者已经算出了那样的未来，倘若不将她诛灭……”男人剑眉紧蹙，紧了紧腰间的剑鞘，“若仙尊不忍下手，龙渊愿意效劳。”

灭世？久微听得正在兴头之上，却不慎一脚踩到纱裙，滑出草丛跌跪在地上。两个男人纷纷看向身后的她。

率先回神的是玄冥，他不疾不徐地来到她面前，微弯腰，将她扶了起来。

“怎么跑这里来了？”他语意温柔，听不出一丝责备。

这让久微稍微为窃听一事释怀了不少，可他身侧的那个男人却凶神恶煞地瞪向自己，她心一凛，拽紧他的长袖，害怕地躲到了他身后。

“他是谁？”久微气鼓鼓地问。

玄冥宠溺地拍了拍她的手臂，像个慈爱的长辈：“那是战神龙渊，专司斩杀穷凶极恶之徒，是英勇骁战的神。”

可是战神为何会对她露出一种“以除后患”的恫吓表情？她只是株百年小灵参，既不是凶兽，亦不是恶鬼，不应当受到这般区别对待呀！

“仙尊，我会再来，直到您回心转意为止。”

语毕，龙渊随着一道金光消失在天际。

“玄冥……仙尊？”她不止一次被山神大人纠正，尊卑不分，是对仙尊的亵渎，所以她也学着唤他仙尊，只是还是说得不那么利索。

玄冥似乎不怎么喜欢从她嘴里听到这样生分的称呼。

“久微，你直唤我玄冥便可，就和从前一样。”他嘴角噙着淡淡的笑，并未把繁文缛节放在心里。

“那……我可不可以在只有我们两个人的时候喊你‘玄冥’？”她低头绞着手指讨商量，因为她再也不想听到山神大人念叨，耳朵都要被念到长茧了！

“好。”只要她希望的，他都允她。

“玄冥，刚才是不是发生了什么事？”她神色担忧。

“没什么，小事。”他用大掌揉乱了她的发，不让她胡思乱想。

“可是……”刚才那位战神所说的“灭世”一词，听起来就不像什么芝麻绿豆的小事。久微还想追问，却被他突然拦腰抱住。

她顿时红了脸：“玄……玄冥你做什么？”

俊颜突然靠近，鼻息间皆是他身上清淡的檀香。他沉哑的声线，如同羽毛刮过心间：“久微，你想不想学凌空术？”

迟疑了一会儿，她终是兴奋地点点头：“想！”

如果学会飞天遁地，那她就可以一直守在他身边，比肩为邻了。

她如此美滋滋地想着，突然就腾空而跃，害怕得将脑袋埋入他的胸膛。直到头顶上方传来他近乎诱哄般的磁性嗓音：“久微，可以睁开眼了。”

“可是我怕……”从这么高的地方摔下去，没准会摔成一摊参泥吧。

“别怕，有我在。”

有了他的承诺，她终于鼓起勇气自他怀中抬起了头，小眼神偷觑向臂膀外的风景，当霞光穿过彼此，她蓦然一怔。

斜阳余晖下，云松雾海如翻滚的浪潮。他摊开手掌一挥，拨弄的云彩如棉絮飘散，发丝也因风势骤起而舞动在身后，由静转动。

墨黑的眸，览尽瑰丽长空以及眼前那始终挂着浅笑的男人。

好美，广阔无垠的天际、软白的云霭，而他的赏心悦目更胜二者数分。可他却又如这漫天飘絮，总是温柔含笑，也饱含她不明所以的惆怅，他的虚虚实实让久微有种说不上来的不安。

“玄冥，你会一直陪着我吗？”对上那双如潭深眸，她竟看到了一脸紧张的自己。

他却拉起她的手，贴在自己的脸上，用颀长的体形遮掩住身后那漫天彩霞，青涩而无知的她只能呆愣地凝望上方的他。

只看到薄唇微动，却听不清他说了些什么。

久微伸手想要触碰，面前的玄冥突然如泡影般破裂，只余下这片橘黄色的苍穹。她湿润的眸光远扬，夕阳残晖渐渐洒落眼底。

她还想随他而去，可愤怒急躁的力量却将她从这虚幻的梦境中唤醒。

“久微，醒醒！久微！”

她挣扎着睁开沉重的眼皮，看到一双熟悉的澄黄色眼眸，白发男子紧皱着眉，神色有些狼狈。看到她有所回应，他总算露出凄然的笑。

“阿霜？”

眉上霜突然紧拥住她，交缠在她青丝间的双臂泄露了有生以来的首次恐慌。他不敢轻易放手，生怕一旦松开，她就此消失。

“你这株笨参！谁让你自作主张替我寻回那颗破心？你真当以为自己天下无敌？明明连自己的小命都要丢了你知不知道……傻气透顶，你这个大白痴！”阵阵吼声荡漾四野。

“痛……”紧密的交缠，让她难以挣脱。

“废话！被凶兽多处中伤，最后还承接了山神不留余力的一掌，怎会不痛？”连他看着都触目惊心，她整个胸腔都要凹陷下去了。

“阿霜，我是说……你把我抱得太紧，好难受……”虽然她依旧气若游丝，但精神并不差，奈何身上压着重负，让她连爬都爬不起来。

闻言，眉上霜哽咽在喉头的伤心欲绝，又硬生生地吞了回去。

该死的，让他差点哭了出来！

他背过身去，用宽袖拭去氤氲的眼角，再回头，便扶起了她。对她全身再次查看一番，确认她无大碍，他才卸下心头大石。

“你真是让人操心。”他的口气还是很恶劣。

昏睡已久，她有些浑浑噩噩，只记得自己在倒地以前从饕餮腹中逃出，之后便失去了意识。她环视四周，待到看见昏睡在一旁的赫连宇澈时，她彻底清醒了过来。

她紧揪住眉上霜的衣袖，显露出前所未有的慌乱。

“我知道你想问什么。”他表情凝重了起来，“小白没死，只是……”

“只是什么？”

“他与饕餮一起消失了，我无暇分心，当时你快不行了。”怎能叫他不管不顾？他只怪自己没有尽快将她从饕餮腹中救出，否则也不会让她伤至如此地步。

久微的脸顿时惨白了起来，她强撑着挺直身躯，却又虚弱地倒在他的臂膀上，两行清泪纵横而下：“慕风他……就是玄冥仙尊，我不能再和他错过了。”

心猝不及防地疼痛了一下，眉上霜捂住了跳动的心脏，似曾相识的感觉，灼热地刺痛着，这样的感觉真是久违了。

即使是心痛，他仍感激她为自己寻回了这颗心。

长指轻柔地抹掉她眼角的泪水，抬头间，一张不逊色于阳光的灿烂笑靥映入眼帘，他用大掌扯动她的脸颊，恶意地往两边拉去：“再哭就变成皱皮参了。”

“好痛，你快放手。”她狠拍掉他的爪子，虽然同样是掉泪，至少这次是为他的欺凌而哭泣。

眉上霜淡淡地扬起唇，这样就够了。

“我去找回小白，你在这里好好养伤。”他的身影隐没在洞穴外的云雾之外。

“阿霜！”久微艰难地爬起来，虚软的脚步追不上他的背影，一阵踉跄，她朝前方摔了过去，所幸另一道身影及时出现，将她稳稳抱住。

看见苍苍老者，她的眼泪突然凝结。

2

指尖点落她的眉间，灌入了浑厚灵力。

天山之神终是长长一叹，如慈父般轻揽她入怀。

“那一掌还疼吗？”

久微摇了摇头，破涕为笑：“不痛了，真的！所以，山神大人，您千万不要自责，那并不是您的错。”

真是懂事的孩子。老者浅笑，静默了一会儿才问：“久微，你还怨我不告诉你仙尊的去向吗？”

“也许，山神大人您有自己的苦衷。”她回视他时，笑容灿烂，“能再见到仙尊，久微已经很满足了。”

那一掌让她回忆起千年前的过往，大概就在那时候，玄冥仙尊就已经决定了要离开，只是她太笨，没有觉察出他笑意中的苦涩。

自从与战神龙渊会面后，玄冥仙尊就一直忧心忡忡的。他时而仰望星辰，一坐就是一宿，时而，会痛得不可抑止地弓腰伏地。

久微曾以为他犯了什么隐疾，还妄图以灵参为他疗养身体。事实上，久微也渐有所觉，白天昼短，天山能接触到的光照越来越短暂，因此遍地草黄，花枯树萎，明明阳春三月却犹如秋冬变换。

这岂非一朝一夕所致？

只是，她没想到的是他们有朝一日会分离。

长指拂过她水嫩的脸颊，玄冥眼中是不舍与心痛。

“我去去就回。答应我，你在天山一定要乖，不能给山神添乱。”他总是云淡风轻地一笔带过自己的事，留给她的永远都是不吝的笑容。

“嗯。”她应得心不甘情不愿。

他不忍见她闷闷不乐，便留下传音螺给她，并叮嘱道：“若有烦忧，用传音螺告知我，我会第一时间回应你。”

得到他的笃定答复，她才爽快地答应：“好！”

但那次一别，已过千年。

传音螺终究没有把她的思念之情传达给他。

玄冥的不知所终，令她起了疑心，然而山神的答复一律是：“仙尊要务缠身，定在何方为民解忧。久微，你要勤修不辍，勿要辜负仙尊一片用心。”

而她，每日勤修不辍，就为了飞升，早日见到他。

直到看见入魔的白慕风，久微才隐隐意识到这么久以来，自己被蒙在了一个从不曾得知的真相当中。

“山神大人，白慕风就是玄冥仙尊对不对？为何他会失去仙力？”

星宿印是他唯一的印记，失去仙力等同于谪仙。遥想初遇之时，那场突如其来的雪崩让他丝毫没有招架之力，足见他没有身为神祇时的记忆。

“看来，我再也无法隐瞒下去了。”

末了，天山之神以指尖沾染仙泉，在空中画出一面水镜。

镜花水月，带着她回到千年以前，她不曾得知的另外一段天界旧事。

一千年前，天山历劫。

青峰山峦之间破空而出的一颗参天巨树，盘踞在天山背脊上的是它密集交缠的树根，以一种向山脚村落延伸的趋势。

与其茂盛的外貌相比，天山却万物凋零，山泉干涸成一洼碎石，来不及逃窜的生灵只余下干瘪的皮囊及骸骨。与此同时，从这参天巨树的洞穴之内，涌出一团团黑云。

张牙舞爪的凶兽瞬间占领了天山腹地，蚕食未竟的生灵。四处是烈焰焚烧的火光，仿佛奏响了百妖夜宴的序曲。

这是灭世的不详征兆，在毕星尊者算出天山的命数后，天界已派出众位神将下凡除魔。而此次伏魔将领正是战神龙渊与星宿神玄冥仙尊。

历经五天五夜的背水一战，天山的妖物悉数被歼灭。凶兽中的贪婪者饕餮是这场厄运的始作俑者，是它解封了妖界之门，使得天山惨遭此劫。

玄冥痛惜生灵涂炭，最终以锁妖壶将其封印在内。

众神将携力结印关闭妖界之门，然而参天巨树以地脉为根基，吸收了天山源源不断的神力，成为通往妖界的媒介，并非可轻易摧毁。

龙渊提议以诛仙剑砍伐树根，折断它的神力来源。然而，就在砍伐妖树的同时，根茎丛间竟生出了一棵双生参，教人不知是天山所孕育的灵参，亦或是巨树节外生枝而成的妖参。

众神决议斩杀这株双生参，以除后患。

干净利落的一剑将它砍成了两段，掉落的芦头其一遁土而灭，余下的部分参干仍在地上挣扎扭曲。

就在龙渊的第二剑挥来之前，众神身后，走出了一名黑发男子。

“且慢！”他的嗓音清朗，却又不怒自威，让人难以忽视。

众神将不解地看向与之相悖的男人：“玄冥仙尊，何出此言？”

“它并非妖物。”他将其捧至掌心，须根微弱地缠上他的手指，似在卑微求生。玄冥唇边淡笑，以动指回应它的请求。

别怕，有他在，谁也不能剥夺其活下去的权利。

“可是毕星尊者算出了灭世之忧，我们不得不将它斩杀，以免酿成祸根。”

“若灭世注定是掐算的未来，那即使你此刻斩杀手无寸铁的灵参，又岂能改写命运？”他平静地反问众人，换来一片缄默。

他伸手拔起诛仙剑，交还龙渊之手。

“即使是仙人，也未必能准确预估未来。你们可知这株灵参在千年以后救了多少条人命？”

神将中的毕星尊者开始掐算，果不其然，他神色一凛，惊讶道：“足有一个城镇的百姓获救。”

此话一出，众人不禁哗然，这不祥的双生参竟拯救了苍生。

“难道毕星尊者掐算的未来出了差错？”龙渊疑惑道，这不该啊，毕星尊者可是仙界神算，几乎从未有过失手的时候。

不止是他，其他神祇心中也生起同样的困惑。

玄冥却道破了天机：“并不，灭世只是另一种可能。若没有引其从善，后果同样不堪设想。可此时斩杀它，便等同于杀害一条无辜性命，有违我们的神道。”

事实上，为善为恶皆在人心。

一念之间，则能扭转乾坤，否则将与初衷背道而驰。

这些战神天兵，被赋予诛杀妖魔的使命，反而忘了为人最初的善意。

“但是，若此参将来遗祸人间，兑现了另一个灭世的未来，仙尊你如何担得起这罪过？指不定它将来不会拯救一座城镇的百姓，而是毁灭万千生灵。”

众神的顾虑正来自于那双生参顽强的生命力，若非妖力附体，它岂会在身首异处时，仍能苟且而生？

“我自会担起这责任，为它洗尽戾气。”

那场讨伐，以铲除妖树之根，成功关闭妖界之门为终。

而玄冥也确如他所说的，鼓掌之间皆把握住小参的一举一动，甚至搭上了自己的百年。他必须做到当日承诺众仙之事，压抑住它体内萌芽的“灭世”可能性。

只是，玄冥却为了这株小参违反了天命。

他沾染了神祇本不该有的七情六欲，因为私情，他将天山至宝的土灵珠用于锤炼小参修炼化成形——为此他不在其职已逾百年，各方星宿力量失去平衡，使得黑夜变得漫长，逐渐吞噬艳阳，世界为此失序。

而他身体连接着星辰，在远离星辰后，仙力逐渐衰弱，导致星盘紊乱。

天帝得知后，命他谪仙反省，并抽离他千万年修为以维持星宿平衡，以全新记忆的个体重新历练一番以示惩戒。

这就是他此后消失千年的真正原因。

3

水镜回顾至此，突然消散。

久微脖颈间的灵珠，发出红润光泽。原来那是玄冥为克制她体内强大灵力的缚灵珠，若她犯下弥天大祸，他将会亲手将灵珠粉碎殆尽。

“原来由始至终，天界都在提防着我，恨不能将我诛灭。”久微咬着唇，眸中满含愠色，“这灵珠就是为了夺去我的所有灵力？”并非他们所说的为保护她不被凶兽袭击的护灵珠，而是时时刻刻都在防备她“灭世”的最终手段？

事情的真相竟让人如此哭笑不得，原来她从诛仙剑下侥幸活了下来，并非众神怜悯，而是玄冥仙尊为她捍卫活下去的权利。

“那是仙尊保护你的方式，你若从善，那灵珠就永远不会威胁到你。”反之，形骸俱灭，生死不过一念之差。

“叫我如何相信？”久微惶恐地摇了摇头，对曾经过往的数百年抱持着怀疑。

即便她当初不是因为白慕风错过飞升，她也不可能实现位列仙班的心愿。

众神的欺瞒，令她又恼又怒。

天山之神自知她此刻仍心绪混乱，只轻叹："久微，你难道连玄冥仙尊也不相信吗？"

她一怔，那陪伴着自己百年的温柔神祇以及相随江湖的小大夫，一颦一笑都在回忆里激荡起不平的涟漪。

她怎可能不相信他？

他所说的一切，她都深信不疑，可如今……

"孩子，你勿要胡乱猜测。仙尊若要杀你，曾经有着无数的机会，但他没有。至于其中的因果，大概只有你自己才知道了。"他将最后一滴仙泉洒落在她的身上，长臂挥袖，卷起了云雾缭绕将自己护于其中，"我将与天山化作一体，与天山同生共灭，但愿你能找出心中的答案。"

"山神大人！"她来不及阻拦，只看到他慈爱的面孔在一道强光后，隐没在云泥之中。随后，一阵清风相送，久微被送出了云梯之外，缓缓降落在天山脚下。

久微以手触碰着地面，这片土地与天山之神脉络相连，他的付出亦是保护这天山生灵的一种方式。

玄冥仙尊与山神大人的爱，都并非狭义盲目，是她愚钝，没能看透万物的本质。

她好不甘心，总是被他们保护着。

霓裙边的小手松了又紧，她毅然转身，朝山脊黑云奔去。

凶兽步履所及之处，都引来山崩地裂。远远望去，能看到凌空的两道身影纠缠恶斗，刀光剑影，伴随着雷电火光，仿佛要在苍穹撕裂开一道灼痕。

白发男子不胜其力，被对方重挫，从高空直坠山底，砸出身下一片大坑。

眉上霜张嘴痛嚷，满满一口腥红喷薄欲出，染红了那身霜白的衣裳。他以手背抹去嘴角的血渍，爬起来再度抵御紧逼而来的长剑。

"饕餮，你这龟孙子！快从小白身体里出来！"他处处留情，就是碍于饕餮附于白慕风体内，使得他没能不留余力地攻击。最好别让他眉大爷找到机会，否则一定揍得它满地找牙！

白慕风勾起唇角，此时的他意识不受控制，用强劲的臂力斩断眉上霜手中之剑，将他一脚踩在了地上。他正要高举长剑刺向身下之人，突然被一道御风术击中了手腕。

他剑眉上挑，朝偷袭者看去，一袭鹅黄色的纱衣踏风而来。

“饕餮，我奉劝你尽早收手。”久微怒目相对，立马跳入战局，护在眉上霜面前，“否则天界神祇到来时，你也只有死路一条。”

“可笑至极！”面前的男子仰头大笑。少了发上的木簪，他散敞着墨黑长发，阳光映照着他发丝细腻的光泽，模样如记忆中清秀隽雅的玄冥一样，却又因那嗜血般的双眸，带着肆意与疯狂。

他现在不是玄冥仙尊，久微再一次在心里说服自己。

在接连送来的掌风与攻击中，她冷静沉着地应对，结印对准他的肩膀。她拿捏着适中的力量，只要将饕餮的元神分身打出白慕风的身体，就不会对他的凡躯造成伤害。

她结印蓄力于掌心，正要朝他打去，突然被一声轻软叫唤止住。

“久微。”方才神色鬼魅疯狂的白慕风，苦笑着扬了扬唇，“你要做什么？你不记得我了吗？”他朝呆滞的久微步步逼近，直到咫尺之距，突然拉住了她的手臂，微施力，将其拉入怀里。

“玄冥……”要奋力击出的手掌陡然落下，她果然还是下不了手。

可环在她身后的大掌张开锐利的兽爪，不动声息地高举，正瞄准她的背心方向刺去。

“久微小心——”眉上霜眼疾手快地拾起那柄断刃，先一步刺中偷袭她的利爪，找准空隙一拳击中白慕风的下腹。

一切来得突然，久微甚至来不及做出反应，就已摔坐在了地上。待到她想要呐喊叫嚷，却已经太迟，面前白衣男子被高高举在半空。

眉上霜从喉间呛出一口鲜血，他难以置信地低头看去，胸膛前竟穿刺出半截寒光——属于他的那柄断剑。

“阿霜！”震撼过后，是无尽的怒火，久微徒手拾起地上另外半截断刃，不顾十指鲜血纵横，疯了般朝饕餮冲去。

可她却失败了，眉上霜用尽力气怒吼：“别过来！快逃！”

狂风吹拂，吹乱了他的白发，将急于前来援救自己的久微阻挡在漫天飞雪之外。那道寒气自他全身开始扩散，卷起阵阵飞霜，如同一条雪龙，将他与饕餮二人包围其中。

久微想要靠近，却被飓风吹远，难以支撑的身躯在地上翻滚了数圈，直至撞到身后的巨岩才稳稳停下。

眉上霜面目狰狞地发出恫吓：“饕餮，你现在哪儿都逃不了。今日，你我都要葬身于此！”

原来他打算以自身为诱饵，牵制住饕餮的元神在暴雪圈内，并在玉石俱焚之前，把白慕风急速推出圈外。察觉到他的意图，久微惶恐地爬了起来，逆着强风，朝前方大喊："阿霜，不要——"

双手迅速结印，眉上霜奋力将饕餮元神打出白慕风体外，随即白慕风被撞击出了暴风圈。

末了，白茫茫中的白发男子偏过头来看了她一眼，他彻底隐没在冷白的落雪里，冰晶似的澄黄色眼眸逐渐覆盖上灰白，薄唇微扬，无声地说了些什么。

随即冰雪暴风突然炸裂而开，扩散至十数尺的苍茫大地。久微不敌强劲的风势，被卷向了天际，最终跌落在草丛之上。

然而，受此重创的饕餮仅是元神稍有损伤，它灰溜溜地逃回自身兽躯。骇人的嘶吼突然震破苍穹，它张牙舞爪，泄愤似的挥落着周遭的山石。

久微不理会从天而降的石雨砸伤她的腿，仍毅然决然地一路拖行。终于，她被碎石击穿眉间，她吃痛地眯眼，强忍痛楚爬到卧倒在前方的白色身影。

"阿霜，你起来，不要恶作剧了，快起来！"纤肩微抖，她再也遏制不住满眶的泪水淌满双颊。

曾与雪白媲美的男子，此刻瘫倒在寒冰之上，一动也不动，身下是尚未融褪的白痕。他已失去了人形，恢复成了蜷缩成盘的小小白眉蝮蛇，在这荒凉之地显得更加可怜。

"阿霜，你不要闹，真的，不要……"她的喉咙如同哽着硬块，数次吐息只换来更苦涩的呜咽，她颤着手碰触那白色小蛇，它双目紧闭，安静得像睡着一样。

她怀抱着它，将头埋下，掩住滚滚热泪。

"像平时一样起来捉弄我啊，变回人形取笑我哭鼻子，告诉我你不过是在装死吓唬我，而不是……"彻底地离开，耗尽灵力，金丹尽毁的凄惨下场。

彼时，从蛇躯上滚落了一枚耳环，在雪屑上闪耀着光芒。

眉上霜那个时常摸着耳垂的小动作，突然在脑海中闪现。

她拾起那枚耳环，仿佛还能感受到上面的丝丝余温以及深埋在琥珀色中的久远情愫。

他最后的遗言："小久微，要永远都想我哦。"

4

她和眉上霜已经认识很久很久了。

当她还是修仙路上的懵懂入门者时，她就与眉上霜认识了。

那时候，她仍苦于修心论道，终日闭关天山，从未离开过半步。一方面，天山生灵如雨后春笋般蓬勃生长，她作为灵参一族的“首领”，需要兼顾着照顾小辈。另一方面，她还肩负起看管眉上霜这只新晋天山圣兽的责任。

她花了不少时间才终于在两个人之间建立起友好关系，至少他不再像从前那样对自己视若无睹，取而代之的是从傲慢到傲娇 的态度转变。

“喂，臭丫头。”

久微蓦然抬头，就看到迎面走来的白发男子，他别扭地丢来一个布包。

那是绣有白莲的绢帕，与他的发一样白，教人挪不开双眼。她小心翼翼地拆开，看到包裹在里头的东西，突然笑靥如花。

“这是什么新鲜玩意儿？”

鲜少下山的久微，对山下百姓的生活充满了好奇，而经常四处游历的眉上霜，每次游历归来，总会给她捎上各种各样的有趣物件。有时候是流行于孩童间的小泥人，有时候是坊间传唱的美味豆腐脑，有时候是女儿家的胭脂水粉……

若没有眉上霜，她也许永远都只是一株不谙世事的无知灵参。她的世界，仿佛因他的到来变得越来越色彩斑斓、广阔无垠。

“别误会，不过是人类姑娘硬塞给我的，反正用不着就送你了，只是正好处理了无用之物。”他毫不留情地泼了她一桶冷水，却浇不灭她的好心情。

他这分明就是撒谎，相处了百年，她早已谙熟他的品性，都懒得揭穿了。她只得配合地回应：“哦，原来是骗小姑娘去了呀？”

只听他轻“啧”一声，有些恼，又有些急地解释：“我没有，是她们自己拥上来的！”

瞧见那急于为自己澄清的眉上霜，她觉得十分有趣。早在刚认识那阵子，他对自己充满敌意，性子冷到不行，如今能说上这么多话，想想也颇为欣慰。

“知道啦，你解释很多遍了。”谈话间，她的注意力早已被绢帕上的耳环吸引了过去。她拿起一只，在日光下打量，并没有多雕琢，相当朴素，就如同他的“白”一样纯粹。

她便拿着耳饰在他的耳垂上比画了一番，小小地施了法为其戴上。

“这明明是给你的，你把这女人的玩意儿戴我身上做什么？”他口气不善，却没有甩开她的手或是抗拒她的靠近。

“因为比起戴在我身上，我觉得你戴着更好看呀，而且给人的感觉也更圆满。”她“嘿嘿”一笑，拉着他到湖边，两个人的容颜出现在镜湖的倒影里。她指了指湖中的他：“你看，它和你的眼睛一样是琥珀色的，闪闪发光。”

久微所不知道的是，他一直对自己妖媚的外表感到自卑。白得扎眼的长发，如鬼魅般的金灿眸色，淬毒的獠牙，寻常百兽只要看到他的身影，便会被吓得腿软，她却用他也认为好看的事物赞美他。

琥珀，他是见过的，在阳光下透亮晶莹，美得不可方物。

她的笃定，让他几乎确信了那是对的。

缠了他将近半辈子的梦魇，仿佛因为她的一席话，让他轻易就从枷锁中挣脱开来。胸腔没来由地溢出喟叹，那是解脱后的轻松。

即使身为非人的他曾遭到过人类的背叛，可久微却认同了他的存在。

不仅仅因为彼此的立场相等，而是因为……

她救赎了身负罪业的他。

“既然你都这么说了，我就勉为其难戴上吧。”微曲的手指挠着脸颊，他红着脸转移话题，“对了，要不要吃豆腐脑？”

“要！”

自那天以后，眉上霜对她越发依赖，甚至有些肆无忌惮。

可就是这样一个常常爱搞恶作剧作弄自己、在知道她被欺负后会义愤填膺、默默对她好却又欲盖弥彰的男人，在她面前死去，而且死状凄惨。

数百年来朝夕相处的点滴，如涌泉般冲击着久微。

闭上眼睛，她就会想起他雪般银白的身影，几乎要让她误以为在睁开眼的下一瞬间，就会看到笑嘻嘻的男人从天而降，冲她谄媚地喊一声“小久微”，嗓音婉转悦耳，撩拨得她不得不瞪去一眼，他才收起不正经的调调，温柔宠溺地看向她。

呆愣在原地的久微，眼泪不受控制地流下来。

那只耳环在她的掌心里孤零零的，此刻连最后一丝属于他的气息都消失殆尽。有许多来不及要说的话，她再也没有机会说，想要回报的温柔，也没有机会兑现。

悲伤如寒冰侵袭肺叶，冻结了她的心扉，凝固了流淌的泪水，对死亡的畏惧令她冷得直打哆嗦。

从前觉得那样恼人的家伙，突然就不在了，这种感觉仿佛自己被撕裂一般，她痛得麻木不仁，眼神空洞，像具无神的躯壳。连面前朝她挥击过来兽爪的饕餮，她都全然没有反应。

“久微姑娘！”

赫连宇澈匆忙赶来，随行的青衣女子挡下了饕餮的攻击，而他趁机揽住犹在呆愣的久微逃向了远处，仍不忘回头叮嘱：“青黛，小心点儿！”

“是，皇子！”

可饕餮来势汹汹，几乎阻断了他们的退路。天山在一场激战以后，顷刻地裂山崩，众人险些坠落身后的深谷。

“久微姑娘，你振作点。”赫连宇澈见她仍处于绝望的混沌中，不禁摇头，在躲开迎面飞射而来的碎石时，眼睛的余光注意到了峭壁边缘的白慕风。

正要纵身前往他所在的地方，将其一并营救，突然地动山摇了起来。

剧烈的晃动下，金灿灿的耳环从久微握得紧紧的手心滑落，那双本是失焦的双眸，突然清亮了起来。她看见白慕风飞速疾坠的身影，他长发翻飞，猛力撞向岩壁，喷吐出漫天红雾，直坠落谷底无尽的深渊，最终被黑暗吞噬……

伴随着她深深的后悔，压抑在喉间破碎地哭喊：“玄冥仙尊！”

5

声声兽吼直贯九霄，挟带着地动山摇的猛劲，惊动得树梢上的群鸟振翅而逃。威力震荡，方圆百里，无一幸免。

掀起的混乱尘嚣里，能看见青衣女子与庞然巨兽激战的身影，力量的悬殊，身形的落差，若是普通凡人根本难以匹敌，更何况是接连挡下重击。

可青黛，并非普通人。

她手中持剑，凛冽锋芒，面对劣迹斑斑的凶兽饕餮，不遑多让。原本一直占据上风的她，却在感应到逃亡的主子深陷危险，数个回合以后便稍有分神，之后就如被捕之鸟般，被利爪重重击落在地。

巨大的指缝间，露出青黛痛苦挣扎的神色，头顶上的凶兽正要低头撕咬她这只猎物，一道法术突然拍向踩踏在纤影上的利爪。

铁甲战靴发出冷沉声响，在荒芜之地回荡着声声心惊。

青黛微眯着眼，看向伫立在面前伟岸而高大的身影，战甲上映着冰冷银芒，逆光中她仅勉力看到赤红的盔缨。

“龙渊！”见到另一个仇人，饕餮又开始咆哮，夹杂着愤怒的嘶吼显得格外刺耳，“千年前的恩怨，今日一并算清！”

他没有理会饕餮的恫吓，总是淡然的容颜，双眸仅冷冷扫向对方，尤其他手握的那把缀有烈焰的诛仙剑，已教人不寒而栗。注意到身后的灼热视线，他微侧身，目光落向了浑身战栗的青衣女子。

四目相对的瞬间，青黛下意识地紧了紧手中的剑柄，提防地瞪向面前的男人。与饕餮对战时目无表情的她，此刻竟露出了惊诧之色。

他怎会出现在这里?

战神龙渊!

一位战绩显赫却又鲜少流露善颜的神祇。

他是神界威名四震的战神，赤炎与银白仿佛是他的专属色，所及之处，妖魔皆退避三舍，没人敢明着与他对抗，除了不知死活的饕餮。

千年前天山历劫，它这个罪魁祸首被众神合力重创，龙渊亦是它的仇人之一。论恩怨，就数他揍得最毫不留情，饕餮自然对他恨之入骨。

“你……瞪什么瞪？”饕餮被他的气势压倒，下意识退了一步，可仍是嘴上不饶人，“话说在前头，交出玄冥那窝囊废，我可留你贱命苟延数日！”

火红烈焰将龙渊魁梧的影子拉长数分，那张与战神头衔略不相符的清秀容颜，依旧神情淡漠，丝毫没有战意的激昂，仅在饕餮用粗鄙之语羞辱玄冥时，眸光蓦地锐利了起来。

饕餮直觉应该逃走，在轮番的战斗中，它已伤痕累累，若贸贸然与战神龙渊交手，恐怕毫无胜算。

几乎是一瞬间，就在它有了转身开溜的念头时，对面的冷傲男子甚至连脚步都没抬，攻击便已如迅雷不及掩耳之势发动了。

火龙缠绕剑锋，挥击向饕餮，如天塌地陷的千斤重击“砰”地袭中它，诛仙剑化作数把幻剑，在空中一字排开，将其牢牢钉死在地，难以动弹。

“饕餮，你可知罪？”龙渊落下诛仙剑，抵向凶兽下颚。

“我何罪之有？让我向你们天界神祇低头，想都别想！”元神分身以暗影的形式悄无声息地出现在龙渊身后。

情急之下，青黛嚷道：“小心身后！”

话音刚落，诛仙剑已反手刺向了身后的饕餮，引来痛苦的哀嚎。

他并非慈悲为怀的神，冷若冰霜的脸庞虽看不出一丝情绪，但青黛就是知道他平静背后是风云涌动的愠怒。

果不其然，他毫不留情地将饕餮的元神分身粉碎瓦解。

这下饕餮功体大损，法力大不如前，它满脸惊惧，试图挣脱幻剑之阵，只见一道金光将它强行吸入了光源的尽头——龙渊手持的锁妖壶，在他得知饕餮在锁妖壶解封后逃出牢狱时，立刻就领命下凡，缉拿祸害苍生的凶兽。

他以己身仙灵在锁妖壶上重新封咒，以弥补和强化玄冥仙尊逐渐褪去的结印。

顷刻间，凶兽饕餮不复存在。

龙渊将锁妖壶收入囊中，淡淡地看向呆立在对面的女人。那双眼，冷得让人从脚底板蹿起刺骨寒意。

终于，他薄唇微启："原来是……小妖参，我差点都认不出你了。"若非她身上散发着不同寻常的灵力，他恐怕会被她现在的这副人类皮囊蒙蔽。

"我现在是青黛。"她冷漠回应。

"这也是为了赎罪？"一概事不关己的龙渊，首次对她有了兴趣。

千年来，是何种原因令她固执地守护着那个人的子子孙孙？

见粉唇紧抿不语，他淡然的嗓音沉缓道："无妨。但愿你仍记得千年前的约定，否则诛仙剑不会坐视不理。"感到意外的不止是青黛，连龙渊也参不透自己为何千年以来对这个女人手下留情。

是受玄冥仙尊的影响吗？他尚未理清思绪，水色青衣便转身而去。

"多谢龙渊尊者忠告。"青黛将哀怜之色藏于心中。

做出那种决定，是她自愿的。

只为他日不再留有遗憾，为她曾犯下的错误赎罪。

第十章

萌医来自金砂国

1

入春的风，犹带着丝丝寒气，吹散断崖上那个人的长发。放眼望去，尽是看不到边际的山林，空置的小镇也埋于荒芜。这里人迹罕至，偶有旅人路过，已属稀奇。

晦气，他们说平和镇一夜覆灭，是受到天山之神责罚。

没有人知道实情，也没有人怜惜与缅怀黄土下的缕缕哀魂。

自那日以来，已经过去多久了？

五年来，她来了又去，去了又来，仍抱着希望，在天山等待故人归来，却等来了一次又一次失望。

期间，听说徐将军与七公主喜获一子，清歌坊孟姑娘成了私塾先生，就连陈家村的婉儿都和心悦之人喜结连理……

这盛世似乎并没有因为她的悲伤而停止时间流转，淮南国依旧国泰民安，生活依旧继续，只是被遗忘的边陲小镇渐渐成了历史的悲叹。

“师父，你又在这里发呆？”一声童音从身后传来，打断了她浓浓的思绪。

“阿霜，为师让你做的事都做好了？”

少年发似墨泉，那双眼睛亦晶亮如黑曜石，精致的五官注定他日又是“男颜祸水”一枚。他邀功似的，把手中的竹筐递来，得意道：“喏，甘草、芍药、千里香，全齐了。此等小事，怎难得了本大爷？”

那沾沾自喜的模样和记忆中如出一辙，只是他如今早已蜕变成了新的生命。他不再是那个如雪如云的“眉上霜”，而是她以灵气培育孵化的另一个“眉上霜”。

当日冻结的小白眉蝮蛇，沉睡至半年前，才逐渐苏醒。

然而，他忘了前尘的一切，包括他一直深爱的久微以及他是白眉蛇精的事。

也许这对眉上霜而言，是种幸福吧。

“话说起来，师父你怎知天山有草药？”这片宝地出奇的萧条。不仅是采草人，就连周边村落的猎户宁可绕过山头，都不愿踏入天山半步。

令他费解的，还是他那个小师父。

每次她总会差遣他去采药，自己却在断崖上发很久很久的呆。

眉上霜探长脖子往下一看，脚边碎石跌落无底深渊，耳边风声呼啸，看得他哆嗦着身子退至师父身后。

"为师曾在天山脚下生活过一段时间。"

他仍提防着前方的断崖："喔，你说的是那个平和镇吧。"被废置的小镇，百姓称之为"鬼镇"，一路上听各城说书人谈起此段轶闻，仍觉耐人寻味。

虽然百姓觉得"鬼镇"晦气，但他倒觉得有几分亲切。

"哎呀，师父，咱们走吧，我快饿死了。"

小久微，我要饿死了，快走吧！

似曾相识的情景，令她又不禁失了神。

末了，久微摇头失笑："你这家伙，成日就只惦记着吃。"

上天待她不薄，让她寻回了眉上霜，可未了却的心愿何日才能实现？

思及白慕风的容颜，心头再次尖锐地疼痛起来。

"久微姑娘。"

第三个声音，不属于久微，亦不属于眉上霜，而是来自于一袭青衣的淡漠女子，此时她脸上的冷清不复，不安地急促喘着，似赶路而来。

久微恍然回神，绽放笑颜："青黛，你怎么来了？"

"皇子负伤，请你随我回宫！"

赫连宇澈受伤了？

2

金砂国。

名副其实的沙洲帝国，触目可及的皆是无尽的连绵细沙，一眼万里，黄沙如金，故名金砂国。可就在这炙热难耐的大漠之上，竟奇迹般地生出了绿洲，由此孕育着一支强大的游牧民族——穆族。

炙阳高照，偶有狂风掠过，沙涛翻滚出层层细腻浪纹，层层叠叠。

初来金砂国，久微差点被暴晒成灵参干，若非有法术护体，估计她早已难耐高温，命殒漫漫仙途之中。她身为灵参都煎熬至此，更何况是生于大漠上的穆族子民？

然而，金砂国长盛不衰的秘密就在于……

原本万里晴空的苍穹，突然积聚阴霾，雷鸣轰响，紧随而来的是密集而豆大的水珠，溅落沙丘。

那是每月一次的祈雨祭祀，而能呼风唤雨的大祭司受尽万民爱戴，地位甚至仅次于金砂国穆帝。因为这不时的恩泽浇灌，才得以滋养出绿洲上的民丰富饶。

久微从未想过，自己会在这金砂国生活这么久，现在她不再是遇事爱哭的软弱女子，炽烈的大漠锤炼出她的坚强与勇气。

一转眼，五年已逝，她继承了白家医馆的遗志，悬壶行医至今。

在白慕风生死不明的五年里，久微没有一天不在想念他。恐惧、焦虑、绝望等负面情绪，几乎要将她击垮，她每日清晨斗志满满地出去，疯狂地寻遍天山的每个角落，连崖底一砖一瓦都翻了个底朝天，就生怕错过了他，然而最终却垂首失落而归。

在这样无止境的绝望深渊中，她竟有了坠崖相随的念头。是赫连宇澈及时阻止了她，也将她从那自责的泥沼中救了出来。

“你至于这副德行吗？”

久微茫然地看向面前的赫连宇澈，眼泪顿时滑落。

“他不在了，慕风不在了……我找了好多地方，都寻不见他，我就算用法术都寻不到他的气息……”她无助地颤抖着肩头，生平第一次这般恐惧，即使赌上她的千年修为、风骨、道行，都换不来他的一个身影。

她千年来的期盼，换来一个破碎的结局。

可她的自怨自艾，全都止于粉颊上那火辣辣的一巴掌。她抬头，看到那双灰蓝眸子里写满了鄙夷。

“若是死能解决问题，或许我就不必苦苦挣扎至今。蜉蝣朝生暮死，亦在挣扎求生，而你呢？你却想着求死？你以为他们的牺牲付出，是为了换你今日践踏性命？”赫连宇澈甚至没有给她自寻烦恼的时间，逼迫她正视现实，“生要见人，死要见尸，只要还活着就尚存希望。”

一席话让她如遭雷击，久久不能回神，眼泪更是汹涌地流出来。

随后，赫连宇澈便将她带回了穆族。

那是久微第一次见到世上的另一个“自己”。

久微拉开帷帐，丝被下静静地躺着一个女孩。她眉清目秀，不着脂粉亦足以赏心悦目，每次看到她，久微都有种在照镜子的错觉。

这卧床不醒的女子正是穆族楚王爷之女楚子苓。

起初看到与自己有着相同长相的楚子苓，她几乎不敢相信自己的眼睛。直到赫连宇澈告知带她到穆族的苦衷后，她才得知他寻找的最后一味药材正是灵参。

“我本不敢相信，这世上真有灵参的存在，但久微你是我最后的希望，求你无论如何都要救救子苓。”那样高傲的皇子，竟当场双膝下跪，舍弃掉皇族的尊严。

赫连宇澈和楚子苓是一对青梅竹马，自幼私订终身，然而他们这对苦命鸳鸯却因为楚王与穆帝的权力相争，成了牺牲品。

在一次刺杀穆帝的行动中，楚子苓失手被擒，为不使父亲身陷囹圄，亦不想赫连宇澈对其父亲下毒手，她选择自我了断——吞服无解噬心蛊结束此生。

虽然赫连宇澈及时将她体内毒素逼出，但仍没能唤醒她的意识。

这些年赫连宇澈尝试过无数种方法唤醒她，可全都徒劳无功。后来，他听说民间有一剂“十全解药”可以治好活死人，他便死马当活马医，不管是极地的千年玄冰，还是热砂之上的火炽鸟，他赴汤蹈火，穷山尽水，就为了寻得唤醒楚子苓的一线生机。

若没有这非同寻常的执念，恐怕他难以坚持至今。

可现实再次重挫他的希望，即使有久微这株灵参慷慨相助，楚子苓依旧没有转醒的迹象。而沙虎帮这些穷凶极恶之徒，此时来犯，竟让他得知了一个惊天秘密。

原来当年谋划刺杀穆帝的罪魁祸首正是楚王，他是沙虎帮的幕后首领，不仅对朝政起异心，还妄想推翻穆帝，自封为王，而楚子苓便是他安插在穆帝身边的棋子。

本以为楚子苓是碍于权势身份不得以逃避自己，却不想她深陷痛苦，最终牺牲自己以换来穆族皇室的太平。

至此，沙虎帮成了赫连宇澈不共戴天的敌人。他深入龙潭虎穴，正是为了找到潜逃在外的楚王下落，想从他身上得到哪怕是一丝解毒希望。

也许是赫连宇澈对楚子苓的痴情相待，也许是他那份执念，令久微为此深深动容。她终于体悟到当初容半夏的相思之苦、商陆的爱而不得、眉上霜的默默守护，自从她有了一颗“凡心”开始，白慕风便是她终其一生的意义。

她始终相信他一定还活着，就在某个地方等待着她。

“如果慕风在，他定会毫不犹豫地答应帮郡主解毒吧。”所以，她决定留在金砂国，一边协助赫连宇澈寻找解毒方法，一边继续打听白慕风的下落。

如此想着，她挥动缰绳，将马儿驱向前方大殿。

3

金砂国王都位于绿洲之中，其内有一片湛蓝湖泊，是大漠众多部落中唯一称得上“安身之所”的美丽国度。

看见疾驰而来的马匹，正要拦路的王城兵卫一见马背上的青黛，都纷纷退让开大门。久微则压低兜帽帽檐，尾随其后直驱而入。

穆帝所在的宫殿华贵无比，象牙白的宫墙，从正殿门窗到围屏都使用大理岩镂雕而成，并用各色宝石镶嵌出色彩艳丽的花朵。正殿上方有拱形圆顶的亭阁，与其相对应的是分布在外的四座石塔，八角缀有金边，轮廓空灵，与青空相穿渗透，给人以端庄宏伟、无懈可击的神圣肃穆感。

来到赫连宇澈所属的红莲宫，刚踏入寝宫，就看到逞强下床而被侍女阻拦的白衣男子。不敌他的固执与蛮力，数名侍女被他推开。

“都给我走开，我要去见子苓！”

青黛见状，柳眉再次紧蹙，唇边多了不易觉察的嫉妒。

“你们都退下。”她遣退一众侍女，朝床榻上的男人走去。在赫连宇澈恼羞成怒以前，她眼疾手快地将他钳制回床，拉扯下他的单衣，露出了一片触目惊心的伤痕，“你伤得这么重，如何去见郡主？你倒是说啊！”

末了，双眸氤氲着水汽，她愤然转身，冷冷抛下话：“久微姑娘，有劳了。”

每回听到她如此决绝的语气，久微就知道她又将赫连宇澈击昏了过去。果不其然，软枕上的赫连宇澈不再挣扎。

久微熟练地上前为其处理伤口，那伤口难以愈合，正冒着乌紫浓稠的血，看来是中了荆刺花毒。那是一种会令人产生幻觉的剧毒之花，只消一点儿就能起到迷幻失心的效果，赫连宇澈显然是被蘸着剧毒的兵器所伤。

“阿霜。”她轻轻唤了声。

身后的少年默契地提来药箱，从中翻出了数瓶药剂，一瓶接一瓶地递了过去，并回收被使用完的空瓶。

“哇，师父，你这也未免太奢侈了吧，参露的存货都快用完啦。”眉上霜嘀咕着，满脸的心疼。

这参露的奇效他是知道的，他曾经误食毒蛊差点把小命给弄丢了，是小师父用参露把他从鬼门关拉了回来，而且他的身体恢复得出奇的神速。

总之，他觉得这参露真是比仙丹还仙丹的灵药，只可惜没有配方，仅存的参露亦所剩无几，如此重要的仙药必然要百倍珍惜——但她师父几乎是用牛饮的豪迈，给赫连宇澈灌到嘴里去，直看得眉上霜内心滴血。

久微只是抬头敲了他脑袋一记，将他满脑子打转的坏念头打断：“别停下，快把棉纱拿来。皇子的血都要喷成小泉啦！”

“哦。”小男孩撇了撇嘴，按着额头揉了揉。

一番诊治后，赫连宇澈暂且安心睡下了，身上的余毒也已慢慢解清。他墨黑的发丝倾泻在俊颜两侧，衬得一张眉目如画的脸越发惨白无血。

青黛心疼地抚上他的脸颊，眼中满是怜惜。

“他怎会中此剧毒？”久微合上药箱后，才道出姗姗来迟的疑惑。

青黛只是淡淡地答：“探子来报，沙虎帮在边境来犯。在得知他们的大本营所在地后，皇子独自前往，本要一举歼灭，却遭人埋伏。想必那也是沙虎帮故意放出的假消息，就为了伏击皇子。”

她若去晚了，恐怕赫连宇澈早已命丧黄泉。

“赫连……皇子为何如此执着于歼灭沙虎帮？”自青黛有记忆以来，这位穆族皇子就致力于追踪沙虎帮的下落，并与其誓不两立。

每每提及沙虎帮，那双灰蓝色美眸都会染上火光。如此血海深仇，足见那并非一朝一夕的恩怨。即使明知道以一敌百，说不定还没为楚子苓报仇雪恨，就先被沙虎帮收拾了，但他还是振奋得很，尤其在得知楚子苓的生父就藏在沙虎帮的时候。

他执着地认为，只要找到那个人，就能得到为楚子苓续命的方法。

久微试探地问：“莫非毒害子苓郡主的凶手是楚王？”

只见青黛偏过头静静看她，半晌，仅是轻轻点了点头。

“砰！”房门突然被重重推开，发出一声巨响，逆光而望，门口站着一道黑影。

久微忙将兜帽戴上，背过身去。

“大皇子。”青黛恭敬道。

来者，正是金砂国第一皇子，赫连郁。

赫连郁听说赫连宇澈独战沙虎帮而倒下，特意过来一探究竟。果不其然，看到卧床不起的弟弟时，他微勾起了一抹浅淡的笑容。虽然仅是一刹那，却仍是落在了青黛眼里，她不由得紧了紧腿边的拳头。

旋即，赫连郁故作关切地问：“澈弟，身体如何？传御医了吗？快，把祭司大人喊来！”

全穆族子民都知道赫连郁与赫连宇澈兄弟不和，如今穆帝病重，正是众皇子争夺帝位的关键时期，他此时来探望赫连宇澈，实则居心叵测。

“不必了，久微姑娘已经为皇子看过，皇子正睡下没多久。”

赫连郁闻言，抬眼看向青黛身旁的矮个子女人。

这个久微，是赫连宇澈从中原带回来的女大夫，常年行迹神秘，还不轻易露脸，终日将一张脸埋在兜帽之下，如今更是坏他好事，令他感到极其不快。

他走到她身边，故意用稀松平常的口吻问：“听闻久微姑娘是从淮南国而来，而淮南女子个个温婉似水，不知可否赏脸，让本皇子一见真容？”

久微却把脸垂得更低：“恐怕要让大皇子失望，久微天生容貌丑陋，是六皇子不嫌弃，才得以让我留在身边伺奉。”

“我看不是吧？想必澈弟是金屋藏娇，才找尽借口。”赫连郁却不理会她的婉拒，他定要看到久微的真面目，若能找到把柄参赫连宇澈一本，倒是不枉此行。

他正要伸手，突然被介入彼此的一道身影打开了手。

“师父说了不能看就不能看，你听不懂人话？”眉上霜展开双臂，像老鹰护着雏鸟，不让外敌踏进地盘一步，“若好看，早就成了六皇子的嫔妃了，还用得着窝在这里当医官？”说完，他还不忘投去一记“你真笨”的鄙视眼神，说得赫连郁愣是毫无招架之力。

那副情景，不禁逗笑了久微。不过多亏眉上霜这一搅和，久微才找到借口将此事搪塞过去，她忙将少年护在身后，故意斥责道：“阿霜，不得对大皇子无礼，快道歉。”说着又忙将不受教的小脑袋按下，“真是抱歉，大皇子，我这笨徒弟甫过五岁，什么也不懂，望大皇子能开恩，原谅他的童言无忌。”

言下之意，若他连五岁孩童的戏言都斤斤计较，那就有失一国皇子的风度与气量了。即便看不见那兜帽下的面容，赫连郁也知道久微在笑着看自己。

赫连郁收起僵硬的笑容，忍着满肚子恼火。好一个聪慧的女大夫，他都要怀疑这小鬼是她故意用来敷衍自己的手段。

“那是当然。澈弟就有劳看顾了。”几乎是咬牙切齿，赫连郁气恼地甩袖走人。门外还能听到侍女被迁怒而遭到谩骂，足见他有多么心胸狭窄。

青黛收回望向门外的目光，这才看向久微说：“久微姑娘，你要多加提防赫连郁，他一直都在找机会打击皇子，唯恐对争夺帝位不利。”

久微点了点头：“抱歉，是我一时疏忽。”因为在赫连宇澈的寝宫，她过于放松，没能及时施法易容。

她的样貌确实不易外露，毕竟她有着和楚子苓一样的长相。

若赫连宇澈因为她落得窝藏罪犯之名，她定会过意不去。

4

经过几日的休养，赫连宇澈的情况终于有所好转。

“皇子，你的汤药。”久微十分识趣地把汤碗递给了一旁的青黛，笑着打趣道，

“喂汤药这些细心活儿，还是交给青黛好了。”

青黛难得红了脸，接过汤碗时，不忘向某人瞪了眼。下一刻还是任劳任怨地给赫连宇澈喂药，一羹一勺，看在久微眼中皆是甜美。

这个赫连宇澈，一直都不知道青黛有多关心他，他们真的只是普通的主仆吗？当赫连宇澈被沙虎帮撂倒时，她几乎急红了眼。即使明知道赫连宇澈满脑子都是楚子苓，青黛依旧一心一意，只在无人的地方独自叹息。

不过，也幸而有青黛在身边，在他疲倦与失落的时候，有人为他排忧解难，这大概就是他们主仆间说不穿的情愫吧。

久微想，青黛对赫连宇澈而言，亦是重要的吧。

“皇子，喝药。”虽然想尽量温柔，她仍改不了口气中的僵硬。

赫连宇澈苦笑，就着她的手，一口吞了汤勺里的药汁。青丝滑落肩旁，俊颜上挂着笑容，映着苍白的肌肤，美得异常，仿佛把赫连宇澈平日乖戾的形象柔化成了别样的色彩。

“久微，谢谢你又救了我一命。”

果然好不对劲，赫连宇澈竟然如此坦率地道谢！

久微狐疑地看了他一眼：“我没有听错？平日只会戏谑我成事不足败事有余的六皇子，竟然会说‘谢谢’？”她可没忘记屡次因为唤不醒郡主而被他迁怒的冤屈。

赫连宇澈只笑不语，迎面的光线已暗，藏在脸上的哀愁彻底显露出来。

“也许，这就是她惩罚我的方式，宁可离开，都不愿留下。”赫连宇澈深邃的轮廓仿佛被印刻在阴霾里，成了天光里难以抹灭的痕迹。

他大抵是看透了，十年来他用尽了各种方法都没能唤醒楚子苓，大家都劝他放弃，给她一个解脱，可他大抵是自私的，他宁可将她强留在身边，亦不愿承认她已死去的事实。

这样的楚子苓，不过是一具活着的躯壳，她的灵魂早已陨灭。

“皇子，人死不能复生，请节哀顺变。”

“给我闭嘴！统统闭嘴！”

“可是皇子，郡主她……”太医看着渐腐的尸身，欲言又止，可更害怕朝他袭来的愤怒大掌。

“最好不要招惹我！谁再说一个‘死’字，我就让他身首异处！”

曾经的他因痛失挚爱而迁怒于所有人，无人敢靠近，亦无人敢揭穿他的自欺欺人，只怕惹祸上身。

只有一个人，不顾他阴狠无情的瞪视，甚至没有一丝惶恐，来到他的身边。

“皇子，郡主也乏了，让她回房休息吧。”青衣女子在他惊诧的目光下，横抱起楚子苓回到寝宫。她的默许等同于相信了楚子苓仍活着的事实，她让他感到自己不再孤军奋战，也不用独自承担悲伤。

青黛与他相互扶持，更护他四处云游，找着希望渺茫的药方。

如今，他的身边还有久微。虽然他们非亲非故，彼此的关系更是建立在印象超差的基础上，而且白慕风曾险些丧命在他手中，他要救楚子苓，又与她何干？至少，那个义无反顾地采集草药、日夜兼程地调配药方的身影，不该是她。

他对白慕风下毒，不管是出于除去叛徒之子，亦或是嫉恨他们的相濡以沫，过去发生在他们之间的都是些不甚愉快的回忆。

可每每回想久微在断崖边失声痛哭的模样，都让他深感痛心，曾经的他也哭得这般撕心裂肺与无所适从，只因他失去了楚子苓。

他们大抵是这世上最同病相怜的两个人了。

他的痛苦，久微的痛苦，让彼此更理解对方的缺憾。而本该不和睦的他们却在这些年来逐渐熟稔起来，从她收养门徒，再到每月一次的出宫寻人以及丹房内钻研药方，她每一次遇到瓶颈，他都鼎力相助，原因无他，仍是为了楚子苓。

可即使找到了灵参，楚子苓仍药石无灵，或许这就是天意吧。

赫连宇澈看着窗外无尽的蔚蓝，失笑着摇头，再怎样回顾过往，都已无法挽回曾经做过的那些事。面对曾不善待自己的赫连宇澈，久微没有报复他就已经很不错了。更何况她还以德报怨，慷慨救治楚子苓，还多次救了在沙场上受重伤的他，并叮嘱他要珍惜自己的性命，两个人已然是莫逆之交。

“哎，这不可像你啊，赫连宇澈。”久微哥俩好似的拍拍他的肩膀，“伤口太痛，难免有点儿小情绪，男子汉大丈夫，忍忍呗。毕竟凡人不比仙兽，有我的参露入药，你已经恢复得很快了，再调养个几天，别说伤疤，连道血口都看不见。喏，私人特制，保你永葆风韵，还是那个俊俏的穆族六皇子。”她俏皮地眨眨眼，得意地晃了晃手中的小瓷瓶。

那是她根据白慕风留下的配方调制而成的美颜露，用量经过自己的调整，效果比以往更加显著，她现在可是金砂国皇亲贵族里备受欢迎的大夫。

看见她满脸洋溢着笑容，赫连宇澈心中一阵五味杂陈。

在情感上，他从心底里早已将久微当作亲妹妹看待，他太清楚失去珍视之人的滋味，也清楚地知道久微此刻的笑容底下深藏着多浓重的痛苦。

“久微。”赫连宇澈看向与楚子苓有着相似面容的女子，她笑脸盈盈地递来瓷瓶，他心中微动，终是启唇说道，“我去攻打沙虎帮时，似乎见到了白慕风。”

瓷瓶突然从手中滑落，在地上碎开了花。

他反应过来时，久微已转身跑了出去。

“师父？”眉上霜揉着惺忪睡眼，跳下了小木床。

正在收拾行囊的久微停下了手里的动作，抱歉地说：“对不起，阿霜，吵醒你了！”

眉上霜摇了摇头，午睡醒来有些“起床气”，他懒懒地靠在久微怀里，正打算再睡个回笼觉。久微不禁哑然失笑，这个黏人的小淘气。

她抱了抱他，面上是掩不住的惊喜：“师父要离开几天，你就跟着青黛姐姐，哪儿也别去，知道吗？”

“你要去哪儿？”他虽眯着眼，但一字一句都在认真听。

久微想了想还是决定告诉他：“我有那个人的下落了，我要去接他回家。”

那个人？怀中的眉上霜彻底醒来，抬眸看向上方泪珠一滴紧接着一滴滴落的女子，他伸出小手替她抹掉泪痕。

“我也要去！”他要在师父身边保护她，“我是男子汉，我才不会像那个人一样总让师父哭呢。”

他心里总隐隐觉得师父会一去不返，这种感觉萦绕在心间，让他实在难以安心。

“你真是……人小鬼大。”她破涕为笑，伸手揉了揉他的脑袋。

眉上霜却抗拒地推开了她的手，别扭地转过头，嘟囔道：“就你总把我当小鬼看待，我早就过了那些还嚷着要糖吃的年纪了，我再长大一些，个子一定比你还高。”他曾暗暗发誓，就算那个人永远都不回来也没有关系，他长大后定要让师父幸福。

“阿霜，你真的好可爱啊！”久微又一把抱紧他，满脸都是宠溺的神色。

不管是从前还是现在，眉上霜还是眉上霜，总是很为她着想。只是此时的眉上霜，要比以前坦率太多太多了。

“走开啦，不要用‘可爱’这种字眼形容本大爷！”他挣扎着要从她怀里挣脱，脸上却是掩饰不住的绯红。

“为师可是手把手养大你的，事到如今害羞什么？”

“我才没有！”

师徒两个人正笑闹着，突然有几道人影闯了进来，急促的脚步声从外面传来。回头便看到将小苑包围得水泄不通的兵卫，为首的男子正是赫连郁。

“看来澈弟对你很是宠爱嘛，竟还在红莲宫中留有独居之所。”久微所住的小苑十分奢华，足见赫连宇澈从没薄待过她。

“你来做什么？快出去！”眉上霜见来者不善，径自护在久微的面前，小小的身影，竟有着顶天立地的感觉。

久微却对此感到困惑，为什么赫连郁最近来得如此频繁，难道他与赫连宇澈不和的传闻是假的？可他看起来并没有很担心亲弟赫连宇澈，反倒对她的关注要更多些。

事实证明，这并不是她的错觉，此次赫连郁正是冲着她而来的。

“别挡道！”赫连郁像拎小鸡一样，将眉上霜摔向远处。

“阿霜——”不等她追去，她的兜帽与蒙面的薄纱就被人粗暴地撕扯开，露出了原本属于她的肤色。

赫连郁不禁眯了眯眼：“楚子苓？”

面前的女子身材娇巧玲珑，少了披风与兜帽的阻碍，赫连郁终于看清那身茜色丝绸女裙衬托下的婀娜身段，她比想象中要瘦上许多。平时隐藏在帽檐下的黑色长发，此刻迎风飘散，竟如滚动的丝绢柔顺细腻。流光中衬出一张阳光明媚、目光灼灼的绝世容颜，教人禁不住喟叹。

最令赫连郁大开眼界的不是久微的倾国倾城，而是她的长相竟和曾经的未婚妻一模一样。那个被认定刺杀穆帝，而又畏罪自尽的女人。

“你不但没死，还藏在了六皇子府里。好一个澈弟，好一个楚子苓！”赫连郁双眼迸射出愤怒，几乎是咬牙切齿地说，“这更让我确定来掳走你的决定是对的。霍加，把她带走！”

他扬手，身后走出一个戴着白狐面具的白袍男子，他身形笔挺，不言不语，朝久微不疾不徐地走来。

“赫连郁，你凭什么抓我？”久微仍在负隅顽抗，不到最后一刻，她都不打算施法逼退对方。

可狐面男手法利落地用刀柄抵在她的颈边，示意剑可随时出鞘，不容她拒绝或是出言顶撞身后的主子。

久微没有理会他的威胁，仍出言警告：“我没有犯错，更何况这里是六皇子府！你凭什么胡作非为？你就不怕穆帝知道，以弑亲之名将你治罪？”

岂料，赫连郁却大笑道：“他算什么东西？这国境内的所有东西都归我所有，当然包括帝位了。”他买通了红莲宫的所有人，本想趁着赫连宇澈负伤之时，制造一出皇子被沙虎帮刺杀的假象，没想到青黛竟带着赫连宇澈先一步逃走了。

如今朝政的大半势力已掌握在赫连郁手中，只消穆帝一死，他就能坐拥这黄沙千里、绿洲环绕的大帝国。就连民心所向的祭司大人，也力捧他为下任穆帝，他需要铲除的就是余下那些不臣服自己的六皇子派。

赫连郁邪恶地笑着，伸出长指挑起她精致的下巴，戏谑道："你以为死就可以摆脱我赫连郁吗？想得美！来人，把她一起绑回沙虎帮！"

沙虎帮？久微惊见蹿出的数十名壮汉，他们面目狰狞，粗壮的胳膊刻有虎纹。形势几乎一面倒，他们轻松地撂倒了宫内一众卫兵。就连逃去报信的侍女，亦没有留下活口，他们手段残忍，且毫不留情。

久微紧了紧拳头，彻底被激怒了，想要结印施法将那些恶徒制服，却被人一眼就看穿了意图。她的胳膊被掰向身后，狐面男居高临下地看着她，冷冷地警告："奉劝你不要轻举妄动。"一把闪着冷光的匕首就搁在她的颈边，顺着他的视线，久微看到了他身后不远处，被挟持的眉上霜。

"放开我，你们这些杀人凶手！"眉上霜被士兵一脚踩在地上，小脑袋正抵在刀尖上。

久微愤恨地咬了咬牙，赫连郁竟和沙虎帮勾结，究竟打的什么主意？抓她又是出于何种目的？既然他刺杀赫连宇澈不成，一定会留下活口传话。久微如此想着，负手施法将眉上霜身旁的壮汉撂倒，自己则佯装手无缚鸡之力，乖乖束手就擒。

"小子，告诉赫连宇澈，要人就到沙虎帮来。"

久微决定将计就计，亲探沙虎帮的大本营，看看他们的葫芦里卖的是什么药。

说不定还能见到白慕风。她不否认是借着此次机会混入沙虎帮，自从在赫连宇澈口中得知白慕风的下落后，她的心情久久不能平复。即使这次仍和从前一样是乌龙情报，也有可能再度换来失望，但哪怕只有一丝希望，她都不想放弃。

"师父，师父——"小苑外的少年身影变得越来越小，直到变成远处的一个小黑点，久微被眼前那片黄沙彻底迷了眼。

阿霜，你一定要平安无事。

久微在心中暗暗祈祷，收回茫茫黄沙中的视线，看向身后的男人。狐面男无动于衷，挥动缰绳朝远方疾驰。

当看到前方的建筑时，她不禁瞪大了双眼。

5

待到脚步声渐远，藏书阁的壁橱后才有了动静。

看起来与一般博古架无异的墙柜，朝右方挪开了一尺，腾出了一个人进出的入口。随即，从里面依次走出了两个人。

“没想到皇兄终于按捺不住，要对我下手了！”赫连宇澈散着长发，一件黑色大袍，衬得他的脸色格外苍白。

“要不要属下立即向穆帝禀报？”若没事先发现大皇子内外勾结的行径，保不准他们要正面对战一场。考虑到赫连宇澈身上的伤，青黛决意要带他藏入机关内。

赫连宇澈摇了摇头，忧心道：“不必，现在父皇病入膏肓，再者祭司亦是皇兄的人，对我们并无好处。青黛，快扶我去久微他们那儿。”

不等他们动身前往久微所在的小苑，一道小身影就跌跌撞撞地跑来藏书阁。

“宇澈哥哥，青黛姐姐！”眉上霜通红着眼，一见到熟悉的面孔，终于号啕大哭起来。唉，什么男子汉大丈夫、流血不流泪的信条，在他身上大抵是没用的，毕竟曾经道行讳莫如深的白眉蛇神如今只是个五岁的小小少年。

不敌恶徒的打击，眼睁睁看着师父被抓走，别说要护师父周全，就连自己都险些小命不保，他对自己的无能感到自责，更对失去亲人感到前所未有的恐惧。

“阿霜，别哭了，我们都在这儿。”青黛蹲下给了他一个抚慰的怀抱。

小家伙没了平日的伶牙俐齿，哭得直抽噎：“那大皇子把师父抓走了，还带了一帮长相凶恶的大盗来。护着我的侍女都被他们……可恶！”

思及此，眉上霜又羞耻地咬了咬唇，每每想到师父绝然而去的脸庞以及为他而亡的侍女们，他心中满是愧疚与难过。

如果他足够强大的话……

闻言，赫连宇澈神色微敛，眉宇间有一些焦急。

“你说的那些大盗是不是臂上有着虎纹？”

眉上霜凭着记忆回想，猛地点了点头：“有，虎牙又尖又长，看起来好可怕。”突然像想起了什么，他又说道，“掳走师父的那人戴着白狐面具，我不清楚他与那帮大盗有没有关系，好像……对了，那大皇子叫他们沙虎帮。”

“又是沙虎帮！”赫连宇澈眸中蓄满怒火，他紧了紧拳，转身，对青黛下令。

“即刻出发，到阿曼的营帐，红莲军誓要攻陷沙虎帮！”

第十一章

慕风，欢迎回来

1

热浪扑面而来，四野随着马匹的行进渐渐少了许多绿色。

最终，马队在胡溯关外停了下来。

那是金砂国与淮南国的交界处，关内驻有风来镇。风来镇是进入金砂国国境前的一个城镇，在那之后便是一路而来的无尽沙漠。

久微万万没想到沙虎帮的藏身地竟在关内小镇。

这里地处偏僻，常年受风沙侵蚀，是个不宜安居的地方。镇内镇外无不荒凉满目，怎么看都不像是贼匪窝藏之地——在镇内中心深处，一座巨大的石堡突然映入眼帘，一声尖哨响起，石门突然被打开，当感受到迎面溢出的冰凉气息以及目睹森冷发笑的沙虎帮帮众时，久微才后知后觉，这风来镇内有乾坤。

“虎涯人呢？”赫连郁拍了拍丝袖上的风沙，脸上不甚愉快，每回到这沙虎帮来，总要体会一把冰火双袭，着实麻烦。况且这黄沙既干又燥，可不比王都舒适。

“大皇子，帮主正在食厅等着您，这边请。”老管事驼着背，脸上的刀疤从右眼横亘到下颚，格外骇人。

当看到被驮运在马背上的久微时，他咧嘴一笑。

“那是贡品？霍加，带到帮主的房里去。”枯枝般的手指点了点另外的通道，像以往一样，老管事示意狐面男将掳获来的美女财物带入内堂。

赫连郁突然扬手制止：“暂且不行，等到赫连宇澈被擒，她随你们处置。”

“是。”老管事立马会意，原来这姑娘是引君入瓮的诱饵，不得不心悦诚服赫连郁的心狠手辣。

久微被布团堵住嘴巴，双手也被缚绑在身后，她面朝脚下，此时正背对着众人，没能看到赫连郁随老管事前往何方，那身后又有着什么人。她扭动着身子，想凭借眼角余光再多瞧瞧后方的情景，视野中突然闯入了黑色的锦衣。

她惶恐地抬头，就看到那白狐面具。

他的长臂环过她的纤腰，微施力，就将她从马背上拎起，与众人背道而驰。

“唔？”她心一凛，这狐面男到底要带她去哪儿?

久微胡乱挣扎，碍于难以开口，只能不停地回头，试图捣鼓出一些声响，引起赫连郁等人的注意。可在狐面男面前，这一切都是徒劳，他只把她箍得更紧。

来到一处牢笼前，他取出腰间铜钥，打开了锈迹斑斑的牢门，随即就将她丢了进去。

久微毫无心理准备，她屁股先着地，疼得泪水直流，愤愤地瞪向前方。这男人当她是布娃娃吗，说扔就扔？

她正要施法教训一下狐面男，他却突然一动不动地站在牢笼前。

“你……”他迟疑了一下，便没有再说下去。

那声嘶哑的男音里，有些莫名的熟悉感。久微不禁心中一动，她拍着牢门，想要引起他的注意：“喂，你等等！”

看不见狐面男子的真面目，让她越发在意，可他却已转身而去。

相较于石堡外的风沙狂啸，此刻由金瓦玉砖堆砌成的食厅内歌舞升平，喧闹的人声与弦乐此起彼伏，即便是在廊外亦能听得一清二楚，足见食客有多奢靡。

狐面男推开门扉，踱步来到魁梧壮硕的男人身后，那人粗壮的臂膀上是威武的虎纹，其面目狰狞，谈笑间满眼的算计与不善，他正是主宰着这一片沙洲的沙虎帮帮主虎涯，与之相邻的是华贵锦衣的赫连郁。

“那女人已被关押在牢笼了？”

“是。”清浅的声音从面具里传来，听着格外沉闷与淡漠，似乎并无意再续后话。

赫连郁微微颔首，他对于狐面男的反应早已司空见惯，便没有再问。赫连郁倒是来了兴致举杯，向对面的男人讪笑道：“我说虎涯帮主，你怎么收了这么个闷葫芦当部下？不过他办事倒是干脆，我想挑剔都无可置喙。”

虎涯哈哈大笑，满脸横肉堆起了谄媚：“大皇子，你也未免太苛刻了。废话太多，未必能成事。”他用大掌拍了拍狐面男的肩膀，眼神中饱含赞赏，“霍加可是我最得力的部下，从未让人失望过，相信今后定能在大皇子夺位大计中多有助益。”

霍加是虎涯在五年前路过望龙坡时发现的濒死之人，虎涯之所以会救他，并非发自善心，而是一时心血来潮，被他那求生欲极强的眼神所吸引。

尽管沙虎帮坏事做尽，但豪气直爽的虎涯却热衷于拉帮结派，以扩充自己的游牧部队。那逐渐强大起来的一方势力，即使是王城军队也要忌惮几分。霍加亦是其帮中令人闻风丧胆的存在，因此道上流传着“狐面霍加”的传闻，从未有见过他真容的人能够活下来。

“但愿吧。”提到这桩，赫连郁稍显烦躁，连连挥退身上缠绵的舞姬，“要不是元老庙的那些老不死从中作梗，我早就登上帝位了。雪魄瑶都被窃数十年，让我从何找起？”

虽然这几年赫连郁的势力在国内迅速扩张，但没有穆帝的首肯，他仍是言不正名不顺的继位者。在众皇子中，作为世子竞争强敌的六皇子赫连宇澈更是他的心头大患。

为此，分别以大皇子和六皇子为首，国内分裂成两大势力，以拥护心中的帝位人选。而命在旦夕的穆帝竟在立世子的前夕，下达了一道王令。

“在五年内寻得穆族权证之物‘雪魄瑶’者，即立为世子。否则，由皇陵守护神甄选帝位者。”穆帝竟将帝位交由天意，这让赫连郁感到相当不满。

况且这“雪魄瑶”早已被叛徒携逃出国，从此下落不明，这道王令分明就是无限搁置立位的缓兵之计。其实，赫连郁一直都知道父皇心中早有世子人选，若非他母后的死给予了父皇沉重打击，说不定父皇早就干脆册封赫连宇澈为世子了吧？

念在一场父子的情分上，他本不想痛下杀手，结果赫连宇澈竟在五年前带回了“雪魄瑶”，使得国内对世子的支持与呼声一面倒向了赫连宇澈。可“雪魄瑶”的真伪，至今仍饱受争议，帝位之务也暂由国师代理。

“要不是父皇病恹恹的，连话都说不了，指不定五年前就立了澈弟为世子。”如今有国师为己进言，赫连郁才得以在劣势中得到一丝转机，但这局势长久下去定会对他有所不利，他得想办法将赫连宇澈除之而后快。

“听说这次刺杀扑了空？看来六皇子消息挺灵通的嘛。”虎涯大口牛饮后，豪气地放下酒坛，“干脆咱们直接杀进宫，让穆帝交出帝位岂不是更轻松点儿？”他实在搞不懂赫连郁为何要耗费五年之久去筹备篡位之举。

“虎涯，这你就不懂了。”赫连郁笑他的有勇无谋，带着讪笑拨弄着额前长发，“若能以武力解决，我就不会等到今天了。失去民心，以武力占据帝位，恐怕难以让底下那些人信服。”偏偏这穆族子民最为看重的就是迂腐的忠诚孝义，他若坏了这传统，恐怕难以驾驭这些臣民，尤其是归顺于赫连宇澈麾下的骠骑军队。若动起真格来，想必也是两败俱伤，对赫连郁没有好处。

“什么时候我们大皇子也变得如此瞻前顾后了？”虎涯戏谑道，“想不到与当年挑拨楚王篡位的会是同一个人。”

“能不脏了自己的手，我当然是绝不轻易露面的。”

“包括这次抓回来的那个女人？”虎涯投来不怀好意的眼神，“听说那曾是大皇子的未婚妻，当年不是和楚王一起被毒死了吗？”

“我才想问你，不是说噬心蛊是无解之毒吗？为什么那女人还没死？！”赫连郁阴鸷地看了他一眼，“难不成你还留有一手？”

虎涯连连摆手，为自己辩解：“这怎么可能，我对大皇子绝无异心。那给楚王父女喂下的‘噬心蛊’的确是无解。他们毒发的时候，你也在场吧。”

被强行喂下噬心蛊的楚王当场口吐鲜血，不到一盏茶的时间，就失去意识，彻底成了一具冰冷的躯体。楚子苓亦在行刺穆帝的计划失败后，因畏罪吞服噬心蛊而毒发身亡。

这些赫连郁都亲眼所见，而且记忆犹新。楚子苓是在赫连宇澈的怀中断的气，贝齿染透了红色，还不断从喉间溢出血丝，最终连诀别之言都来不及说，就含恨而逝。已确认她的死亡，赫连郁便也没有阻止赫连宇澈抱走了她的尸首，谁又会料到当年的掉以轻心，极有可能换来今日的事迹败漏。

赫连郁虽疑心病重，但深知这未必会是虎涯所为。

“谅你也没那个狗胆。不过楚子苓还活着，也未尝不是件好事。”

见赫连郁抿唇含笑的邪佞模样，以虎涯对他了解，他大抵是在盘算些什么了。末了，虎涯只是会意地笑笑：“真不愧是大皇子，来，我敬你一杯。”

碰杯的脆响下，是阴鸷的诡计。

冷眼看着这一切的霍加，不禁联想到牢狱中的那抹娇小身影。她如果知道曾经的未婚夫如此对待自己，会露出怎样的表情？

思及此，他竟感到心有一丝异样的刺痛。

又是这种陌生的感觉，为什么他一想起她就……

2

霍加以为折返地牢时会看到少女哆嗦着瘦弱的肩头，泪眼婆娑地蜷缩在角落惊慌地等待着他人来营救自己的一幕，而不是盘腿坐在稻草堆上研磨起药粉来。

至少也不会像现在这副一见到他就精神抖擞的兴奋模样啊！

“呀，狐面大哥你回来了？”她站起来拍了拍衣衫上的尘屑，朝他挥了挥手。

狐……始料不及的熟络称呼，让他不知道做何回应。

“可否向你讨一点儿水？”久微似乎早已看开现在的处境，或许随遇而安才是当下最好的办法。赫连郁将她抓来是为了威胁赫连宇澈放弃争夺帝位，但她认为赫连郁的目的不仅如此，也许还掩盖着什么不可告人的秘密。

霍加不动声色地打量着她，牢栏前那份属于她的午膳早已凉掉，除了那碗水空了，饭菜却不见她有动过半分。她是怕食物被下毒？

注意到他的目光，久微立马笑着为自己解释：“我不挑食的，只是我有更重要的事要做。所以可以劳烦你送点水来吗？”

牢狱中不时听到此起彼伏的惨叫声，奋力抵抗的犯人被打得皮开肉绽，牢廊的地上难免残留着瘆人的血渍拖痕，她竟也看得面不改色，该说这个女孩胆大，还是太过乐观？

“水。”隔着牢栏，他将碗递了过去。

“谢谢。”久微雀跃地接过那碗水，回头就将研磨好的药粉倒进水里搅拌。大功告成后，她又来到墙根下，对着足有拳头大小的窟窿喊道，“嫂子，我给你调了些药汁，喝下睡一宿，身体会好一点儿。”

墙壁之后传来虚弱的应声：“这怎么好意思？”

“没事儿，我是大夫嘛，怎么能见死不救。”说着她又来到牢门前，闪烁着水灵灵的大眼请求道，“狐面大哥，可否帮忙把药递给隔壁牢房的嫂子？”

霍加没有伸手接，而是冷冷地道出事实：“她的肺疾已经没救了。”况且她与其丈夫因为背叛沙虎帮才遭受牢狱之灾，治好后她亦逃不过一死，何必浪费精力。可心中这些话语，却在看到那张期待的小脸时，难以吐实。

她总有一种魔力，叫他无法拒绝。

为什么会这样？连霍加都搞不清楚自己为何如此反常，在她的注视下，他默默接过汤药放在了妇人的牢栏前。

久微“咯咯”地笑起来。

“你人挺好的。”

她的赞美于霍加而言，就像是嘲讽。比起他剑下的亡魂，他救过的性命可谓屈指可数。即便隔着面具，妇人在他的瞪视下，亦惶恐得不敢动弹，然而此地的险恶却丝毫没有震慑住某人。

“你为什么戴着面具？”久微依旧笑容满面。

妇人怕她招惹霍加不快，连连相劝：“久微姑娘，你就别问了。”狐面霍加是金砂荒漠上出了名残暴不仁的杀手，据说从未有人见过他皮具下的长相，而通常见过真容的人几乎都在黄泉路上了。

但久微不以为意，仍把好奇的目光锁定在狐面霍加身上，她微眯着眼，笑嘻嘻地问：“是因为长相太丑还是容貌尽毁？”

扶在剑鞘上的大掌紧了又紧，他分明知道她在挑衅自己，因为那双润泽的黑眸中满是揶揄。

闻言，他嗤笑道：“你当真以为我不敢杀你？”即使她是大皇子重要的棋子，但之于他却什么都不是。

她的笑容让他感到烦躁，亦感到莫名的不安。

“我从没这么想过，不过是……”

“什么？”霍加总算把全部心思都放在她身上。

这个女人长相清丽脱俗，虽非美若天仙到第一眼就让人觉得惊艳，但她带着坚毅的眸子让这份慧黠变得独特，让人不得不对她倾心。

她和他见过的那些皇族公主不一样，她一点儿都不娇弱。

“你和我认识的一个人很相似。”

“即使在长相都没见过的情况下？”凭什么说他与那个人相似？霍加完全看不透这个想法天真的女孩，但又因为她满脸的笃定，心里不禁生起狐疑。

“对，你给我的感觉很像他，所以你能不能摘下面具，让我看看？”即使声音嘶哑了许多，但他挺拔的身形，沉稳的气质都有着白慕风的影子。

“还是说，你有什么难言之隐？我是大夫，我可以帮你！”

她的率直天真，又让霍加胸口一阵钝痛。扶着面具的长指顿了一顿，思及狐面之后的恐惧，他捂住喉间，突然呛咳了起来，血水从面具边沿渗出。

摊开掌面，竟是骇人的猩红。

“你怎么了？”久微连忙探出手来，可没能够着他。

“与你无关，唔……”

见他痛苦地弓着身体，她再也按捺不住了，施法斩断牢狱的铁锁，推门而出。她扶起他，想要顺势摘掉他的面具，却被对方紧扣住手腕。

“不要多管闲事。”他不领情地推开她，勉力支撑起身体，这才惊讶地看向断裂的铁锁以及不知何时逃出牢笼的久微，“你是如何出来的？”

她柳眉微皱，没有理会他的质问，而是毫不掩饰满怀的关心：“你这样下去，会死的。”她暗指他深中的蛊毒，已经把他的身体蚕食得七零八落。

柔荑探过他的掌心，能感觉到他的脉象混乱不平，有多种毒素在互相抗衡，但剂量并不致死，在他身上下毒者必定是个精通用毒之人。

霍加猛地缩回手，瞧见她，心里又再度冒出疼痛的感觉。

就在他深陷在这份茫然不解中时，牢狱外传来噪响，随即数道身影出现在他们后方。曼妙的青衣女子持剑袭来，身后是金砂国士兵。

“霍加，乖乖束手就擒，否则别怪六皇子不留情面！”青黛厉声喝道。

“青黛姐！”久微伸手朝前方不断挥舞，对方一下就注意到她所在的位置。

青黛委身挡在了她面前，将霍加击退数步。

“久微，你没事吧？”

久微摇了摇头，担忧道：“赫连宇澈呢？”

“六皇子的骠骑大军被围困在胡溯关，他命我前来救你。”青黛神情凝重，思及石堡外的大军被大皇子的暗部狙杀大半，如今赫连宇澈仍在外头与敌将僵持，她恨不能立马赶到他的身边。

赫连宇澈率大军前来捣毁沙虎帮，没想到等着他们的竟是个埋伏。

仅稍有分神，青黛就被对方极快出鞘的长剑斩断了耳边一截长发。霍加正了正面具，冷哼道：“看来六皇子和他的骠骑大军败得一塌糊涂。”

“你给我闭嘴！”被出言羞辱的青黛眸光一凛，剑身如水蛇般袭卷向霍加，招招发狠，毫不保留。霍加亦不甘示弱，以柔克刚，轻松化险为夷。

可处于上风的霍加突然胸口一窒，动作随即缓慢了下来。眼见破绽百出，青黛当即将锋芒刺向他的胸口，就在这千钧一发之际，一道亮光将她的剑柄击飞。

青黛不可置信地看向捍卫在前的身影：“久微，你让开！”

“青黛姐，我不能让你伤他。”

“为什么？”

“我……啊！”不等久微解释，地面突然炸裂开一道裂缝，她身子一歪便往下坠落。彼时，霍加眼疾手快地握紧了她的手腕，她才幸免于难。

可当下的情况仍不容乐观，他们脚边的沙砾如沙漏般正极速陷落，仿佛要将人吞没。地面塌陷的速度持续加快，掉落的碎石不一会儿就被深渊吞噬，没来得及躲开的士兵也一同坠入这片沙海。

见状，后方的青黛与士兵已经纷纷退出牢廊外，她担忧地喊道：“久微！快逃，那是沙虫！”果不其然，那沙海旋涡的中心正探出了数只满嘴利齿的巨型虫子。

久微惶恐地向上看去，对狐面具说道：“你放开我吧，你会掉下去的。”她可以用法术想办法脱身，但她没有自信护他毫发无损，这沙虫是沙暴中最凶猛的食肉精怪。

“我不放。”霍加态度坚决，正一点点使劲把她拉上来。

他知道现在应该丢下她这个包袱，逃走才是上策，可心里怎么就放不下她，不能眼睁睁看着她成为沙虫的盘中餐。

连接着牢栏的手臂正缓缓乏力，因为蛊毒紧逼上胸腔，他闷声承受着钻心之痛，将她一点一点拉了上来，最后奋力一扔，将她丢出了沙坑旋涡。见她平安上去，他才卸下心头大石，手也随即松开了栅栏，随着重负跌向沙暴。

“霍加——”

正当他快速坠落之时，另一道身影紧随他一跃，最终隐没在沙暴之下。

流沙突然静止，一切仿佛不复存在。

3

另一方面，胡溯关上苦战的骠骑大军突然迎来转机。

从地面蹿出的沙虫群将沙虎帮的匪贼纷纷吞噬，赫连宇澈当机立断，撤兵退避三十尺外，绕开沙暴范围。

“远在沙漠深处的沙虫怎会来到关外？”赫连宇澈不解地看向身旁的将军胡曼。

“国师近来持续施雨灌溉荒漠，定是改变了沙虫栖息的环境，才促使沙虫分散到关内外的沙地。”

突然一阵急驰的马蹄声由远及近，青衣女子的身影很快便出现在众人面前。

“皇子！”青黛拉紧缰绳，喝住马儿的脚步。她翻身下马，来到赫连宇澈面前作揖行礼，“久微掉落沙暴，现在行踪不明！”

赫连宇澈一怔，反应过来暴怒道：“怎会如此？不是让你劫狱，把她带出来吗！”

“属下不力，请皇子责罚。”她垂下黑眸，流露出了悲伤。

“久微……”赫连宇澈突然性情大躁，久微的生死攸关楚子苓的性命，他将仇视的目光扫向不远处的骑兵队。

果不其然，领将而来的赫连郁噙着笑，驾着一匹汗血宝马悠哉来到阵前。

与他身后寥寥无几的兵力相比，赫连郁可谓拥兵万千，偌大的实力悬殊，立马将彼此的战斗力拉开了一大截。

“澈弟，你还是乖乖听皇兄的话，把‘雪魄瑶’交出来吧。”

赫连宇澈却冷笑回应：“是你把沙虫引来的？”

“真不愧是我聪慧的澈弟。”他不否认，坐实了沙暴正是他的杰作。

国师呼风唤雨，不仅能使金砂国免遭旱灾迫害，还能引来一方妖兽，赫连郁笼聚的势力范围已经超乎了赫连宇澈的想象。

“那你早该知道我前来应战，就没想过要活着回去了。‘雪魄瑶’更不可能交到你这种叛国叛民的人手中！”

“你都不在意楚子苓的生死了？”赫连郁讪笑着挥动羽扇，“若想知道沙虫去向，你最好不要违逆我，否则我会让它们把楚子苓撕碎。”

“你！”赫连宇澈咬牙切齿起来，他知道赫连郁将久微误认为楚子苓了，但他仍不得不为了久微而低头，“皇兄，念在子苓曾是你的未婚妻，请放她一条生路。”

岂料，赫连郁仰天大笑道：“未婚妻？你怎好意思再提，难道你不是认定那女人才是你的妻子吗？你有把她当过你的皇嫂吗？”

他们兄弟俩的恩怨可要追溯到十多年前。

在穆族皇室众皇子中，就数大皇子和六皇子出类拔萃，并且是皇位争夺的劲敌。他们本是一对和睦的兄弟，却仍是难逃一个“情”字困扰，竟都爱上了青梅竹马的楚子苓。

可嫉恶如仇的赫连郁在得知弟弟与楚子苓情投意合后怒不可遏，恰逢被他发现了楚王篡位的秘密，他便以此威胁楚子苓嫁给自己。他的目的不仅仅是为了日后吞并楚王的军队势力，还有利用楚子苓这枚棋子除掉帝位争夺者赫连宇澈。

然而，楚子苓竟三番五次放过赫连宇澈，就连在毒杀穆帝的行动中都败露行迹。他不得不逼迫她喝下噬心蛊，将她除去。

他对楚子苓毫无感情吗？并不，他亦会痛，但他更不齿那女人竟背弃自己与他的弟弟在一起。那种永生难忘的屈辱，若杀了她，也不过是对自己的失败恼羞成怒罢了。所以，楚子苓杀不得。他要以胜利者的姿态将她除掉，这才是他的行事风格。

“澈弟，如果父皇知道你窝藏着当年毒杀他的叛徒，他还会将你立为世子吗？就算他能宽恕那女人的罪行，穆族子民都不会原谅一个想要杀害穆帝的叛徒！”

赫连宇澈毫不在乎：“我知道她有苦衷，在那种情况下她没得选择。”

为救生父，她将弑君之罪全揽在身上。

他比谁都懂得她的心肠有多软，尽管楚王罪不可赦，她仍惦记着血浓于水的亲情。他知道她曾左右为难，才迫不得已选择牺牲自己。

“没有选择吗？楚子苓那女人本就死不足惜，她接近你是为了替楚王盗取‘雪魄瑶’，区区帝位她根本没有放在心上。”赫连郁的眸光突然闪过狡黠，“她为的是穆族皇陵的宝藏啊，澈弟！”

只可惜功亏一篑，“雪魄瑶”被巫女赫连若岚捷足先登。楚子苓也好，楚王也好，之于赫连郁完成帝业都毫无益处，索性扣他们一个弑君的罪名，让他们带着他篡位的秘密埋入棺材。

“你说什么……”在真相的冲击下，赫连宇澈身子微晃了晃，“不可能！子苓绝不会欺骗我的！”

赫连郁笑着摇了摇头，这个愚蠢的弟弟，竟还在自欺欺人。他高举长剑，对身后的骑兵发号施令：“给我拿下对面的骠骑军，一个活口不剩！”

彼时，青黛突然跃至前方，结印卷起狂暴风圈，将两军阻隔。

“皇子，快逃！”

赫连宇澈咬了咬牙，终是带着不甘，转身疾驰而去。

4

卷入黄沙底层的两个人被光圈包裹着，围堵在外的是数只虎视眈眈的沙虫。细长锋利的爪子，如螳臂剐蹭着结印，想要冲破光环将他们拖出结界。

久微用眼角余光瞥见脚边昏迷的男人，触目惊心的血线从他的下颚汩汩流出。如果再耽搁下去，恐怕他有生命危险。她定心施咒，为霍加单独施加了一层保护法阵，自己则作为利诱将沙虫引去了另外的方向。

“退下，否则我动真格了。”久微出言警告，可沙虫又岂会把她的话放在心上。从嗅到灵参香气的那刻开始，饥渴贪婪的虫子们早已按捺不住，纷纷抢夺她这块进补的肥肉。

说时迟那时快，数只沙虫从四面八方扑向了她，将她团团包围，小小的身影顿时淹没在黑影里。

半晌，地底发生一阵巨响，尘土炸裂，直蹿出地面。

那几只巨大的甲壳沙虫动作一致地仰倒在地，伴随着一阵烧焦的味道。

从焦灼的黑痕中缓缓走出一道倩影，飘扬的长发缓缓垂落肩前，她伸手拭去脸上的炭黑飞屑。收拾这些沙虫对她而言只是小菜一碟，因为今日的她已不再是五年前的她了。

久微摸了摸颈边的灵珠，她能感觉到流淌在其中的源源灵力。虽仍受制于缚灵珠，但她已经学会了如何掌控灵力，尤其这一身道行里还包含着眉上霜输送的数百年修为。

沙虫盯上她就是最有力的说明，尽管她隐藏得极好，仍是吸引来了四面八方的凶兽精怪。这五年来，借着外出寻找白慕风的机会，久微一方面避免给金砂国带来麻烦，另一方面想办法压制外泄的灵力。

重获这千年修为，对她而言，到底是好事，还是坏事？

她摇头轻叹，转身走向包裹于结界中的霍加。虽然已经用法术勉强止住了他的外伤，但他的脏腑心肺被震伤，也不知道所中的噬心蛊有多深。如此想着，久微的目光落在了他脖颈边，正是这不经意的一眼，被她看到了蔓延出来的印记。

星宿印?

久微颤抖着手，轻轻摘下覆盖在真容上的白狐面具。

记忆中那面如冠玉的少年郎，如今覆上濒死的憔悴之色。蛊毒在他的脸颊绽开大片紫黑色块，显得妖异阴森。

她还没从震惊中反应过来，却已激动地扑向他厚实的胸膛，紧紧拥住不放，仿佛一个走散的孩子，被伤心欲绝的父母找到时，父母给予最激动的拥抱——他就是那个失而复得的孩子，而久微就是那寻回孩子的父母。

欣喜的泪水润湿了脸颊，为久别重逢，也为庆幸自己当初没有放弃。

她抱起他枕在自己的双膝上，温柔地抚触着日夜思念的容颜。小心翼翼，生怕稍一用力就会把这甜美的梦境破坏。

“慕风，欢迎回来。”

久微倾身，印上冰凉的唇瓣，思念浇灌在心头。

不求独避风雨外，只笑桃源非梦中。

这次相遇，终于不再是梦里了。

慕风，慕风……

少女的容颜藏在阴霾后，伸手将他拉了出来。

娇俏玲珑的身形，看着并不高大，一袭鹅黄色的衣裳是她最鲜明的颜色。如瀑青丝长长地流泻，鹅黄色雪纱发带系在耳侧，精致的琉璃珠随脚步轻颤起伏。

她巴掌大的小脸，贝齿檀口，当她盈盈欢笑时，便会亮出藏在嫩红唇瓣里的一对可爱小虎牙，银铃般的女声总是轻快地唤着他。

这种调调，他似乎熟稔至极，每回他厌烦想要逃避时，就会有个家伙跳到面前，以这种愉悦甜美的声音，一脸阳光灿烂地半怂恿半诱哄他妥协！

偏偏他吃软不吃硬，她的这一套对他总是很受用，让他那本就脆弱的忍耐力，一下就分崩离析。

她究竟是谁呢?

为什么总是让他无法冷静自持?

为什么让他感到很熟悉，仿佛彼此认识了很久很久?

每当他更坦率地直面她时，她似褒奖他一般，向他口中喂入红润果实，那种滋味有酸涩、有甘甜，还有难以言喻的芬芳馥郁……

她眨巴着水汪汪的大眼，粉唇微启，喊的全是他的名字。

“慕风。”

她眼眸含着泪光，字字都珍重宝贵。

一声又一声，似要横亘古今，刻入骨髓，清响玎玎。

久微……

他被自己的回应突然惊醒，睁着幽深的黑眸，张着嘴急速吐纳。

慕风？那是他的名字吗？

为何让他感到陌生的同时，又感到莫名熟悉？

可那甜甜的声音每唤他一声，他都能从中得到喜悦与满足，仿佛空虚寂寥的心灵也被填得满满的。他甩了甩头，说服自己那都是梦境，决定不再细究。

环顾四周，头顶上方皆是无尽黑暗，仿佛没有昼夜，霍加才意识到自己坠落在沙暴的旋涡底下。

因为记忆的连贯，他忆起那牢笼中的女人。正要起身，就发现念想中的女子正依偎着自己安睡，笑容还格外的甜美。

他掐了掐自己的脸颊，会痛，确认这不是在做梦。

不仅如此，他这才赫然发现自己的面具已被人摘下，因为那远在女孩身后的白狐面具正冷冷清清地躺在地上。

还没理清状况，身旁的人突然发出一声咕哝，似在抱怨无法汲取到足够的温暖，又往他的方向霸道地挪近了几分。

亲密的触碰令他猛地僵直背脊，他一骨碌坐起，远离熟睡的俏丽面容。兴许是他的动静过大，在宽袖的拉扯下，枕在上头的小脑袋随着起伏，踉跄地滑落在地。

久微吃痛地扶着被磕疼的脑袋，发出娇嗔：“好痛。”

“你……”尽管满腹疑问，可一对上那双晶光的眼眸，他却噤了声。

她边打着哈欠，边坐起身来，第一件事就是伸了伸懒腰，然后精神抖擞地望向他，笑容灿烂，像个纯真的孩子。

“你醒来啦？感觉身体好些了吗？”

面对她的体贴温柔，霍加再次紧蹙着眉头。下一刻瞧见她笑靥如花，胸口没来由地感到一阵温暖。她头发很长，垂悬在粉颊两边，似绸若纱，在荧光中缕缕分明，竟让他忍不住想要探手去抚摸把玩，仿佛那是潜意识中习以为常的行为。

“慕风？”见他没有回应，久微突然凑近，想用额头紧贴着他的额头，以此探究他有没退热。可她还没来得及践行，又再次被他推拒在外。

“不要碰我！”在争执中长指划破了她的脸颊，留下一道血痕。

他如未驯服的野兽，眼中充满敌意。

久微一怔，担忧地问："慕风，你不记得我了吗？我是久微。"

"久微？唔……"牙关溢出轻吟，他只要一深想，脑袋就像要裂开一般。他按住额际，钻心的痛楚又让他疼得龇牙咧嘴。

"你又头痛了？"久微想要上前，却被他一掌紧扣住脖子按在地上，"慕风……你冷静点儿……"

头部的重创像长针刺入内部胡乱搅和，一些声音以及零碎的画面还来不及清晰显现，就已经模糊不清，他只能匆匆捕捉到数句杂乱无章的话语。

以前，我的心愿的确是飞升，但是……

不知道小大夫愿不愿意帮我梳个新发，然后到处游玩一番？

不准再提矮冬瓜！

你个守财奴！

慕风，我们何时出发去游历四方？

你给了我"因"，所以留下来就是我的"果"。

没事的，我会一直陪着你，不会让你一个人。

剪影如浮光掠过，伴随着或喜或悲的女声，有笑有泣有哀有怨，他想细听，却只换来更剧烈的疼痛。直到脑海那模糊的面容与面前的女孩重叠，一颗心如琉璃碎地，声音清脆。

泪水滑落，心中涌现连他都理不清的悲伤。

"久微？"

她微笑着颔首，精致柔美的容颜上只剩下那道血痕，仿佛不久前的争执不复存在。她乖巧地站在他的跟前，眼神专注地看着他，双手捧着他的脸颊，说道："是，我是久微。"

5

虽仍有抵触，但至少他没有再把她往外推，这已让久微感到很欣慰。

他允许了她的触碰，只因他被头痛折磨得够呛，鼻间缭绕着她身上清爽的味道，有药材的淡香，令他感到无比安心。

"……你是在望龙坡被商队所救？"

一双巧手穿梭在他的发间，宠溺地理着那把细腻的长发。患处被温柔地抚摸，换来他舒服地眯眼，他微微颔首："可惜商队在入关时，遭到沙虎帮洗劫。"

虽然他拼死保护商队的伙伴，奈何寡不敌众，最终只能眼睁睁看着众人枉死。而他亦被沙虎帮俘获，并强行灌下噬心毒药，让他受制于虎爪，做尽泯灭天良之事。

"怪不得我去天山寻了你那么多次，却一点儿消息都没有。"横亘在彼此间的空白五年，虽然可惜，但只要他还活着，对久微而言已是幸事。

"所以这脸上的毒斑，也是沙虎帮所致？"

当她想要伸手触碰那紫黑的半张脸时，他把脸别了过去，垂落的发丝掩盖住他最在意的容貌，出口却是冷漠的疏离："你别靠我太近，那是蛊毒。"

戴上狐面只为掩盖住那令人惧怕的面目，并非为了取悦自己。他不知此刻内心的焦躁不安，是因为在她面前暴露了不完美，还是害怕从她眼中看到嫌恶。

岂料，小手突然环锁在他的腰际，她几乎要将自己嵌入他的胸膛，再也不放开他："那又如何？只要你是白慕风，我就不怕。"

他身子一震，因为她的直率以及眼中流露的温柔。自己从未与谁有过这样的亲昵，更无人在乎他的生死。何时竟有人把他的感受视作天与地？更不惧怕他的狰狞丑陋？

长久以来的孤僻，让他心中深埋着种种茫然与孤寂。

想不起来自己是谁，也不知道能为这世道做出什么丰功伟绩，自有意识以来，他就一直在做杀戮的勾当。

这样的他真的没关系吗？

然而，她却不害怕，那铿锵有力的答复，让他内心得到前所未有的安宁。明明噬心蛊在身体内复苏，钻心的痛仍旧折磨着他，可此刻，内心却静谧祥和。唯一没能冷静下来的，大概是看见她时急促的心跳。

"我不是你说的慕风……"他终于找回属于自己的声音，却觉得字句苦涩，仿佛如鲠在喉。

慕风，那是梦境中出现过的名字，并不是他的。

他是霍加，那是商队主为他取的名字。对于坠崖前的事情，他没有任何记忆，所以她口中的"白慕风"是个他不曾知晓的陌生存在。

而她的温柔笑容，大概也只为那个名唤"慕风"的人吧？

就在心中冒出卑微自怜的恶劣情绪时，小脸突然从他怀中抬起，露出坚毅神色："你就是慕风，不是别人，请你务必记住。"

他正要反驳，纤指点在薄唇上，也阻止了他即将开口的否定。

“忘记过去并不是坏事，我很庆幸仍能与你有新的开始。所以，”久微双眸氤氲着泪水，将脑袋枕回他的胸膛，“求你不要赶我走，好不好？不管你是白慕风，还是霍加，亦或是玄冥，这些统统都没关系，我只想待在有你的地方。”

她不为任何人，只为他而生。

她的软声央求叫他难以拒绝，半晌，他终于伸手回拥住了她。

只有清浅的一字：“好。”

两个人被围困在黄沙之下数日，一直找不到出去的方法，疑点也越来越多。

比如为何在密不透风的沙道中，他们仍能呼吸畅通？又比如，这平整宽敞的沙道又是凿自谁人之手？本要袭击他们的沙虫现在藏身何处？

头顶上方透着薄光，但不明晰。即使久微结印想要破土而出都徒劳无功，而且无法清楚地知道自己身在多深的沙坑底下，而且外部仿佛有着一股怪力在阻挡他们出去，要将他们彻底困死。

“前面看起来也是条死胡同。”久微叹道。

“再找找。”正要举步，身旁的男人突然倒了下去。

久微眼疾手快地扶住了他，担忧道：“慕风，你怎么样？”

“没事。”他苍白着一张脸，有些许血丝渗出嘴角。

他果然在强撑！久微又急又气，以前他就总是如此，一个人藏着痛苦和秘密，不让她发现。

柔荑轻挥，将黄沙堆成柔软的床铺，然后扶着他躺卧上去。

“你不舒服就要告诉我。”她或许还能凭着灵力坚持，可白慕风是凡人，几天不吃不喝已达极限。眼神中的责备渐渐变成了心疼，“你的蛊毒越来越深了，不尽早解清会有性命之忧。”但他的身体还太过虚弱，由于受了内伤，若操之过急，她怕他的五脏六腑会承受不住。所以，这几天以来，她都在循序渐进地喂他服用少剂量的参露解毒。

“你……为何要假冒楚子苓？”早在见到她的那一刻起，他就隐隐感觉到了久微的不同寻常。

她表面上是金砂国的一名女大夫，但她却懂得修仙术法，身陷困境亦面不改色，这更让他笃定了她最初乖乖被擒不过是在隐藏真正的身份。

久微苦笑道：“我从未说过我是楚子苓，倒是这长相给自己惹事儿了。”这些年每次出入金砂国，她都将自己包得严严实实，为的就是避免这样的麻烦，“真正的子苓郡主，还在金砂国内，只是一直没能醒来。”

难道真的是人有相似？她的神情看起来倒不像是在说谎。

不待他多想，小手就将一颗红果塞入薄唇。酸甜的好滋味，在味蕾蔓延，随即体内蹿升出一股热流，饥饿感一扫而空。

这红果竟有如此神奇的功效？可它分明就不是沙漠周边会有的食物，岩洞四面皆是沙砾与黄沙，这样的荒芜之地别说活物，连植被都不曾有过，又何来野果？

他心中有太多疑问，可她似乎心领神会一般，看穿了他的担忧：“放心，这些野果具有解毒功效，还能果腹。我时常会带一些在身上，以备不时之需。”见他不言不语地盯着自己，她又殷勤地从药囊里取出一些，“还要吗？”

“你自己吃。”他摇了摇头。

“好。”久微为他的关心，突然心中一暖。

可在转身那刻她又把红果放入药囊，这番可疑举动自然没有逃过他的眼，回过神来时，他已经紧紧扣住她的手臂：“你为何不吃？”

“你很介意吗？”久微以为他误会了自己下毒，便当面吃下一颗参果。灵参吃下自己的参果并无任何益处，可为了他毫无戒心地吃下解药，她只能以身试果了。“我食量很小，吃点野果和水就饱了，这些都是留给你吃的。”

他将信将疑地松开手，指痕清晰可见，足见他下手多重。在看到久微脸上的伤口以及臂上的印痕，他不禁愧疚起来，语气也放软了些：“抱歉。我只是……唔，头好痛。”他伸手按住发疼的额际，最近只要一深想，就会引来阵阵钝痛。

久微摇了摇头，并没有在乎手上的红肿，而是先按摩他额际两侧，为他舒缓痛。

“你定是那时候从天山摔下去撞伤了头，才留下了病根。失忆也许是因此所致，不要勉强回忆从前，一切顺其自然。”她柔声引导他放松，并用指腹揉按着穴位，帮他揉散痛楚，也揉开了紧蹙的眉宇。

“嗯。”他发出吁叹，神情柔和了不少。

久微看天际渐渐暗下来，便在空中燃点一小簇艳光。

“天又暗下来了，先睡吧。”她枕在他身侧的位置，与他四目相对。脸上虽有疲惫，但笑容仍未卸下。

白慕风被她看得不自在，眼神便闪躲开。若是换了从前，他会负气转身，是她的真诚，教他坦率面对：“看我做什么？是因为没见过这般……骇人的长相吗？”

她伸手抚上他的脸颊，憨笑道：“你一直都是好看的，那些斑块并不妨碍你在我心中原有的模样。”只是他不知道，自己脸上的瘢痕已经渐渐淡化，露出了原有的长相。

见她笑眯眯的样子，他心中一阵悸动。

真是个怪女孩。

这越发让他好奇他们的过往，在她想要抽回爱抚他的柔荑时，他反手紧握住她。薄唇迟疑许久，仍未发出任何单音。

久微被他突如其来的动作，惊得双颊火红了起来，一方面是因为她回想起重逢时偷吻了他，一方面是在他灼灼眸光的注视下她感到很害羞。

“我与你是何种关系？”

她顿了顿，淡淡愁笑：“你是我的恩人。”

“恩人？”他有些讶然，又指了指自己，“是从前那个白慕风，还是你所说的玄冥？”他就像一个新生儿，对过去的一点一滴都刨根问底。

“那都是，你曾经是一位天神，只是你犯了错，被谪仙落入凡间。而白慕风，就是你谪仙赎罪的名字。”她坦诚不讳。

她说的这些，他不仅感到陌生，还觉得好似天方夜谭。若不是她的口吻是那般笃定，他一定会认为她在开玩笑。然而她没有，字句都回应得格外认真。

神，对一个凡人来说是多么遥远与虚幻的境界，他既不修仙，亦不论道，满手沾染猩红的他，更无仙风道骨的潜质。

他怎会是神？

别说有一星半点印象，那样的身份对他而言简直是痴人说梦。但她的诚恳态度又让他不得不相信了这不切实际的说法。

“你也是？”这也就解释通了她身上的种种疑点。

可她却摇了摇头：“我还算不上。”

算不上？介于神与人之间，是妖怪，亦或是……

接着就看到她伸来的一双柔荑化作枝藤般的模样，他本能告诉自己应该逃走，可身体却一动也不动，好似她这副模样早在他的认知当中，毫不稀奇。

“我是千年灵参精。”

久微不意外他的反应，微笑着把手复原，小小的掌心上躺着数颗红彤彤的果实。那正是他平日吃食的红果，言下之意，那也是产自于她。

虽他仍无法相信自己曾是神的事实，但为了探明自己的过去，他姑且顺着她的话茬，问道：“那……我为何会被谪仙？”又是为何坠落天山，失去的这段记忆也包含着当神的那一段吗？

她与他平视，良久，才缓缓开口：“老实说，我也不知道。”

这也是一直萦绕在她心头的疑问。为何玄冥仙尊为了她这株灵参不惜牺牲千万年道行，甘愿谪仙下凡？如果真如天山之神所说的那样，仅是怜悯，那也未免太过牵强了。

见她隐忍着悲伤又强颜欢笑的样子，他心头竟有一些不快。

他伸出大掌揉了揉她的头发，她抬头不解地看去，看到他同样看向自己，他若有所思地笑道："我从前一定很喜欢你。"

乍闻之下，她突然红透了小脸，不知该做何反应。

"否则怎么会有你这样的小古板跟着跳下沙暴，又固执地掏心掏肺地待我？"为他欢喜为他愁，他仿佛牵动着她所有情绪，在他无所察觉的时候，她甚至偷偷地躲起来啜泣，只把笑容留给他。虽然仍旧想不起两个人的过去，但他从那浓烈的情愫中得知，她对过去的自己而言，一定是很重要的存在。

白慕风冷凝的眸光中溢出了难得的温柔，就像从前那平和镇的白衣大夫，总是不吝体贴，看向自己时，会不着痕迹地露出浅笑，调侃她一句"小古板"。

多么亲切的三个字。

干涩的眼眶突然蓄积了泪水，她狼狈地拭擦着脸颊，苦笑着解释："明明已经好久没哭了，都怪你……"

从知道他违逆天意要救下她、会撒谎抛下她去谪仙受罚，她就已经想通不再哭了。被赫连宇澈迁怒时她没有哭，在一次次寻他的希望落空时她没有哭，就连重逢他时被冷漠相待也没哭，可都没有像此刻这样，让她泪流不止。

一看到他的脸庞，她就忍不住想要撒娇、想要服软。

"明日我们一起找到出口，离开这里。"他开口承诺。

久微心弦一紧，随即破涕为笑："嗯。"

就在这时，突然骤降漫天黄沙，视野受到阻隔的两个人还没辨清方向，四面八方传来扑棱的声响，接着一群黑压压的影子朝他们极速飞来。

第十二章

未实现的心愿

1

“小心！”

随着这声疾呼，汹涌密集的沙虫从天而降，将他们团团包围。

原来数日的风平浪静，不过是暴风雨的前夕。

白慕风隐忍着胸口的闷痛，俯身抓起一把沙子投向了扑来的巨大虫子，随即飞踹向其下颚，旋即拉起久微就朝反方向一路奔跑。

可没跑出几步，前方又蹿出成群结队的沙虫群。他冷嗤一声：“我们应该是误入沙虫的巢穴了。”就在不远处的沙柱上正悬挂着一排排白色的虫蛹。

眼看再无退路，沙虫振翅的噪响越发逼近，恐怖的怪异叫声在谷底回荡，如同鬼魅索魂，让人从心底发指。虫群如网铺盖的碧色瞳孔像分裂出数十面铜镜，而眼底下两道人影皆映入其中，引起一阵觅食的躁动。

“吱吱——”率众的沙虫朝他们疾飞而来。

白慕风的第一反应是在它们扑来之前，把久微护在身下，将自己作为诱饵，为她阻挡即将袭来的攻击。

“砰”的一声巨响，锥状石柱如离弦之箭把本该袭来的沙虫击落。紧随而来的石雨将那片黑雾纷纷击溃，前赴后继的沙虫仍不甘示弱地向施法者挑战，却都无一例外地被砸得粉身碎骨，薄片的羽翼刹那间如枯叶飘零。

待到一切安静下来，他震惊地看到身后成片倒地的沙虫。随即惊愕转头，便看见身下的娇嫩姑娘朝他投来粲然一笑，悬在半空的指尖还缀有亮光。

“已经没事了。”

“嗯。”白慕风突然颓然地滑坐在一边，尽管知道她是千年灵参小仙，但内心仍觉得很震撼，可这些都不及被对方保护的挫败感，让他心有不甘。

即使他曾是神，可如今他却一点儿力量都没有，就连保护她都做不到。

让他感到羞愧的同时，更多是为自己的无能而沮丧。

可久微却不这么想，白慕风即使失去记忆，依旧奋不顾身保护她的举动，让她平静的心湖又再次泛起阵阵涟漪。

“谢谢你，慕风。”本该接受致谢的她，却诚挚地道起谢来。

“谢我做什么？我明明连搏击凶兽的力气都没有。”若没有久微，恐怕他最终也只能坐以待毙，这让白慕风心中更不齿自己的无所作为。

“嘿，难道你在害羞吗？”久微忍不住调侃，谁让他这副垂头丧气的模样像个讨糖不成的小鬼头。她坏心眼地揉乱他的发，却被他恼怒地扯下不安分的手。

“别闹。”

久微却不以为意地笑道：“我保护喜欢的人，有什么不对吗？”

喜欢？白慕风鲜有表情的脸上，突然浮现出一抹可疑的珊瑚红。

“你……你说什么……”

“从以前开始，你就一直在保护着我。反倒是我应该感到惭愧，如果不是因为我，五年前你也不会……算了，那都已是过去，这次无论如何我都不会再妥协了。”如果没经历过失去挚爱的剧痛，她不会固执至此。

比起被他埋怨痛恨，她更害怕失去他。

“对不起，我还是想不起你的事……”他也痛恨自己为何会忘记她，包括前半生曾参与过谁的人生，目睹过怎样的风景，脑海中几乎一片空白。

“不是的，你没有错。”她不舍得让他露出这种自责的神色，更何况这还是莫须有的亏欠，明明该感到抱歉的是她才对，“只要还活着，比什么都好。就当我们重新认识，我会努力让你喜欢上我……”

犹豫的十指，终于微施力紧揪住他的衣襟，她轻轻踮起脚尖，将粉唇印上他的。绵长柔软的吻仍显青涩，她紧闭着双眼，却错过了黑眸投来的认真专注。

一番大胆的举动后，久微突然羞赧地垂下了头，她的勇气大抵只够维持到这里了。久微忐忑地咬了咬唇，担心他觉得自己是个不懂矜持的女孩，却又好奇他的反应，再度悄悄地抬眸看去。

可他突然用大掌按住她的后脑勺推向自己，薄唇重新紧贴，将她的惊呼吞没，再度重温方才短暂的甜美。

如果注定这辈子要与她纠缠不休，他愿意奉陪到底。

十指紧扣，仿佛再也不分开。

这是他的回应。

当他们还沉浸在甜蜜中时，洞穴上方突然传来某些像破冰的清脆声响。抬头看去，竟看到垂挂的虫蛹正裂开一道道缝隙，随后众多新生的沙虫破蛹而出，“扑腾扑腾”的噪响旋即回荡着刺耳嗡鸣。

“怎么没完没了的。”被打扰的感觉真糟糕，久微蹙眉瞪向了上空的虫子。光矢从她的指尖蹿出，瞄准了每一只对他们虎视眈眈的沙虫。

可诡异的是，被击中的沙虫竟不像之前那样死去，而是又重新腾飞起来。

“怎么会这样？”情急之下，久微结印划出护法光圈，与白慕风一同躲了进去。受阻碍的沙虫一个接着一个，莽撞地冲向光圈，不管被撞飞多少次，仍锲而不舍地朝他们所在的方向袭击。

“奇怪，现在并不是沙虫孵化的季节。”白慕风抱胸看着圈外失控的沙虫，“我在沙虎帮执行任务的时候，时常会将叛徒带去火焰丘处置，那里才是沙虫的大巢穴。沙虫的繁衍季节与普通的昆虫不大一样，它们在夏季产卵，冬季孵化。”

而蛰伏在沙丘里的沙虫，便是以伏击途径巢穴的猎物为食。

“火焰丘在胡溯关的西北方向，按理说沙虫就算猎食，也不可能来到离栖息地那么远的地方。”久微提出了自己的疑点，“一定有着什么人在诱导沙虫的迁徙。”

“也许，大皇子知道其中的缘由。”

“你说赫连郁？”

白慕风给了一个肯定的笑容：“他与虎涯私底下勾结，目的不止是夺得帝位。否则以他的作风，绝不可能等到今日。让皇子们去寻‘雪魄瑶’，无非是穆帝的一个缓兵之计。”

“喔，原来有猫腻。”久微恍然大悟，怪不得那个激进派的赫连郁会在亲弟弟带回“雪魄瑶”时，仍无动于衷，他是笃定了穆帝不会轻易交出帝位吧？

“那他的真正目的是什么？”

“穆族皇陵。”

穆族皇陵？听闻那是金砂国历代君王的皇陵所在地，当初穆族先祖发现了这块风水宝地，便迎来了征途霸业的顶峰。于是初代穆帝视其为一国命脉，死后并随金银珠宝入殓。据说皇陵中机关重重，还有守护兽看守，绝非轻易潜入之地，更遑论窃取宝藏，有没有命活着出来都是个问题。

事实上，穆族皇陵不仅驻有守护兽，地道中还徘徊着恶灵。

说时迟那时快，沙虫堆中竟显现出一道身影——长至曳地的头发如浪涛汹涌，少女穿一身惨绿罗衣，映着苍白的肤色，神情冷若冰霜，眸光牢牢盯着光圈里的两个人。

那是个美丽的女子，但她的美却显得妖艳异常，尽管五官深邃精致，但看起来仍像个毫无生气的瓷娃娃。

在这样的地方怎会有人出现？久微甚至来不及做出提防与警惕，那女子一眨眼的工夫就已经挪移到光圈之外，与她仅有一臂距离。

原本黑白分明的双眸，转瞬变成骇人的赤黑二色，宽袖下的惨白手臂竟毫发无伤地穿过结界，紧箍住久微的脖子。

“把眉上霜还给我！”

久微被长臂高举，任凭她如何挣扎都无法逃脱惨绿女子的钳制。

“快放开她！”手无寸铁的白慕风也顾不得结界外还有沙虫，冲出了光圈外。他忽然生出了力气，猛地掰断了一只沙虫的腿节，那甲壳边缘上布满了小锯齿，看似一把颇具攻击性的武器。

他不时抬头仰望，久微已被拽至数丈之高，她用力捶打颈上的手臂，却只换来更痛苦的折磨，并且那女子有将她带离此地的打算。

“慕风——”

随着一道金光，久微与惨绿女子便消失在了墙垣之后。

白慕风正要跳入那闭合的法阵，却被数只幼小的沙虫挡在了前路。“该死的东西，不要妨碍我！”不知何时，肩背上的星宿印隐隐冒出磷光，他低咒一声，挥着手中的临时“武器”，与这些敌人陷入了战斗。

2

墙壁的后头连接着幻境的法阵，久微随那女子进入了迷幻的空间，如同森罗万象，只有交叠重影的零碎片段，像进入了谁的梦境。

在幽闭的幻境里，四处都是形状怪异的晶石，仔细一看，里头竟冰封着一个个人影。久微捂住因震惊而微张的小嘴，这些被害的百姓不仅有金砂国的商贾，还有来自中原的旅人，他们还保留着被冰封前的惊慌模样。

“把眉上霜还给我，还给我！”惨绿女子将久微重重地摔向地面，嘴里只反复念叨着这句话。

惨绿女子怒发冲冠，如瀑长发张狂如水蛇，愤怒使得那张精致的小脸变得更加阴鸷冷冽。目光再挪移到脚下，久微看到了她的肌肤呈现着半透明状，原来这是一抹怨灵。

“你到底是谁？你认识眉上霜？”久微忍痛爬了起来，看向上方的女子。

原本朝久微极速刺来的长发冷不防顿住，连同那女子的表情也变得僵硬，她的口气变得有些急躁：“你是不是知道眉上霜在哪儿？告诉我！”

这下久微更确定了怨灵与眉上霜曾是旧相识，难不成又是那家伙曾戏弄过的女妖？那确实是风流成性的眉上霜干得出来的事，久微心里正鄙夷着，想要劝慰她忘了负心汉，早日释怀升天，却看到怨灵痛苦地跪倒在地。

“阿霜，阿霜……对不起……呜……”她的胸口上浮现出一道符咒，那正是令她此刻满目苦楚的源泉。

“你怎么了？”久微上前查看，混乱间，怨灵伸手袭向她，却在触及她时，被她跳出衣襟外的灵珠灼伤了手。

一阵痛苦的哀嚎，惨绿女子被牢牢地钉死在墙壁上，她双手平举，小脸歪斜垂下，眸中是无神的瞳仁，背后正逐渐显现出缚灵结印，似乎很久以前就有人在这里施下了法术。

“这竟是缚灵咒？”令她想不通的是，这怨灵明明之前还能自由出入幻境内外。这结印的法力虽不再强大，但女子的灵体变得越发稀薄，也许是在漫长的岁月中与强大的术印进行抗争的后果。

久微思忖半晌后，想到唯一的可能。

“你以损耗魂力为代价，挣脱缚灵咒？”惨绿女子仍没能摆脱这强大的术阵，只能在结印的数丈范围活动，足见施法之人有多强大。

呆滞的小脸微微抬起，惨绿女子苦笑道：“看来你不是一般人。”久微与那些被抓回来的愚蠢人类不同，她身负厚重的灵力，甚至面对妖魔仍毫无惊惧。

“我是千年灵参精，是眉上霜的朋友。”

“他……过得还好吗？”女子眼眶湿润，得到眉上霜的消息，她的脸上有惊喜，也有溢于言表的感激。

“嗯，他的元神曾受过一次伤，现在是‘新生’的他。”

言下之意，他已不再记得从前数百年的事，包括那女子一直耿耿于怀的“伤害”。

惨绿女子微怔了怔，声音哽咽，只剩下悲痛的呢喃。

“是我伤害了他，不仅让他没了一颗心，他甚至情愿自伤都不愿保留与我共有的记忆。他竟恨我恨到这般地步……”惨绿女子苦涩地启唇，泪水抢先一步落下。

她就是那个促使眉上霜冲动挖心的人？

难道她就是……

“你是沈梦雨？”

她惨笑着开口，并没有否认：“定是阿霜数百年来总把我的负心记恨在心上，才落得人尽皆知了。”

久微摇了摇头，解释道：“不是的，阿霜从未提及过你与他的过往，我所知甚少。在我认识他的时候，他就已经没了一颗心。”

况且，久微对眉上霜的愧疚并不比她少，害他“死”过一次，这比丢失一颗心更教她难以原谅自己。

“你放心，阿霜现在过得很好，虽然他失去了身为蛇精时的记忆和道行，但作为‘人’，他甫满五岁，今后也会健健康康地生活下去。”

久微执意认为，只要不再让眉上霜涉及修仙，他定能从沉重的过去中解脱出来。这一次她希望眉上霜能为他自己而活。

沈梦雨震惊道：“五岁？”

“这说来话长。”久微尴尬地笑笑，“沈姑娘，你又为何苦苦徘徊于此？”这缚灵咒是留恋尘世的孤魂枷锁，沈梦雨如今尚在，就是她仍心愿未了的证明。

“我想见他，想对他亲口说一声‘对不起’……”

如今想来，五百年岁月对沈梦雨来说真是一个漫长的惩罚。

只要一闭上眼，就会浮现他憎恨的目光。

“除掉它！”

手持榔头的众家丁将白发少年围困其中，口中皆是恶毒的谩骂。她就站在人群之后，被表哥阻挠向前。

“我活了这么久，从未如此狼狈过。”眉上霜喉中发出朗声大笑，笑自己的愚昧和错付真心。他扬袖，将向他无情袭来的人类吹散至后方数尺。

人类的恫吓，威胁不到他半分，冷硬的兵器在要刺穿他身体之前，都已成了烂铜废铁。白发在风中飞扬，嚣张漫舞，眉上霜伫立在绿茵之上，面容俊俏，可温柔的眸已冷似寒冰，目光落向了远处的某个地方。

“妖怪来了，梦雨快逃——”沈梦雨被表哥拉着逃命，可她却一动也不动。

不能怪他怕死，眼看妖怪距离自己几步之遥，沈梦雨又冥顽不灵，他这个当表哥的知道保命要紧，他转眼松开手，撒腿就跑。

家丁见状，纷纷逃窜，担心自己沦为被蛇妖盯上的猎物，避之唯恐不及。

眉上霜心灰意冷，决定不再隐藏自己——脸颊上、臂上、颈间都隐现着蛇纹，澄黄淡金的瞳孔突然一缩，变成一条细缝。

那是兽特有的瞳孔。

沈梦雨紧了紧手中的匕首，血珠子沿着刀尖一滴一滴滑落，在地面绽开了朵朵血花。她面前的男子分明就是个妖怪，显现的半人半蛇的模样，教人看了毛骨悚然。

曾那般宠爱一个人，不吝展露的笑靥早已敛起，他笔直向前，直到走向她，脸上的表情只余下唏嘘。

长臂伸来，夺过她手中的匕首，手起刀落，在她惊愕瞪大的杏眸注视下，眉上霜拿刀刺向了自己的胸膛，挖出了那颗伤痕累累的心。

“对你，我掏尽肺腑，我从未如此宠溺过任何人。可我也好恨你，恨你的无情与退避三舍，仿佛曾经的欢声笑语及心心相印都不过是我的自作多情。”

他淡淡地说着，没有任何声调起伏，就如再也没有了为谁而疼痛的心脏，冷暖不知。

“你我从此陌路！”

他宣判了对她的惩罚。

丢弃了那颗心，眉上霜身影已逝。

沈梦雨心中一凛，背心蹿出一股刺骨寒意，像北风穿透了她单薄的身躯。直到她反应过来，双脚早已先一步追了上去，手只来得及抓住白袖一角，对方却如烟般消散，她重重地摔向了前方。

盈满眼眶的泪水洗涤着润泽的眸，她那一刻才深深地意识到，比起对妖怪的恐惧，她更害怕失去他。

可一切都已经太迟了。

她抱着那颗心，不可遏制地痛哭。绿茵被风轻轻吹起动静，听到身后窸窣的声音，沈梦雨哭声止歇，她立马爬了起来：“眉上霜，我……”方抬头，落入瞳孔的是陌生的凶兽，它将她连同那颗心一并吞没，她结束了短暂的一生。

错乱的记忆，五百年间重叠交映，时刻都提醒着她最初的冷漠无情。

“我执念太深，以至于久久没有随鬼差而去，本以为逃过轮回，可以再见眉上霜最后一面，却又被一位阴阳师封印在镜中。直到他去世以后，他的子孙将封印之镜随他一同入葬。”她也就连同沉睡在这片荒漠底下。

“难道那阴阳师也是穆族先祖？”久微大胆假设。

沈梦雨不确定地摇了摇头：“我不知道，我花了几百年的时间，才好不容易等到封印的咒术变弱，逃出了镜外。可今非昔比，我不知从何寻起眉上霜。”

每一个途径的旅人都成了她打听眉上霜的线索，可一次次的失望却换来她的狂暴戾气，她心中的哀愁也越发深沉。

看到那般痴情、深陷歉疚中的沈梦雨，久微不禁想起了自己。她也曾为寻找玄冥仙尊独自承受着孤独千年，因为她的弱小没能保护到重要的朋友，即使如何自责与痛骂自己，那些逝去的人与事都早已无法弥补。

白慕风遗忘了她。

眉上霜失去了所有道行。

平和镇被黄土掩盖。

天山荒芜，灵韵不复存在……

后悔只会徒增不幸，守着过去而束缚自己，是难以踏出走向未来的一步的。久微虽同情沈梦雨的遭遇，但也不可否认因为她的自私连累了许多无辜百姓丧命。

“沈姑娘，那并不是你迁怒他人的理由。那些因你而殒命的百姓也都是某些人心头的牵挂，你毁掉的岂止是他们的希望，还有你自己的魂力，你最终会使魂体消耗殆尽，再也没有转生的机会！”淡淡蹙痕在久微的眉心浮现，是对沈梦雨的怜悯，更是对她不计后果的鲁莽之举予以斥责。

不好好珍惜所剩无几的魂力，若真的“死去”，那就真的彻彻底底消失了。

沈梦雨又何尝不知道这个道理？可有什么比见不到眉上霜更教她痛苦煎熬？她甘愿用余下的时间，去换取见他一面的希望。

“那是我该受的惩罚，我不求别的，我只想在最后见见他，否则我无法释怀。”

就算化作红尘，仍不能遗忘。

“你真是固执。”就和她一样倔强。久微结印试图破坏缚灵咒，可术印依旧固若金汤，对她施加的法术毫无反应，还反将她弹飞向身后的晶石。

沈梦雨惊讶地看向为自己破咒的身影，心头不禁炙热起来。

“你又何必为我做到这份儿上？”

“因为，”匍匐在地上的久微从瓦砾中爬了出来，抖了抖衣裳上的尘灰，才回以浅笑，“我也曾费尽心力去找我的心爱之人，我能理解你的心情。阿霜总是刀子嘴豆腐心，嘴上喊的‘绝交’，你可千万别当真，他或许只是在等你回头。”

他的心肠有多软，沈梦雨早在五百年前就已经知道了。若真的恨她，他当时应该吼得更咬牙切齿，甚至当场就让她毙命，但他没有，他从没有伤害过她。反倒是她的软弱伤害了他，如果她选择包容他，结果又会是怎样呢？

他或许会原谅她的怯懦，而不是生生世世都誓要与她分道扬镳。

他或许不会恨得连心脏都弃之不要，就为了忘记相爱的疼痛苦涩。

他或许……

如今回想起来，他当时那样冲动气恼的话，听起来多像孩童间的闹别扭。嘴上喊着“永不相见”，其实内心仍有期待，可他始终没有等到她的挽留，他一定很难过吧？

可惜一切都回不去了，五百年前做出的伤害，沈梦雨已无能为力。即使在数千昼夜里受尽孤独与负罪感的折磨，只要一换位思考，就连她都无法原谅曾经的自己。

“他会愿意见我吗？”沈梦雨不确定地开口。

“他一定会的。如果相见是你们彼此的愿望，我定会竭尽所能帮助你们。”毕竟因误会而分开，若抱憾离开岂不可惜？

末了，久微再度结印，终于打裂了那道缚魂咒，将沈梦雨解放出来。

“沈姑娘，这次你一定要勇敢地告诉阿霜。”

3

因为沈梦雨的魂体减弱，把她带回人丁旺盛的金砂国怕是会引来法师的怀疑。于是，久微想了个两全其美的办法。

“暂且委屈你躲在里面了，我会将你的魂体封存，以保你不飞散。”

沈梦雨点了点头，化作一缕青烟附着在久微发饰上的珠坠里。

“大功告成，接下来就是离开幻境……啊，对了，慕风还在外面！”瞧她这慢悠悠的性子，一想到外头还有沙虫，久微就急得跳脚。她摸了摸发带上的珠坠，焦急道，“那就麻烦你了，沈姑娘。”

沈梦雨以久微的灵力为媒介，解开了幻境的术法，终于回到了墙垣外的地道。

果不其然，白慕风仍深陷在与沙虫的苦战中。

久微正要出手相助，珠坠里传来声音，解释了虫蛹为何提前破茧。

“那是由我所变的幻兽。”随即一道惨绿身影显现，她宽袖一挥，解除了施加在地道的幻术。

白慕风犹在苦战，咬牙反击的敌人冷不丁一空，他心中的困惑还没来得及理清，就被更浓烈的情感所取代——他疾跑向远处的身影，一把拥住了那个人。

“你没事吧？”

久微没料到他的关心来得如此急切，而且他抱得很用力，一改以往那副冷冰冰的模样，看来她的离开真的把他吓坏了。

可她呆若木鸡的样子却引来了白慕风的不满，长指掐着粉颊轻轻往右一扯，直到头顶传来熟悉的冷嗓，才彻底把她拉回神：“你这是连魂都被恶灵掳走了吗？”脸被掐成这样都没反应？

听着像挖苦，但白慕风眉头紧蹙，是对她此刻发怔的担忧。

“没，没有，我好好的！”免得他误会太深，久微连连摆手否认，因为她已经看到白慕风瞪向沈梦雨的仇视目光，“只是觉得你突然这么热情……让我好没真实感。”至少印象里的他是不会露出像现在这种恨不得将她揉进心坎的着急相，害她突然好难为情。

白慕风确认她没大碍后，突然松开了手，也不理会某人撒娇不成的咕哝与抱怨，一点儿都不想被欣赏到俊颜的羞赧。

喂，翻脸也太快了吧！久微还想把自己塞回他怀里，颀长的身影已经灵活地躲开了她，来到沈梦雨面前。

“我不会让你带走她的。”他冷凝着眼，态度坚决。

沈梦雨轻笑着，真动起手来，身为人类的他又如何阻挡得了她？只是她也懒得为自己辩解，反倒是对他们的关系生起好奇心。

这就是久微说的那个曾让她费尽心力去寻找的心爱之人？

答案是显然的。

见到那男子，连她这个旁观者都看得出来久微很开心。

沈梦雨不禁失笑摇头，下一刻她就幻变成薄雾回到了珠坠上，尾随一句清音：“在地道分岔口沿着死胡同的方向一直走，就会找到出口。”

“喂！等下！”不等他追问，沈梦雨的身影就如烟消散。他正琢磨着这没头没脑的一句话时，腰背突然被人戳了戳，回头就看见双眼放光的久微在看着自己。

“我们走吧！”她心情格外的好，仿佛眼里载满了星光。

“去哪儿？”

“当然是找出口啊，沈姑娘不是已经为我们指路了嘛。”她拉着他的袖子，倒不如说拖拽着更合适，从她急迫的神色看来，似乎笃定了出路就在前方。

白慕风没有甩开她的手，由着她任性带路。

“可她说的话分明前后矛盾，死胡同又岂会有路？”这样愚弄别人的戏言，教他如何相信？

她却露齿一笑：“死路即是活路呀。”

白慕风本以为会在雀跃的小脸上看到沮丧落空的表情，可结果却与预想的截然不同。这所谓的“死路”，原来也是沈梦雨设下的幻术。

看似前方无路，实则柳暗花明。

“看吧，沈姑娘没有骗我们。”久微得意地把手穿透过面前的那一面墙，半条手臂消失在墙后方。

他恍然大悟道："难怪我们总在地道中绕圈，原来出路被障眼法蒙蔽了。"

"嗯，我真是太笨了，竟然没有察觉到有幻术。"枉为千年灵参！久微嘴上虽在自责，却毫无歉意地吐了吐舌。

"走吧。"他抬头敲了她脑袋一记，反客为主，走在她的前面亲自开路，若有什么危险，至少他能先她一步做出反应。

看着紧扣住自己手腕的大掌，他这体贴入微的一面，久微甘之如饴。她"嘿嘿"一笑，反手回握住他，毫不掩饰此刻的好心情。

虽然白慕风不记得从前的事了，但至少他现在心里有自己，这不就足够了吗？她不可以太贪心了，仍能相见，已是此生最大的福分了。

"慕风。"她突然叫住了他。

他回过头，用眼神询问她停下脚步的原因。

"我想过了，是我太执着于你过去'白慕风'的身份，才令你对我的到来感到无所适从。如此想来，那都是我的私心，让你徒添了这么多烦恼。或许金砂国的狐面霍加才是你最自由无拘束的人生。"瞧她一脸忐忑，眼睛是那么湿润，仿佛要哭了一般。可她没有，只是动了动粉唇，浮现出似笑非笑的苦涩模样，这种感觉教他心里有种说不上来的恼怒。他不愿意看见她这副闷闷不乐的样子。

"你到底要说什么？"

"我是说……如果回到地上，我可不可以跟在你身边？"她问得战战兢兢地，态度小心翼翼，"我发誓，一定不会妨碍你原本的生活。"她知道他仍会回到沙虎帮，但也害怕这一别，下次再见就更难了。

若赫连宇澈知道白慕风曾是匪贼一伙，一定会阻止她去沙虎帮找白慕风。

白慕风看了久微一眼，看见她紧张地等待着他的答复，唇边忽然溢出笑容。

末了，长指先一步弹向了某人的额头。

"名字只是代号，你爱怎么叫就怎么叫吧。"他在心中早已默许了她唤自己"白慕风"，尽管对这个身份仍需要些时间适应，但这世上只有她一个人如此唤自己。

只要一想到她极有可能会用那个甜甜的嗓音唤别人"白慕风"，眼中的温暖悉数为他人而生，他就很不乐意。所以名字之于他并不重要，他只是不想失去她的热切关注罢了。

"真的吗？"她激动地瞠目。

"嗯。"白慕风曲起指节，碰触着那张精致的巴掌小脸。

真奇怪，明明他无论如何努力回想都记不起久微的事，但身体却忆起一些熟悉的感觉，仿佛很久以前，这具身体就已对她迷恋至此。

“这次对我而言，也许是一次机会。”白慕风彻底摆脱沙虎帮，恢复自由身。说不定虎涯他们都误以为他与久微死于沙虫口中，何不利用此契机远走高飞？

可这趟旅行，他并不打算独自启程。

“你的意思是？”她仍没开窍。

白慕风漾开笑靥，俊致尔雅：“去天下四处游历，正好我缺一位伴游之人，头疼着找谁好呢。”

“我！带我去吧，我很乖的。”她激动地举起了手，不忘抖了抖药囊，“而且我是大夫，沿路还能包治百病，以防不时之需。要是碰到妖魔鬼怪，你大概也需要一位能协调沟通的小仙吧？”

为了让白大少爷点头，她可是费尽唇舌自卖自夸。不过，他就算不点头，她也会厚颜无耻地跟上，只是从他口中得到应允，会同游得比较光明正大而已。

“好。”

他铿锵有力的应允，比曾经听过的承诺更教她怦然心动。

久微忍不住眼眶湿润起来，从前的白慕风与现在的白慕风有何不同吗？——似乎并无不同，他们都允诺携她畅游天下，终其一生，也只是为了实现与她最初的约定。

继续向出口前行，当他们穿过那片黑暗的幻境虚影后，映入眼帘的竟是辉煌宏大的宫殿大门。不等久微兴奋地跑向门扉，脚下一踩，某块软绵的地砖突然下陷。

轰隆的震天巨响爆发，他们再次从那下坠的地道一路倾斜滚落。白慕风眼疾手快地抱紧了她，两人颠簸了良久，终于在底下一层停稳。

当久微挣扎着睁开眼时，几乎要被眼前的景物震住。

4

与此同时，赫连宇澈正与青黛躲避着沙虎帮的追击。

“皇子，我刚从皇城打听到消息，穆帝已经醒了。”青黛扯下兜帽，垂下了比肩的发辫，即便没有华贵服饰，也丝毫没有埋没这张生动美丽的脸庞。

与她同样出众的面貌，来自于背对着她的身影，赫连宇澈全部关注的目光都落在了床上沉睡的女孩上。

“皇兄那儿可有动静？”赫连宇澈收回视线，转头看向她。

“大皇子这几天大摆宴席，以犒劳护卫军之名，实则邀约的都是手握兵权的大臣。看样子，他已经做好与穆帝为敌的准备了。”以兵权相胁，再者就是利用臣民的压力逼迫他就范。

“岂有此理！”他奋力地拍响桌面，桌沿的茶杯因震动而落到地上摔了个粉碎，“皇兄到底想做什么！就算得到帝位仍不能满足他的野心吗？”

“皇子，依我所见，下个月的祈雨祭奠是揭露大皇子阴谋的最佳时机。近来大皇子在私下秘密筹集奴隶为‘贡品’，这都是他与国师相勾结的证据。听说如今朝野上下纷纷传您弑君叛逃，若被大皇子利用舆论制造继位优势，恐怕到时候大局难改。”

在穆帝卧病期间，国师秦世封已然控制住了金砂国的一切命脉，不管是宝矿玉石的开采权亦或是贸易中枢，哪怕是百姓课税多少也得看他点头与否。不仅如此，他还利用“救世主”的头衔，对民众进行了洗脑和镇压笼络，从而募集到了一大批信徒，在百姓心中迅速奠定了至高无上的地位。

赫连郁能否顺利坐上穆帝的宝座，最终仍取决于秦世封能否从中推波助澜。秦世封极有可能下一步便会在祈雨祭奠上煽动百姓，推翻五年不理朝政的穆帝。

思及此，赫连宇澈眉头紧锁，突然呛咳了起来。

“皇子，你身体余毒刚清，还是不要太操劳了。来，先把药喝下。”青黛翻出装有参露的小瓷瓶递到他手边，却被他扬手制止。

“无妨，这是留给子苓的解毒剂。”

他的不予理会却换来了青黛的勃然大怒：“她已经死了，你为何总是看不清事实！”情急下，她不顾君臣之礼，只为让他优先考虑自己的身体。

也许是青黛平日性情淡漠，第一次见她动怒至此，赫连宇澈一时哑然。

“青黛你……”

“我去寻久微回来，请您一定要按时服药。”放下瓷瓶，她套上斗篷匆匆踏出了客栈厢房，驭马前往大漠某个方向。

青黛利用久微留下的参果作为灵媒，通过寻踪镜追查到她的下落。在镜中看到久微平安无事的身影，青黛也总算卸下了心头大石。

可当另一道身影映入眼帘时，她猛地瞪大了双眼。

“他还活着？”

尾声

久微扶着摔疼的屁股，坐了起来。

“好痛……慕风，你怎么样？有没有受伤？”她四下寻找着白慕风的身影，终于在前方找到了他。

“我没事。”他艰难地抬起一条手臂，另外半边似乎脱臼了。

“你这还说没事！”托他的福，她身上连点皮外伤都没有。可久微却气他只顾着护她，连自己的安危都不顾。

若是下方是刀山火海，他岂不是陪她一起殒命？

这个大傻瓜！

为他把错位的骨头接回去后，她替他上了些膏药，随后又徒手撕裂长裙下摆，为他包扎手臂。

“你……成何体统！”他避嫌似的挪开了视线。

“事到如今你还害羞什么啊？”明明从前连她整株参泡在缸里萃取药汁时，都不曾见他有过愧疚，现在只看到一小截嫩白脚踝就已经慌张成这样？久微笑着摇头，手臂越过他的肩膀，打下一个活结。

还以为会听到他紧张结巴的辩解，久微却注意到他的目光落在了远处。

“那是？”

原来距离他们身后不远处有一道青铜大门，门上有两个拳头般大小的窟窿，似乎能放入某些物件。

白慕风举起未受伤的那只手摸索着门扉上凹凸有致的纹路，还发现了石墙上的壁画。因年代已久，有一部分壁画已被腐蚀，但仍能清晰地辨识出这是穆族先代的画作。

白慕风的指腹随着雕刻的痕迹深浅移动，他能感受到其巧夺天工的背后凝聚了多少百姓的血汗智慧。白慕风推测：“这应该是穆族皇陵的宝库。”

曾听闻历代穆帝的入葬品都是大量的珠宝钱财，若有机会，他真想一堵金山银矿的壮观画面。只可惜这样的念头刚冒出来时，面前“哐当”一声巨响，引来了两个人的注意。

那大门被缓缓向左右推开，里面蕴藏的万丈金光顷刻如源泉倾泻，让人几乎要让人以为误闯了璀璨星河。可令人哑然的并非传说中的海量藏宝，而是门扉之后竟伫立着一道身影。

那是个身披金光的男子，他长相俊美无俦，所及之处都会带来如星屑般的澄金色泽，纷纷扬扬地洒落地面，引起熠熠生辉的交织。长至腰间的黑发在身后迎风舞动，那黑色是除了他身上那件儒雅白袍以外，唯独可见的颜色了。

光芒源源不断地由他身上迸发而出，当看到门外的入侵者时，幽深的黑眸兀然一冷，他衔咬着半片金块的薄美嘴唇，缓缓开启。

“来者何人？竟胆敢闯入宝库重地！”

皇陵外的世界炙阳高挂，风尘依旧喧嚣乱舞。

金砂国接连数月久旱未雨，周遭的绿洲正在逐步干涸消亡。可无人知晓，深埋在黄沙底下的秘密正攸关着这个王国的命运。

——本季完——

番外

似是故人归

又一年的春天。

天山下荒芜成片，只有一块无名碑附近杂草丛生。

墓前放着两个小酒杯，女子举壶往杯中斟满清酒，最后她将余下的酒液浇灌在脚下的黄土上，轻声呢喃："敬您一杯，山神大人。"

那单薄的身影看着凄清，平日爱笑的容颜此刻多了些旁人难以理解的苦涩。

这样的情景，眉上霜曾见过无数次。

"师父。"他忍不住开口唤回女子的注意。

那是他的师父，自有意识以来，他就已和这个女人相依为命。师父是金砂国少有的女大夫，尽管医官们对她很是不屑，但穆族子民都十分喜爱她。听师父说他是友人留下的遗腹子，虽然没见过生养父母，但他丝毫不觉得可惜，毕竟师父也很疼爱他。

让他过着一个几乎不缺爱的童年。

听到他的呼唤，师父转身看向了他，脸上随即挂上灿烂笑靥。

"阿霜，过来。"

眉上霜淡淡地看了一眼她递过来的小瓷杯，理解了用意，也学着她将清酒洒在碑前坟土上，双手合十，虔诚地拜祭。

虽然他并不知道这无名碑下埋着什么大人物，既然师父要求，他就顺顺她老人家的意好了。说起来师父还真有点儿怪，每月一有时间，她定要跋山涉水从金砂国跑来关外的中原拜拜。他可笑地觉得，隔壁中土的神仙应该没空管他们穆族百姓的死活吧？

据说这天山是集仙气汇聚的圣灵之地，可来这里几趟，除了山峦碎石还有长得乱糟糟的灌木丛，连只飞禽走兽都不曾见过，他越发怀疑传说都是骗人的。

每次他追问"天山真的有神仙吗"，师父也总是笑着颔首。可他分明感觉到师父的目的不止是祭山，有时候她会在山脚下四处走走，对着怪石嶙峋自言自语些什么，随后又会在夕阳洒落的悬崖边上发很久的呆，不知道她在为何而忙碌。

老实说，他不喜欢看到师父那样孤单寂寥的背影，还是笑容更适合她多一些。所以他故意找碴儿："师父，你该不会是怕找不到药材被六皇子责备，在有意拖延回去的时间吧？"

果然，他的挖苦立马引来师父的脸红转身，抬手就赏了他一掌。

"江湖新人就是浮躁！为师这是在缅怀故人，你能不能不要打扰我的兴致？"

眉上霜撇了撇嘴，双手枕在脑后，不屑反击："我只是想提醒你，太阳快下山了，省得赶到客栈又被掌柜的邀请去马棚草堆过夜，又不是不知道我们的马匹速度奇慢无比！"这样的兴致只换来血淋淋的事实，让他们接连数次风餐露宿，啊，该死的，他好想念红莲宫的高床软枕、鲍参翅肚以及美艳无双的侍女姐姐们。

“唉，那走吧。天色不早了。”

看着被自己宠得无法无天的徒弟，她不禁摇头失笑。虽然他年仅五岁，却心思细腻，还反倒常常为她这个长者操心顾虑。

有时候看着他的脸庞，她话到嘴边又苦涩地咽了回去。

“师父，你到底在找些什么？”他想了想，又换了种问法，“还是说，你在等什么人？”

虽说奉命出国寻药，可每次他们都空手而归，他知道实情却未点破，因为聪明如六皇子，想必他也早就察觉到了事实吧。但皇子的纵容似乎在默许师父的自我放逐，他虽然焦虑府邸中那未苏醒的女子，但也对她心中有所愧疚。

“在这里，我和一个人走散了，我担心他见不着我，所以……”每隔一段时间总是怀抱着渺茫的希望故地重游，只盼能与那个人重逢。

这一来一回，就已经过去了五年。

“师父你真傻，指不定那个人寻不见你早就放弃了吧。”这天大地大，寻一个人谈何容易？若是有音讯，五年也总该有个结果了。

势利是人与生俱来的劣根性，可他想不透的是，那个在生意场上精明市侩、为了一斤半两的药材都能跟商贩吵得脸红耳赤、配方不同便与医官们据理力争的师父，竟会在这种吃力不讨好的事情上费尽心力。

当然，她做的亏本事又不止这一桩，她给贫苦百姓看病几乎分文不取，以致他每次做账本都险些吐血，最终只能睁只眼闭只眼敷衍而过。

“你知道何为‘倦鸟归巢’吗？”

师父没有把话说尽，反倒丢来一句语焉不详的话，让他陷入苦思。彼时，惊空遏云，鹰唳长空，那振翅九霄的悠哉模样，似因归来故土而雀跃欢喜。

在天空底下的另一边，马蹄疾驰飞溅起尘沙，戴狐面具的男子同时抬头看向瑰丽晚霞。沙漠之鹰在头顶盘旋，破空而去。

“阿霜，要走咯。”师父在前方催促他。

“哦。”眉上霜急忙应声，收回仰首的视线，朝前方的娉婷身影奔去。可没跑出几步，又忍不住回头看向身后一望无垠的澄空。

今古乾坤秋一幅，几番归鸟与栖鸦。

四时更迭，人已成灰，纵然荒唐，却也不悔此生。

流浪的倦鸟，终究迷途知返。

后　记

非常感谢大家看到最后!

《听说萌仙未满级Ⅰ》是我出版的第五部作品，也是我首次尝试古风类型。这其中有许多的“第一次”，都带给了我非比寻常的意义。所以，借这次后记的机会，我想和大家分享些创作中的趣事。

其实，最初听说编辑部要策划一个萌萌部落系列时，我心中早已有了这个故事的雏形，只是迟迟未动笔。端午节的一锅人参炖鸡汤，让我脑中闪过“就是你了！灵参小仙”的想法，我飞速地打开电脑，于是便有了今天你们看到的小灵参。

不知大家是否发现了暗藏在书中的数味药材？聪明如你们，也许有小伙伴早已发现了它们的身影——“灯台子”“半夏”“京墨”“青黛”“商陆”这些名字都取自药材。不仅如此，为了让故事更经得起推敲，我还查阅了大量的药理知识，以至于有段时间，我对药材充满了浓郁的兴趣。不过，小说毕竟是虚构的，请各位切勿把故事中的药方当真。

值得一提的是，书中人设的典故也颇有意思，比如我们的男主角白慕风，他的真实身份为神话中的玄冥。关于玄冥，较为常见的说法有几种：

①北海之神。典故出自“南海之神曰祝融，东海之神曰句芒，北海之神曰玄暝，西海之神曰蓐收。”（见《太公金匮》）。

②禺强，字玄冥，传说中的海神、风神和瘟神，也作“禺疆”“禺京”，是黄帝之孙。典故出自《山海经·大荒北经》：“北海之渚中，有神，人面鸟身，珥两青蛇，践两赤蛇，名曰禺疆（禺强）。”

③水神。商族领袖之一的“冥”，因其“勤其官而水死”，故被后人奉为水神，称“玄冥”（见《展禽论祀爰居》）。

虽然说法众多，但不难看出玄冥与“水”有关，所以在人设中我更多地将他与大自然相联系，他的存亡将会影响星宿乃至天地律常的秩序，甚至和金砂国曾经的旱灾息息相关，不过这册内容暂时还未写到，还请各位看官密切关注故事的后续发展，我就不剧透啦!

白慕风是我喜欢的男主角之一，性格中有率真的一面，也有市侩狡黠的一面，但这样反而更贴近“人性”，他的温柔情深，是其人格魅力所在。他与久微的渊源之深，恐怕不是千年天山历劫就说得清的，还有更深一层的原因，导致他不惜一切被谪仙，后在凡间历练又卷入了复杂的身世之谜，这些都需要大家在后续的故事里找到答案。

至于久微能否帮助沈梦雨实现未了的心愿，为什么连久微都救不了楚子苓，究竟问题出在哪里？赫连宇澈最终能不能打败兄长夺得帝位？穆族皇陵又藏着什么秘密？最后那个神秘男子又是何方神圣？更多未解之谜，后续会一一被解开。

写这个故事的初衷，是想以久微这株不谙世事的灵参视角，去看待人与妖魔的关系。故事里的百姓与妖怪势不两立，认为白即是白，黑即使黑，妖怪绝非善类。其实，人往往会下意识地把不熟知的事物，视为威胁自身的存在，因而酿成无数悲剧。

无知使人畏惧，我们总自诩是正义的伙伴，用自己的标准去权衡所谓的公平，而被冠以罪名的一方，就完全不存在善良的人吗？或许他们也曾是照耀过他人的太阳，就像龙鲤和眉上霜，为了心爱的人，他们同样奋不顾身过。

这个世界是需要理解和宽容的，也许正义会迟到，但永远都不会缺席。或许你正在遭遇着不公平的对待，也有难忍煎熬的时刻，但请不要轻言放弃，负能量只是暂时的。迈步向前，你也能像久微一样，在哭泣中学会成长。

变得坚强勇敢的你，一定也是某个人引以为傲的太阳呢。

最后，谢谢大家喜欢这个故事，期待能在下一本书与大家再见！

意林品牌书系推荐

意林女生文学·《小小姐》品牌书系 为中国女生量身打造，纯正、阳光、向上，优质女孩喜爱的文学品牌

萌灵小说系列

《悠莉宠物店 I》	18.80
《悠莉宠物店 II》	18.80
《悠莉宠物店 III》	19.90
《悠莉宠物店 IV》	19.90
《悠莉宠物店 V》	19.90
《悠莉宠物店Ⅵ（大结局）上》	19.90
《封印之书·九尾狐》	19.80
《封印之书·独角兽》	19.80
《玛丽晴异闻录》	19.90
《薇妮天使旅行》	19.90
《苍岛有风①·人鱼过境》	19.90
《萌物委托社①世外萌龙天然呆》	22.80

冒险励志系列

《迷藏·海之迷雾》	18.80
《迷藏 II·月影迷踪》	19.90
《迷藏Ⅲ·幻梦迷城》	19.90
《花与梦旅人 I》	19.80
《花与梦旅人 II》	19.90
《花与梦旅人Ⅲ》	19.90
《花与梦旅人Ⅵ（大结局）》	19.90
《花与守梦人①·大公的苏醒》	19.90
《花与守梦人②·占星师的眼泪》	19.90
《萌侦探纪事 I》	18.80
《萌侦探纪事 II》	19.80
《萌侦探纪事Ⅲ》	19.90
《萌侦探纪事Ⅳ（大结局）》	19.90
《迷宫街物语》	19.80
《艾蜜儿宇航日记》	19.90

幸福蔷薇系列

《蔷薇少女馆 I》	18.80
《蔷薇少女馆 II》	18.80
《蔷薇少女馆 III》	19.80
《蔷薇少女馆 IV》	19.90
《蔷薇少女馆Ⅴ》	19.90
《蔷薇少女馆Ⅵ》	19.90

浪漫古风系列

《七寻记 I》	18.80
《七寻记 II》	19.90
《七寻记Ⅲ》	19.90

果绿年华系列

《蝴蝶飞过旧时光》	19.80
《第一女执政官》	19.90
《风之少女琪琪格》	19.90
《霓裳小千金》	19.90
《两生花开时》	22.00
《风云俏萝莉》	19.90

月舞流光系列

《前方江湖请绕行》	19.90
《三色堇骑士之歌》	19.90
《守望彼岸星海》	19.90

萌淑女驾到系列

《萌淑女驾到之美女训练营》	19.80
《萌淑女驾到之天使候补生》	19.80
《萌淑女驾到之人鱼的信奉》	19.90
《萌淑女驾到之天鹅公主成人礼》	19.90

星愿大陆系列

《星愿大陆①·天命巫女》	19.90
《星愿大陆②·白银蔷薇》	19.90
《星愿大陆③·幻月手杖》	19.90
《星愿大陆④·永恒星钻》	19.90
《星愿大陆⑤·夜之王子》	19.90
《星愿大陆⑥·晨光微曦》	19.90
《星愿大陆⑦·琉光暗影》	19.90

浪漫星语系列

《处女座：完美年华初相见》	20.90
《天蝎座：假面黑桃 Q》	20.90
《双子座：闯进你的孤单星球》	20.90
《巨蟹座：追梦的水晶鞋》	20.90
《天秤座：优雅走过下雨天》	20.90
《白羊座：裙摆是花开的地方》	20.90
《摩羯座：寄给青春一座城》	20.90
《双鱼座：浪漫满分灰姑娘》	20.90
《金牛座：微笑天使倔强心》	20.90
《狮子座：再会，骄傲小时光》	20.90

淑女风尚馆·气质养成系列

《我要我的淑女范儿》	18.80
《优雅女孩的秘密》	18.80
《清新森女在路上》	18.80
《俏女孩的甜美主义》	18.80

小 MM 迷你爱藏本

《蝴蝶停在十六岁》	18.80
《焦糖玛奇朵天使咒》	18.80
《那一年，花开半夏》	18.80
《雨季微凉时》	18.80
《只穿一天公主裙》	18.80
《月色银蔷薇》	18.80
《傲娇公主的美丽回旋》	18.80
《花田明月照年少》	18.80
《亲爱的小气鬼》	18.80
《青春如诗，静谧花开》	18.80

重磅作家系列

《薄荷香女孩》 19.80
《不说再见好吗（上）》 17.90
《不说再见好吗（下）》 17.90
《风走过树林》 17.90
《忆棠的夏天》 17.90

唯美新漫画系列

《钢琴小淑女（第一季）》 17.90
《钢琴小淑女（第二季）》 17.90
《钢琴小淑女（第三季）》 17.90
《钢琴小淑女（第四季）》 17.90
《钢琴小淑女（第五季）》 17.90
《最佳女主角（第一季）》 18.80
《七寻记·鎏金龙纹镯（漫画版）》 15.00
《七寻记·夔龙黄玉佩（漫画版）》 15.00
《天鹅座·鹅黄》 18.80
《天鹅座·柳青》 18.80
《天鹅座·冰蓝》 18.80
《天鹅座·禧红》 18.80
《天鹅座·蜜粉》 18.80
《天鹅座·浅紫》 18.80

绘色缤纷系列

《淑女绘·花的学校》 22.00
《淑女绘·童话诗人》 22.00
《淑女绘·雪花的快乐》 22.00

日光倾城系列

《巧克力色微凉青春Ⅰ》 20.90
《巧克力色微凉青春Ⅱ》 20.90
《巧克力色微凉青春Ⅲ》 20.90
《浅蓝色时光舞步Ⅰ》 20.90
《女生宿舍Ⅰ·南栀向暖》 20.90

纯美小说系列

《少女果味杂志书①：甜心草莓号》 14.80
《少女果味杂志书②：蜜桃慕斯号》 14.80
《少女果味杂志书③：焦糖布丁号》 16.80
《少女果味杂志书④：香草海绵号》 16.80
《少女果味杂志书⑤：可可森林号》 18.80
《少女果味杂志书⑥：果果米苏号》 18.80
《少女果味杂志书⑦：香橙泡芙号》 18.80
《少女果味杂志书⑧：樱桃芝士号》 18.80
《少女果味杂志书⑨：蓝莓布朗号》 18.80
《少女果味杂志书⑩：薄荷方糖号》 18.80
《少女果味杂志书⑪：樱花紫苏号》 18.80
《少女果味杂志书⑫：柠檬红茶号》 18.80
《少女果味杂志书⑬：红豆奶昔号》 18.80
《少女果味杂志书⑭：芒果西多号》 18.80

蝴蝶蓝系列

《蝴蝶蓝（第一季）·千面桃花姬》 19.90
《蝴蝶蓝（第二季）·紫莲山庄》 19.90
《蝴蝶蓝（第三季）·落跑小郡主》 19.90

班花朵朵系列

《班花朵朵①·我是艺术生》 20.90
《班花朵朵②·电影初体验》 20.90
《班花朵朵③·偶像保卫战》 20.90

现在是女生时代系列

《现在是女生时代！》 28.80
《现在是女生时代！②·我们闺蜜吧》 28.80
《现在是女生时代！③·女生都是小怪物》 28.80
《现在是女生时代！④·嗨，女孩，你好漂亮》 28.80

小 MM 六周年主题书

《淑女王冠》 29.80

欢乐联萌系列

《养只萌呆镇镇宅①》 19.90
《养只萌呆镇镇宅②》 19.90
《养只萌呆镇镇宅③》 19.90
《养只萌呆镇镇宅④》 19.90
《养只萌呆镇镇宅⑤》 19.90
《萌师上线，顽徒请签收①》 19.90
《千金当道（一）》 19.90

天使在身边系列

《路过心上的哈士奇》 20.90
《当心！浣熊出没》 20.90
《萌动之森①·雪地精灵伶鼬》 20.90

公主天下系列

《清河公主·洙宛传》 22.80

小 MM 花漾青春版

《少女说①·花醒了》 22.80
《少女说②·青春里的不速之客》 22.80

极致小清新系列

《女孩子的清甜小说绘①·淡白栀子号》 20.90
《女孩子的清甜小说绘②·浅草茉莉号》 20.90
《女孩子的清甜小说绘③·鸢尾蝴蝶号》 20.90
《女孩子的清甜小说绘④·冰蓝花楹号》 20.90

意林·轻文库品牌书系

倡导校园小说阅读新潮流

绘梦古风系列

《公主驾到》 23.80
《花颜错》 23.80
《山寨世家》 23.80
《倾世迷迭书》 23.80
《凤九卿（一）》 23.80
《凤九卿（二）》 23.80
《凤九卿（三）》 23.80
《凤九卿（四）》 23.80
《凤九卿（五）》 24.80

《凤九卿（六）》 24.80
《美人千千泪西楼》 23.80
《郡主驾到·壹》 24.00
《郡主驾到·贰》 24.00
《木兰帝（上）》 23.80
《木兰帝（下）》 23.80
《俏娇小仙闹皇宫》 23.80
《连城赋（上）》 23.80
《连城赋（下）》 23.80
《千凰令（一）凤鸣倾城》 20.80
《千凰令（二）情牵一线》 20.80
《千凰令（三）君心不负》 20.80
《千凰令（四）万兽听封》 20.80

恋之水晶系列

《致淡玫瑰色的你》 22.80
《宁负流年不负君》 22.80
《世界第一的假面殿下》 25.00
《脱线萌星易容记》 25.00
《脱线萌星易容记Ⅱ》 25.00
《指尖花凉忆成殇》 22.00
《欢歌犹在意微醺》 22.00
《欢歌犹在意微醺Ⅱ》 22.00
《绯色樱花圆梦纪Ⅰ》 23.80
《见习保镖呆呆兽》 25.00
《可可少女梦想纪》 25.00
《后天男神Ⅰ》 25.00
《后天男神Ⅱ》 25.00
《后天男神Ⅲ》 26.80
《世界第一的公主殿下Ⅰ》 23.80
《世界第一的公主殿下Ⅱ》 23.80
《世界第一的公主殿下Ⅲ》 26.80
《挥手告别小时光》 23.80
《少年住在云之彼岸》 23.80
《我的青春，以你为名①偶像来了！》 23.80
《我的青春，以你为名②蜜炼偶像》 23.80

奇幻仙境系列

《彼渡少年与妖怪契约》 23.80
《神典·末夜公主》 23.80
《御灵骑士团·诺茵与彩狸》 23.80
《逆世界之瞳》 23.80
《玫瑰帝国·荆棘鸟之冠》 25.80
《玫瑰帝国·黑羽蝶之翼》 25.00
《玫瑰帝国·白蔷薇之祭》 26.80

暗影迷踪系列

《终极推理事件簿》 22.80
《超级学园探案密码》 22.00

新炫武侠系列

《邻家武圣》 23.80

星光璀璨系列

《轻星球·仙女星云号》 19.80

灵气少女系列

《星有灵犀遇见你》 20.80
《萌熊改造计划》 20.80
《守护极速甜心》 20.80
《元气星女倾城记》 20.80
《公主病》 20.80
《加油吧，全能少女骑士》 20.80
《女王当道①放开我家那棵校草》 20.80

轻舞飞扬系列

《毛毛熊的浪漫樱花雨》 19.80
《发梢轻绾茉莉香》 19.80
《迷迭香在青春里绽放》 19.80

私人定制少女馆

《恋恋星煌十二宫》 25.00
《守护十二生辰石》 25.00

暖爱青春馆系列

《少年北顾，唯愿君安（上）》 25.00
《少年北顾，唯愿君安（下）》 25.00
《若你离去，后会无期》 22.80
《想你的时候，抬头微笑》 22.80

美少年系列

《辰荒学院的美少年①奇异校规》 22.80

萌萌部落系列

《听说萌仙未满级①》 23.80
《我的江湖，不可能这么萌①》 23.80

《意林·小文学》品牌书系　阳光阅读·快乐写作

成长物语系列

《艾丽鲨半成年》 19.90
《换双翅膀飞翔》 19.90
《琥珀青春》 19.80

魅力悦读系列

《程家兄妹·永不毕业的少年》 19.90
《逃之“妖妖”》 20.90

幻之星球系列

《地球假日①：寻找洛神》 19.90

爆笑学园系列

《鬼马女神捕①：绝密卧底（上）》 14.80
《鬼马女神捕①：绝密卧底（下）》 14.80
《鬼马女神捕②：绝命预言（上）》 14.80
《鬼马女神捕②：绝命预言（下）》 14.80
《天神学院·魔女见习生》 19.90

动物奇缘系列

《萌兽报到，请多关照》 19.90

五周年主题书

《青春，是与七个自己相遇》 26.80

独家策划系列

《长大，是不期而遇的温暖》 26.80
《谢谢你，出现在我的青春里》 26.80